U0899192

Hannibal Rising

汉尼拔崛起

[美国] 托马斯·哈里斯 著
袁蕾 严俊 译

译林出版社

图书在版编目（CIP）数据

汉尼拔崛起/（美）哈里斯（Harris, Th.）著；袁蕾，严俊译．—南京：译林出版社，2013.1（2020.12重印）

（沉默的羔羊系列）

书名原文：Hannibal Rising

ISBN 978-7-5447-2569-9

I.①汉… II.①哈… ②袁… ③严… III.①长篇小说－美国－现代 IV.①I712.45

中国版本图书馆 CIP 数据核字（2011）第 275576 号

汉尼拔崛起 [美国] 托马斯·哈里斯 / 著　袁　蕾　严　俊 / 译

校　　订　徐海铭
责任编辑　冯一兵
责任印制　颜　亮

原文出版　Random House, 2007
出版发行　译林出版社
地　　址　南京市湖南路 1 号 A 楼
邮　　箱　yilin@yilin.com
网　　址　www.yilin.com
市场热线　025-86633278
排　　版　南京展望文化发展有限公司
印　　刷　江苏凤凰扬州鑫华印刷有限公司
开　　本　880 毫米 × 1230 毫米　1/32
印　　张　8.75
插　　页　2
版　　次　2013 年 1 月第 1 版
印　　次　2020 年 12 月第 27 次印刷
书　　号　ISBN 978-7-5447-2569-9
定　　价　42.00 元

目 录

序　言

在汉尼拔·莱克特博士大脑中央的黑暗地带，有一扇通往记忆大殿的门，门闩稍加摸索便可找到。这扇奇异的大门通往的是片片开阔明朗的地带，那里有着古老的巴洛克式建筑，还有数目堪比托普卡匹博物馆的回廊亭阁。

陈列品随处可见。它们摆放得错落有致，在灯光下流光溢彩。每一件都诉说着数段记忆，每段记忆都连接着其他几段记忆，层层叠叠，如同几何级数般堆积起来。

属于汉尼拔儿时的记忆空间不同于其他阶段，因为它并不完整。有的部分只是由一些静止的画面组成，支离破碎，就像用白色的石膏将雅典彩绘陶器的碎片拼接在一起。另一些部分则属于声音和动态画面，相互盘绕的扭动的巨蛇在黑暗中时而闪现。还有些部分充斥着哀号与尖叫，就连汉尼拔自己也望而却步。但是尖叫声从不在走廊中回响，愿意的话，你还可以在那里欣赏音乐。

大殿中的记忆始于汉尼拔早期的学习生涯。在遭关押的数年中，他又将其修缮扩充。看守不许他看书，是记忆大殿里丰富的点点滴滴让他熬过了漫长的时光。

让我们在他脑海里这片灼人的黑暗中共同搜寻那个门闩吧。找到它，我们就可以在长廊里挑选音乐，就可以一路向前，找寻到那记忆最为残碎的前厅。

借助于从别处了解到的蛛丝马迹，我们可以填补这段记忆。无论是战争记录还是犯罪记录，无论是审讯、法医鉴定还是静静躺着的尸体都派得上用场。由于汉尼拔恣意篡改各种日期，调查当局和记录者常常陷于迷惑不解的境地。最近发现的罗伯特·莱克特的信件也许能帮我们勾勒出关于汉尼拔的关键信息。通过这番努力，我们或许可以亲眼见证他内心的猛兽如何从胸膛冲出，又如何逆流而上，闯进这个世界。

第一部

这是我领悟的
头一个道理：
时间即是
斧头在林间的回响。

——菲利普·拉金

1

老汉尼拔（1365—1428）花五年时间建成了莱克特城堡，劳工全是他从萨基列斯战役中俘虏的士兵。莱克特的旗帜第一次飘扬在建好的塔楼上的那天，他把所有的士兵召集至家中的菜园。登上绞台讲话时，他依照当初的承诺宣布释放这些士兵。因为伙食好，许多人选择留下来继续为他服务。五百年之后，家族中的第八代汉尼拔·莱克特八岁。这天，他和妹妹米莎站在同一个菜园中，往乌黑的河塘里扔面包，去喂那些黑天鹅。试图站定的米莎紧紧抓着哥哥的手，有好几次，她扔出的面包根本没有落到河里。肥硕的鲤鱼触动了莲花的浮叶，惊飞了不少蜻蜓。

终于，鹅群的头儿从水中上岸了。它短小的腿挪着步子，笨拙地向兄妹俩走来，叫嚣着发出挑战。

这只鹅打出生起就认识汉尼拔，但它还是来了，黑色的翅膀遮住了一片天空。

“啊！阿尼拔[①]！”米莎惊呼一声，躲到了哥哥的背后。

汉尼拔照着父亲教的那样举平双臂，手中的柳树枝大大增加了他胳膊的伸展范围。鹅头目停了下来，看着自己的翅膀根本对付不了汉尼

① 汉尼拔的简称。

拔，便乖乖地撤回河塘吃食去了。

“你怎么天天这样！”汉尼拔冲着那只鹅叫道。但是今天和以往不同的是，他在想，如果逃命的话，这些鹅该往哪儿去。

米莎惊魂未定，手中的面包掉落在湿乎乎的地上。汉尼拔弓腰想帮她捡起，她却用自己五角星似的小手开开心心地在哥哥的鼻子上抹了一把泥。汉尼拔不甘示弱，也在她的鼻尖抹上一点。两个人看着河塘中的倒影笑了起来。

兄妹两个突然感到了地面被什么东西重重地砸了三下，接着水面颤抖起来，模糊了他们映在水中的脸。远处隆隆的爆炸声穿过原野滚滚而来。汉尼拔抱起妹妹，向城堡跑去。打猎用的马车套着高大的役马塞萨尔停在院子里。系着围裙的马夫贝恩特和男仆罗萨把三只小行李箱装上马车。厨师库克端出了午饭。

“莱克特少爷，夫人叫你去一趟她的房间。”库克说。

汉尼拔将米莎交给保姆南尼，顺着被踩凹的台阶跑了上去。

汉尼拔喜欢母亲的房间，喜欢那里缭绕的各种香气，那些刻着人脸的木雕，还有彩绘的天花板。莱克特夫人出身名门，同时拥有斯福尔扎家族和维斯康蒂家族的血统。这房间里的家什都是她从米兰带来的。

莱克特夫人此刻有些激动，明亮的褐紫色眼睛在灯光下泛着微红的光芒。墙壁的装饰花纹上有一个小天使，她在天使嘴唇上轻轻一按，便打开了暗柜。在将珠宝捧着放到汉尼拔手中的小盒子里之后，她又放进了一些捆扎好的信件，但全放进去有些盛不下。

刻着祖母样子的宝石浮雕落进盒子里时，汉尼拔觉得母亲看起来和祖母很像。

天花板上画着云朵。儿时的汉尼拔吃奶时会睁开眼睛，看着母亲那和云朵融为一体的乳房。他能感受到母亲的衣角在自己脸上摩挲。还有奶妈——她那金色的十字架闪闪发亮，就像硕大的云朵间透过的阳光。汉尼拔在她怀里时，十字架会抵住他的小脸。奶妈就会赶忙将留下的印子抚平，免得给夫人看见。

汉尼拔的父亲此时来到了门口，手里拿着账本。

“西蒙妮塔，咱们得出发了。”

孩子的衣服叠放在米莎的铜质浴盆里，夫人又把装珠宝的小盒子放了进去。她环顾了一下房间，把一幅威尼斯的油画从餐具柜上的三脚架上取下，想了片刻，将它交给汉尼拔。

“把这个给库克。拿着边框，”她笑着对他说，“别把背面抹脏了。”

罗萨把浴盆搬到院子里的马车上。米莎看着周围的人们忙来忙去，感到有些不安。

汉尼拔将妹妹抱起。米莎拍拍塞萨尔的嘴巴，又捏捏它的鼻子，想看看它会不会叫上两声。汉尼拔抓起一把谷粒，在院子的地上撒出了一个“M”。成群结队前来啄食的鸽子也就跟着排成了“M”形。

在妹妹的手心上，汉尼拔也画了一个“M”。米莎快三岁了，他真担心妹妹什么时候才能识字读书。“‘M’就代表米莎！”他说道。米莎笑着，跑着，周围的鸽子纷纷飞起，绕着塔楼盘旋，停落在钟塔上。

库克是个大块头，他穿着一身厨师的白衣，端出了午饭。塞萨尔斜眼瞄了他一下，耳朵随他转动着。当它还是匹小马驹的时候，库克常骂骂咧咧地拿扫帚抽它的屁股，把它赶出菜园。

“我留下来帮你整理厨房里的东西吧。”雅科夫先生对库克说。

“你跟少爷他们一块走。”库克说。

莱克特伯爵把米莎抱上马车，放进汉尼拔的怀里。他伸出手捧起儿子的小脸。汉尼拔感觉到父亲的手在颤抖，讶异之余紧紧地盯着父亲的脸庞。

“三架飞机轰炸了铁路站场。蒂姆卡上校说如果军队打到这里来，我们至少有一周的时间撤离。到那时，战斗会在主要道路的沿线进行。我们住在树林中的小房子里会很安全。”巴巴罗萨行动[①]已经进行到第二天，希特勒的军队以闪电战席卷整个东欧，向苏联进发。

① 巴巴罗萨行动(Operation Barbarossa)：纳粹德国在二战中发起的侵苏战争代号。始于1941年6月22日，以失败告终。

2

马车在林间小路上前进，贝恩特走在马车前面，边走边用一把瑞士短枪拨开蔓生的树枝来保护马脸。

雅科夫先生骑着匹母马跟在后面，挂包里装满了书。他不习惯骑马，抱紧了马脖子以避开头顶上的树枝。遇到陡峭的地段，他就下来和罗萨一起推着马车走，连莱克特伯爵本人也下来帮忙。被拨开的树枝又会猛地弹回，重新挡住他们走过的路。

汉尼拔能闻到青草被车轮碾碎后发出的新鲜味道。妹妹坐在他腿上，头抵着他的下巴，他能感觉到米莎头发散发出来的温暖气息。他看见德军的轰炸机从高空飞过，拖着的气尾巴就像是五线谱。高射炮向空中喷出的黑烟则像是音符，汉尼拔就依着这些音符组成的调子给妹妹哼唱起来。曲子的旋律并不尽如人意。

“不听这个，”米莎说，“阿尼拔唱《小矮人之歌》！”于是他俩一起唱起了这首关于树林里神秘小矮人的歌。南尼坐在颠簸的马车里和着他们一起唱。马背上的雅科夫先生虽然不喜欢唱德语歌，也跟着唱起来。

林中站着一个小矮人，不动也不语，
身穿紫红小外套，

猜猜他是谁。
站在树林里，
身穿紫红小外套的他是谁——

辛辛苦苦地赶了两个小时的路，大家终于来到一片大树荫蔽下的空地。

这座狩猎用的小屋历经了三百年的变迁，已经从当初简陋的歇脚小屋变为舒适的林间静居木质小别墅。屋顶陡斜，这样就避免了积雪。小谷仓里有两间马厩和一间供下人居住的简易房间。屋后是雕刻着华丽图案的维多利亚式厕所，隔着树篱刚好能看到厕所的屋顶。

喷泉池里，一些用来打造祭坛的石块仍然清晰可见。这祭坛造于中世纪，为的是表明建造者对翠青蛇的敬畏。

罗萨剪着藤蔓，好让南尼把窗子打开。这时，汉尼拔看见一条翠青蛇从这古老的地方逃走了。

莱克特伯爵抚摸着高大的塞萨尔，看着它喝掉桶里一加仑半的井水。“贝恩特，等你回到城堡，库克应该已经把厨房的东西整理好了。塞萨尔可以在它的马棚里休息一夜。天一亮你和库克就往这里赶，不要耽搁。我希望你们在天亮前都能从城堡撤离。”

弗拉迪斯·格鲁塔斯一脸和气地走进莱克特城堡的院子，边走边隔着窗子向房间里扫视。他挥挥手，喊道：“喂！”

格鲁塔斯身材瘦小，一头金发脏兮兮的。他穿着平民的衣服，眼睛是惨淡的蓝色，看上去就像从寂寥的天空上取下的圆片。他叫道：“屋里的人，你好啊！”却没有听到任何回应。于是他走进厨房，看到地上放着一箱箱装好的食物。很快，他就将咖啡和糖塞进自己的包里。地窖的门开着，他顺着长长的楼梯看下去，发现了一盏灯。

擅闯私宅是最古老的禁忌。但对一些心态反常的人来说，偷溜进去却能带来一种汗毛直竖、不寒而栗的刺激感。这也正是此刻格鲁塔斯的感受。

他顺着台阶走进微凉的拱形地窖，透过一扇门往里看，发现酒室的铁栅开着。

里面传来一阵窸窣声。格鲁塔斯看见窖中那么高的酒架上贴着标签，摆满了酒瓶。厨师库克手提两盏提灯忙碌着，高大的身影在窖中来回闪动。地窖中央的品酒桌上放着几个扎好的方形包裹，旁边是一幅裱着华丽边框的小油画。

大块头厨师出现在视线里时，格鲁塔斯拉开了一副搏斗的架势。厨师将宽大的背对着门口，整理起桌上的东西来。手中的纸沙沙作响。

格鲁塔斯紧贴墙壁，将自己藏在楼梯的阴影里。

库克用纸把油画裹起来，又用从厨房里拿来的绳子捆上，依着旁边包裹的样子弄好。他空出一只手拿提灯，举起另一只手用力拉了一下桌子上方的铁吊灯。只听咔哒一声，酒室后部酒架的一端从墙面转离了几英寸。随着一阵吱嘎声，库克将酒架完全旋开，一道门出现了。

他走进酒窖后部的密室，将其中一盏提灯挂起，随后把包裹都搬了进去。

正当库克背对门口将酒架旋回时，格鲁塔斯听见了外面的一声枪响，便顺着楼梯往外跑去。下面传来厨师的声音。

“谁？”

库克沿着楼梯追了上去。他虽然身体高大，跑起来却十分敏捷。

“你给我站住！竟敢到这里来！”

格鲁塔斯穿过厨房，跑进院子里，一边挥手一边吹着口哨。

库克从角落里抓起一根棒子，正要穿过厨房追到院子里去，却看见门口站着人，分明戴着头盔。三个德国伞兵端着冲锋枪走了进来。格鲁塔斯就跟在后面。

“嗨，伙夫。”格鲁塔斯说。他从地上的箱子里拿了块腌火腿。

“把肉放回去。”德国下士举枪对着格鲁塔斯说道。随即他又将枪对准库克，“跟着巡逻兵到外面去。”

回城堡的路是下坡路，并不难走，马车又是空的，因此贝恩特花在路上的时间比预想中的要少。他把马的缰绳绕在胳膊上，点了一斗烟。快要走出树林时，他以为自己看见了一只大鹳正要从一棵高大的树上飞起，走近了才发现是一片随风飘扬的白色织物。原来是一只吊带被切断的降落伞挂在了树枝上。贝恩特停下来，放下烟斗，跳下马车，手放在塞萨尔的鼻子上对它轻声耳语了几句，随后便小心翼翼地步行前进。

他看见矮一些的树枝上吊着一个男人，脖子上紧勒着绳套，像是刚被吊死。他穿着平民的粗布衣裳，脸色青黑，粘满泥巴的靴子悬在离地面一英寸的地方。贝恩特迅速转身朝马车走去，边走边寻找着狭窄的小路上可以给马车掉头的地方。他两腿发软，走在地上都有些不听使唤。

接着，一帮人从树丛里走了出来，一个德国中士带着三名士兵，还有六个穿着平民衣裳的人。中士若有所思地拉开了冲锋枪的枪栓。贝恩特认出了其中的一个平民。

“格鲁塔斯。”他叫道。

“贝恩特，用功学习的模范生贝恩特。”格鲁塔斯边说边朝贝恩特走来，脸上挂着似乎十分友善的微笑。

“他会赶马车。”格鲁塔斯告诉中士。

“这么说他是你朋友？”中士说道。

“这可不一定。”格鲁塔斯说着，朝贝恩特脸上啐了一口。“我不是才亲手吊死一个人吗？那人我也认识。我的意思是咱们何必走路呢？”接着他轻声说，“要是把我的枪还我，等到了城堡我就打死他。”

3

希特勒的闪电袭击速度快得超乎所有人的想象。到城堡时，贝恩特发现那里已经进驻了一队武装党卫军骷髅师[①] 的士兵。河塘附近停了两辆装甲坦克，一辆反坦克装甲车，还有几辆半履带式卡车。

园丁恩斯特面朝下趴在厨房的庭院里，头上落了许多绿头苍蝇。

赶着马车的贝恩特看着这一切。坐在马车上的都是德国人，格鲁塔斯和其他几个人只能跟在后面步行。他们这样的人叫做志愿助战队员，也被称做希维人，是一些自愿帮助纳粹侵略军的当地人。

贝恩特看见两个士兵站在城堡高耸的塔楼上。他们降下莱克特的野猪旗，升起卐字旗，又架起了无线电天线。

城堡里走出一名少校，身着武装党卫军的黑色军服，戴着骷髅头标志。他是来看塞萨尔的。

“真是匹好马，只是太宽了些，不能骑。”他不无遗憾地说。他一直带着马裤和马刺，以便骑马消遣。另外一匹马还是可以骑的。两名冲锋队员从少校身后的房子里走出来，一左一右地推搡着库克。

“这家人去哪儿了？”

---

① 武装党卫军骷髅师：二战中最让苏军头疼的几支德国党卫军部队之一，参加了几乎所有德军在东线的军事行动。

“在伦敦，长官。”贝恩特回答。“我可以把恩斯特的尸体盖上吗？”

少校朝中士示意了一下，中士走过来用一把施迈瑟冲锋枪顶住了贝恩特的下巴。

“谁来给你盖尸体呢？闻闻这枪管，还冒着烟儿呢，它能把你这该死的脑袋也打开花。”少校说道。“这家人去哪里了？”

贝恩特咽了口唾沫。“逃到伦敦去了，长官。”

“你是犹太人吗？”

“不是，长官。”

“那是吉卜赛人？”

“也不是，长官。”

少校看着一沓从抽屉里搜出来的信问道：“这些信的收件人是雅科夫。你就是这个叫雅科夫的犹太人吗？”

“他是家庭教师，长官，很久以前就离开这儿了。”

少校仔细看了下贝恩特的耳垂，看它们是否穿了洞。“把老二掏出来让中士看一下。”之后他又问道：“我是杀了你呢，还是让你给我们效劳呢？”

“长官，这些人互相都认识。”中士说。

“是这样吗？或许他们只是彼此间有些情谊。”少校转过来看着格鲁塔斯，说道：“或许你对自己同乡的感情要比对我们的深，嗯，希维人？”少校又转向中士，“你觉得这些人对我们真的有用吗？”中士举起枪，对准格鲁塔斯一伙人。

“厨师是犹太人。”格鲁塔斯说。“告诉您一个在我们这儿很有用的常识——要是让犹太人给您做饭，不出一个小时您就会死掉，因为他会在饭里下毒。”他将一名同伙往前推了一步，“‘看锅人’会做饭，他还知道怎么找吃的，也能打仗。”

格鲁塔斯缓缓走到院子中央，中士的冲锋枪一直对着他。“少校，您是名军官，身上还有在海德堡留下的伤疤。这地方有过一段战史。这个就是老汉尼拔的乌鸦岩，一些最最英勇的条顿骑士曾经在这里捐躯。您现在也是在亲手创造历史啊。所以用犹太人的血祭奠他们，这不正是时候了吗？”

少校扬起眉毛。“想要加入党卫军，就让我们看看你够不够格。”他向中士点了点头。中士从枪套里掏出把手枪，只留下一发子弹在弹夹里，将它递给了格鲁塔斯。两名冲锋队员把库克拖到了乌鸦岩前。

少校端详着马，他似乎对此更感兴趣。格鲁塔斯举起枪对准库克的头，等着少校看他的表现。库克朝他啐了一口。

枪声响起，惊飞了塔楼上的燕子。

德军派给贝恩特一个活儿——为楼上的长官卧室搬家具。他低头看了看，担心自己刚才在惊吓中尿了裤子。他能听见那间小屋里无线电报务员的声音，电码和声音传送都遭到严重干扰。报务员手握着记录簿跑下楼梯，不一会又返回去开始拆卸设备。他们要向东进发了。

贝恩特从楼上的窗户朝下看着，党卫军从坦克里搬出一台背负式无线电发报机，交给留守的一小队德军。格鲁塔斯和他那几个龌龊的手下此刻都配了德军的枪，正把厨房里的食物装到一辆半履带式卡车上，旁边还有些士兵在帮忙。部队上了车。格鲁塔斯急忙从城堡里追出去。党卫军带上他和其他几个希维人朝苏联出发了，似乎遗忘了贝恩特。

一小队装甲兵在城堡里留守，一并留下的还有一支冲锋枪和一台无线电发报机。贝恩特在塔楼的厕所里一直躲到天黑。德军除了一名士兵在院子里放哨，其余的都在厨房里吃饭。他们从一个柜子里找到了些烈酒。贝恩特从厕所里出来，谢天谢地，石头地板不会吱嘎作响。

他朝报务室里望望。无线电放在夫人的梳妆台上，地上散落着一些香水瓶。看着看着，他想起了死在厨房庭院里的恩斯特和死前朝格鲁塔斯吐唾沫的库克。贝恩特蹑手蹑脚地走进房间，他觉得应该为自己的擅闯向夫人道歉。他脱下靴子拎在手里，又搬起无线电和发电机，脚穿袜子走下楼梯，从出口溜了出去。二十多公斤重的无线电和手摇式发电机让贝恩特走得十分吃力。他弓着背走进树林，把东西藏好。他为不能把马一起带走感到很难过。

落日的余晖和炉火的幽光洒落在小屋涂漆的原木上，也照亮了猎物蒙尘的眼睛。一家人围坐在壁炉前。这些猎物的头颅年代久远，每一代的孩子们都会把手伸过楼梯上端的扶栏去摸它们，所以它们的头部已经秃了。

南尼把米莎的铜浴盆挨着壁炉的一角放下，从水壶里倒了点水，调好水温后又加了些肥皂浴液，然后把米莎轻轻放进浴盆。米莎开心地拍打起水里的泡沫来。南尼取来毛巾在火炉前烘暖。汉尼拔把妹妹的小手镯取下，在水里蘸了蘸，给米莎吹起了泡泡。轻轻飞起的肥皂泡映出全家人的脸庞，但很快便在炉火上方破裂了。米莎喜欢用手去抓这些泡泡，但她更想要回手镯，直到把它重新戴到手上才肯罢休。

汉尼拔的母亲在一架小钢琴上弹奏着巴洛克风格的复调乐曲。在轻柔的琴声中，夜幕降临了，一家人用毯子遮住窗户。树林黑色的臂膀将小屋紧紧环绕。贝恩特筋疲力尽地走了进来，琴声戛然而止。听着他的讲述，莱克特伯爵眼里噙满泪水。夫人握住贝恩特的手轻拍了几下。

德国人很快就将立陶宛归入了奥斯兰，这是德国的一个小殖民地。他们相信等消灭了斯拉夫这种低级人种之后，雅利安人就可以重新在这里定居。德军在马路上行进，装载着大炮的德军火车沿着铁轨一路向东。

俄军战斗机和大型伊留申轰炸机对准德军队伍猛烈开火，德军则用火车上的高射炮拼命回击。

破晓时分，一群黑天鹅奋力飞上高空。排成梯形的四只天鹅伸长脖子，朝南飞去。在它们的上方，战机呼啸。

高射炮的炮火击中领头的天鹅时，它的翅膀刚刚挥展到一半。它突然便坠向地面。另外几只天鹅见状一面朝下方惊呼，一面绕着大圈往下飞翔。受伤的天鹅重重地坠落在一片原野上，动弹不得了。母鹅俯冲下来降落在它身边，用喙轻啄着它，焦急地叫着在它周围打转。

公鹅还是一动不动。原野上传来炮弹的爆炸声，一队苏联步兵在草地边缘的树林里行进。一辆德军装甲坦克越过水沟，穿过草地，同轴机枪向树林里扫射着，步步逼近。母鹅张开翅膀护住公鹅，虽然双翅和坦克比起来微不足道，虽然心在坦克的咆哮中狂乱地跳动，它却没有退缩。它站在公鹅身旁发出嘶嘶的叫声，用翅膀拼命拍打坦克。坦克无情地碾过它们的身体，履带上粘了一摊血肉和羽毛。

4

莱克特一家在树林里熬过了三年半的艰难时光，这期间，希特勒的军队在东线作战。通往小屋的林间小径冬天白雪覆盖，春天杂草蔓生。而在夏天，沼泽湿软，坦克根本无法通过。

小屋里储备了足够的面粉和糖供一家人度过第一个冬天。最为重要的是，家里存着一桶桶的盐。第二年冬天，一家人偶然间发现了一匹冻住的死马。他们用斧头把马砍成碎块，又将肉用盐腌上。除此之外，他们还会腌鲑鱼和山鹑。

有时，夜晚的树林里会走来一些穿着平民衣服的人，如幽灵般悄无声息。莱克特伯爵和贝恩特用立陶宛语和他们交谈。一次，他们带来一个男人，衬衫已经被血浸透。他死在角落里一张简陋的小床上，当时南尼正在给他擦脸。

每逢积雪太深无法出门搜寻食物的日子，雅科夫先生就会上课。他教英语和法语，但后一种教得很差。他还教罗马历史，但重点总是耶路撒冷之围。家里的每个人都来听他的课。他把历史事件和《圣经·旧约》里的故事编成富有戏剧性的段子。有时为了提起前来听课之人的兴趣，他甚至超越严格的学术界限加以发挥。

他给汉尼拔单独辅导数学，因为这门课程所达到的难度已非家里其他人所能及。

雅科夫先生的诸多藏书中，有一本皮质封面的克里斯琴·惠更斯[①]的《光论》。汉尼拔对这本书十分痴迷，也着迷地追随着惠更斯思想的脚步前进，他感觉自己踏上了一条发现之旅。他将《光论》与雪所反射的炫目光芒以及陈旧的窗玻璃上如彩虹般的不规则斑块联系起来。惠更斯的思路简洁，就像冬天里树叶叶片背面简单平整的叶脉。咔哒一声打开的盒子里装着一条屡试不爽的原理，这能给人一种释然的兴奋感。这种感觉自汉尼拔识字起就从未远离他。

汉尼拔·莱克特可以不停地读书，至少在南尼看来是这样的。他两岁的时候，有一小段时间，南尼读书给他听，通常读的是带木刻画插图的《格林童话》，童话里的每个人都有着尖尖的趾甲。汉尼拔一边听着，一边将头倚在南尼身上，看着书页上的字。不一会儿，南尼就会发现他自顾自地读上了。他将额头凑近书本，又将书推到能看清字的距离，随后便用南尼的口音大声朗读起来。

汉尼拔的父亲性格上有个突出的特点——好奇。出于对儿子的好奇，莱克特伯爵吩咐男仆将城堡的书房里那些厚重的词典搬到低处，有英语词典、德语词典，还有二十三卷的立陶宛语词典。之后汉尼拔便自己摆弄起它们来。

汉尼拔六岁时，发生了三件重要的事。

首先是他发现了欧几里德[②]的《几何原本》。书是旧版本的，上面还有手绘的图示。汉尼拔会用手指比画出图示上的形状，之后再把额头抵上去。

---

① 克里斯琴·惠更斯（1629—1695）：17世纪荷兰物理学家、天文学家、数学家，历史上最著名的物理学家之一，对力学和光学研究都作出了杰出贡献。

② 欧几里德（约公元前330—前275）：古希腊最富有盛名，最具有影响力的数学家之一。

那年秋天，他的妹妹米莎出生了。他觉得米莎就像只皱巴巴的红色松鼠。他暗自为妹妹没有遗传到母亲的容貌而感到可惜。

妹妹夺走了他所享有过的各种特权。汉尼拔心想，要是那只常常在城堡上空翱翔的鹰能把妹妹带走该多好。它可以轻轻地把她放到遥远的乡村里一户快乐的农家，那里所有的居民看起来都像松鼠一样，那么妹妹就恰好可以成为其中的一员。但同时，他又发现自己对妹妹有种情不自禁的爱。当米莎长大一些，对周围的事物开始好奇时，汉尼拔就想给她看各种各样的东西，他希望妹妹也能品尝到发现的滋味。

也是在汉尼拔六岁这一年，莱克特伯爵发现儿子能通过城堡塔楼影子的长度来测量塔楼的高度。汉尼拔说，他依照的方法都是从欧几里德的书里看来的。莱克特伯爵于是给他请了更好的家庭教师。大约六个星期之后，雅科夫先生到了。他来自莱比锡[①]，是个身无分文的学问人。

莱克特伯爵在书房里将雅科夫先生介绍给汉尼拔之后便离开了。在温暖的日子里，书房里有种冷熏鱼的香气，这种气味已经渗入了城堡的石料中。

"我爸爸说您会教我很多东西。"

"如果你想学很多东西的话，我可以帮你。"

"他告诉我您是个很不错的老师。"

"我也只是个学生。"

"他跟我妈妈说您被大学开除了。"

"没错。"

"为什么？"

"因为我是犹太人，确切地说，是阿什肯纳兹犹太人[②]。"

"我明白了。那您是不是不开心呢？"

---

① 莱比锡：原东德第二大城市。

② 阿什肯纳兹犹太人：泛指生活在中欧、北欧和东欧的犹太人。

“因为我是个犹太人？不，我很开心。”

“我是说不能上学您是不是不开心？”

“我能到这儿来也很高兴啊。”

“您会不会去想把时间花在我身上值不值得？”

“每个人都值得你去花时间，汉尼拔。如果一个人乍一看似乎有些呆头呆脑，那你就多花些心思去了解他，看到他的内在。”

“他们让您住在那个门上装着铁栅的房间里？”

“对。”

“那扇门现在已经不再上锁了。”

“我之前看到了。很高兴能这样。”

“以前他们把艾尔加大叔关在那个房间里。”汉尼拔边说着边把铅笔在自己面前摆成一排。“那会儿是19世纪80年代，我还没出生呢。您看看房间的窗玻璃，他用钻石在上面画了个日期。这些都是他的书。”

一排皮质封面的大书占据了整整一层书架，最后一本是烧焦的。

“下雨的时候房间里有股烟味。以前有好些大捆的干草沿墙摆着，这样外面的人就听不到他自言自语了。”

“你说他会自言自语？”

“都是关于宗教的东西，可是——您知道‘下流’或者‘下流话’是什么意思吗？”

“知道。”

“我不是很明白它的意思，但我觉得应该是指在我妈妈面前不能说的那种话。”

“我也是这么理解的。”雅科夫先生说。

“您去看看窗子上的日期，那正好是每年阳光开始直接照到他房间窗户的日子。”

“他是在等待阳光。”

“是的。那也是他烧死在房间里的日子。一等到阳光，他就用写这些书时戴的单片眼镜把干草点着了。”

为了让雅科夫先生进一步熟悉环境，汉尼拔领着老师在莱克特城堡参观了一圈。他们穿过庭院，院子里有块大石头，四周磨了一圈用来拴牲口的凹槽。石头朝上的一面是平的，上面有斧头砍过后留下的痕迹。

“你爸爸说你测量了塔楼的高度。”

“是的。”

“它们有多高？”

“四十米。南边那个是四十米，另外一个比它矮半米。”

“那你用什么做日晷呢？”

“就用这块石头。在同一时间测出石头的高度、影子长度还有塔楼影子的长度。”

“这石头的侧面可不是完全垂直的。”

“我拿溜溜球当重锤用。”

“你能同时测到两组数据吗？”

“不能，雅科夫先生。”

“那测两个物体影子长度的时间间隔会造成多大的误差呢？”

“因为地球是转的，每四分钟就有一度角的误差。这块石头叫乌鸦岩，南尼把它说成‘乌鸦银’。家里人不让她放我坐在这上面。”

“我知道了，”雅科夫先生说，“看来它的来头比我想象的要大。”

两个人一路边走边谈。汉尼拔噔噔地走在老师旁边，看着老师努力地适应和一个比自己矮很多的人讲话。雅科夫先生经常把头转过来，对着汉尼拔头顶上方的空气说个不停，似乎忘了自己是在和一个孩子交谈。汉尼拔怀疑他是不是从来没和自己这么大的孩子边走边谈过。

汉尼拔对观察雅科夫先生如何与男仆罗萨和马夫贝恩特相处颇感

兴趣。他们是直率豪爽之人，也够精明，自己的一摊子活儿干得都很好。但是他们的思维模式却和雅科夫先生大相径庭。汉尼拔发现，老师毫不掩饰自己的才智，也不借此炫耀。他从不会在任何人面前直接展示自己在这方面高对方一等。闲暇的时候，雅科夫先生会教他们如何用一个临时制成的经纬仪进行测量。他和库克一起吃饭，还能让库克说出一点本已荒疏的依地语[①]。这让全家人吃了一惊。

老汉尼拔过去用来对付条顿骑士的弩炮[②]还留着，零件都放在城堡的一间谷仓里。汉尼拔生日时，雅科夫先生、罗萨和贝恩特将弩炮组装起来，把投掷臂换成一根新砍的粗大木头，用它将一只装满水的大桶发射到比城堡还高的地方。落在河塘对岸的桶子爆裂开来，溅起的大片水花吓跑了正在蹚水嬉戏的鸟儿。

在那个星期，汉尼拔经历了童年里最最快乐的事。作为生日大礼，雅科夫先生用几块瓦片和它们在沙层上的压印给汉尼拔演示了一下勾股定理的非数学证明方法。汉尼拔看着瓦片在沙层上摆出的图形，绕着它走了起来。雅科夫先生揭起一块瓦片，扬起眉毛问汉尼拔是不是想再看一遍。汉尼拔已经弄懂了，忽然间一下子就懂了，那感觉就像是自己被弩炮发射了出去。

雅科夫先生很少拿着教科书和汉尼拔讨论问题，也几乎不会提到教科书。汉尼拔八岁时问他为什么这么做。

“你想记住一切吗？”雅科夫先生问。

“想。”

“记东西并不总是件好事。”

“可我想记住一切。”

“那你就得有座记忆宫殿来存东西。一座建在你脑海里的宫殿。”

---

① 依地语：犹太人使用的国际语。

② 弩炮：古代用来发射箭、石头等的武器。

“必须是宫殿吗？”

“可以是一个房间，但它会慢慢变得有宫殿那么大，”雅科夫先生说，“所以这个房间应该像宫殿那么漂亮。你非常熟悉的房间中，哪间是最漂亮的呢？”

“我妈妈的房间。”汉尼拔说。

“那么我们就从那里开始。”雅科夫先生说。

头两年的春天，汉尼拔和雅科夫先生一起看到了阳光照在艾尔加大叔房间的窗玻璃上，但第三年，一家人就躲到树林里去了。

5

1944—1945年，冬

德军在东部战线溃败之后，苏联军队如岩浆般横扫东欧，经过之处无不硝烟弥漫，灰烬遍地。人们食不果腹，奄奄一息。

苏军自东部和南部聚拢过来，从白俄罗斯第二、三方面军的作战前线向波罗的海挺进，一路紧追溃逃的武装党卫军部队。这些部队万分急切地想到达海岸，因为他们有望从那里乘船转移到丹麦。

希维人的野心到此宣告破产。为了显示对纳粹主子的忠诚，他们杀人越货，不少犹太人和吉卜赛人死在他们的枪口下，但没有一个希维人成为党卫军的一员。他们组成的部队叫做东方营，极少有人将他们看做军人。成千上万的希维人被编入奴隶劳工营干活，直到死去。

但也有一些人半路洗手不干，经商谋生去了……

在接近波兰边境的地方有座富丽堂皇的立陶宛庄园。房子从一侧看上去就像玩具小屋一样，因为这一侧的墙壁被炮弹炸开了。第一发炮弹爆炸时，这家人纷纷从地下室逃出来。第二发炮弹则要了他们的命，一家人都死在底楼的厨房里。花园里躺着德军和苏军士兵的尸体。一辆德军指挥车侧倒着，已经给炮弹炸成了两半。

一名党卫军少校躺在客厅壁炉前的长沙发上，裤腿上的血已经凝固。手下的中士从床上扯下条毯子给他盖上，又在屋里将火生起，但是作用不大，因为房顶已经没了，房间是露天的。中士脱掉少校的靴子，发现少校的脚趾全是黑色的。这时他听到外面有响动，便从背上取下卡宾枪，径直走到窗户旁。

一辆带有国际红十字组织标志的半履带式苏联吉斯—44军用救护车沿着砾石铺成的车道轰隆隆地开了过来。身穿白衣的格鲁塔斯第一个走下车来。

“我们是瑞士人。这里是不是有伤员？你们一共多少人？”

中士转过头去看着少校，“是医生，少校。您要和他们走吗，长官？”少校点了点头。

格鲁塔斯和比他稍高的多特里奇将一副担架从救护车上拖下来。

中士从房间里出来，想对他们作些交代。“轻一点抬他。他双腿中枪了，脚趾也冻伤了，可能是生了冻疮坏死了。你们有野战医院？”

“没错，当然了，但是我可以在这里就地手术。”格鲁塔斯对中士说道，接着便掏出枪来对着中士的胸口开了两枪。之后跨过中士的尸体走到门口处，对盖着毯子的少校开了一枪。

米尔克、科纳斯和格兰茨从半履带式卡车后车厢里一拥而下。他们穿着各种制服——立陶宛警察的、立陶宛医生的、爱沙尼亚医疗队的、国际红十字组织的——但是他们的袖标上无一例外地都有枚很大的医用徽章。

为了从死人身上翻出点东西，这伙强盗弓着腰颇费了一番力气。他们边翻边嘟嘟囔囔地抱怨着，将文件和钱包里的照片扔得到处都是。少校还活着，他抬起手来。米尔克捋下他的手表揣进自己兜里。

格鲁塔斯和多特里奇将一条卷起的花毯从房间里抬出来，扔到半履带式卡车上。

他们将帆布担架放在地上，把搜刮来的手表、金边眼镜和戒指都扔在上面。

一辆苏联T—34型冬季迷彩坦克从树林里开出来，炮筒在田地上方来回摆动着。机枪手站在舱口处。

一个藏在农舍后面小屋里的强盗冲出来，穿过田地向树林跑去。他双手抱着一只镀金的钟，边跑边要跨过地上的尸体。

坦克的机枪突突地发射着子弹，奔跑着的强盗向前扑倒在地，钟掉落在一旁。他的脸重重地撞在地上，钟面也摔了个稀巴烂。他的心跳伴着钟的最后一次滴答声停止了。

"弄个死人过来！"格鲁塔斯说道。

其他人把一具死尸扔到担架上，盖住他们搜刮来的东西。坦克的炮塔朝他们的方向转过来。格鲁塔斯一边挥动着白旗，一边用手指向卡车上的医用标志。坦克继续朝前开走了。

格鲁塔斯将房间最后检查了一遍。少校还没断气，格鲁塔斯走过时，少校紧紧抓住他的裤腿不放，又用双臂搂住他的一条腿。格鲁塔斯弯下腰去一把抓住少校领子上的徽章。

"我们都应该戴上这骷髅头徽章的。"格鲁塔斯说。"没准蛆可以把你的脑袋也啃成骷髅头。"少校的胸口又挨了一枪。这下，他放开了格鲁塔斯的裤腿，头一歪，眼睛正好朝向他那空空如也的手腕，似乎是想知道自己死去的时间。

半履带式卡车颠簸着穿过田地，车轮碾过一具具尸体。马上就要开进树林时，有人掀起后车厢的帆布，格兰茨把之前放在担架上的那具尸体扔了出去。

上空，一架俯冲的斯图卡轰炸机尖啸着，紧追那辆苏军坦克，炮口吐着火舌。坦克舱门紧闭，停在树林里，上方有树木遮盖。坦克里的士兵听到一发炮弹在树林里爆炸，横飞的炮弹碎片乒乒乓乓地打在坦克的装甲外壳上。

6

“知道今天是什么日子吗？”正在吃早餐的汉尼拔边喝粥边朝着小屋里问道，“今天太阳会照到艾尔加大叔的窗户上。”

“从几点开始呢？”雅科夫先生问道，就好像自己不知道一样。

“十点半的时候太阳就会从塔楼那里露出脸来。”汉尼拔说。

“那是1941年的事了，”雅科夫先生说，“你的意思是阳光照到窗子上的时间是不变的？”

“是。”

“但是一年的长度可不止三百六十五天呀。”

“但是，雅科夫先生，去年是闰年。所以今年和1941年，也就是我们上次观察的时候，情况是一样的。”

“那么日历会不会如实地记录这种变化呢？还是我们就靠一些粗略的估计过日子？”

一根尖木柴在火中发出啪的一声。

“我觉得它们是不相干的问题。”汉尼拔说。

雅科夫先生很满意，但他只是提了另外一个问题作为回应：“2000年是闰年吗？”

“不是——是，是，是闰年。”

"但是可以被100除尽。"雅科夫先生说。

"也可以被400除尽呀。"汉尼拔说。

"说得一点不错。"雅科夫先生说。"2000年会是公历上的闰年计算法则的第一次应用。或许到了那个时候，所有粗略的估计还都在用着。你会想起咱们在这个古怪地方的谈话。"他举起手中的杯子。"希望咱们明年回到莱克特城堡。"

正在打水的罗萨第一个听见低速行驶的机器发出的轰鸣声，还有树枝折断的劈啪声。他把水桶丢放在井边，一头钻进小屋，匆忙中都没来得及把脚擦干净。

一辆苏联T—34型坦克披着由雪和稻草组成的冬季迷彩，轰隆隆地沿着马道开到屋前的空地上。坦克的炮塔上刷着俄文标语**为苏联女同胞报仇**和**消灭法西斯害人虫**。两名身穿白衣的士兵骑坐在坦克后部的散热器上。炮塔旋转着，坦克的大炮对准了房子。一个舱盖打开了，一名身穿灰白色连帽衣的机枪手站在一挺机枪后面。坦克指挥官拿着扩音器站在另外一个舱口边上。他反复用俄语和德语喊着话，下面的柴油机引擎还在咔嗒作响。

"我们需要水，我们不会伤害你们，也不会抢你们的食物，只要你们不从房子里朝我们射击。如果朝我们开火，你们都必死无疑。现在全都出来。机枪手，子弹上膛。我数十下，如果还没人露脸就开火。"随着响亮的咔哒声，机枪手拉开了枪栓。

莱克特伯爵走出来，笔直地站在阳光下，双手放在显眼的地方。"想要水就拿走吧。我们对你们没有恶意。"

坦克指挥官把扩音器放在一旁。"所有的人都出来站在我看得见的地方。"

伯爵和指挥官对视了许久，指挥官摊开双手给伯爵看了一下，伯爵也摊开双手给指挥官看了一下。

伯爵转过身去对着房子。“都出来吧。”

指挥官见到了全家人之后，说道：“孩子们可以留在屋里，那里暖和一些。”之后他对机枪手和其他士兵说：“拿枪瞄着他们，盯好楼上的窗户，把水泵打开。你们可以抽烟。”

机枪手眼珠朝上翻着，点着了一根烟。他还只是个孩子，眼睛周围的肤色比其他地方略淡。他看见米莎扒着门的镶边朝外瞧着，便冲她笑了笑。

和几只装水和装燃料的桶子一并绑在坦克上的是一台带有起动拉绳的、烧汽油的水泵。

坦克驾驶员拖过一条装有过滤网的水管，将它伸入井中。拉了若干次起动绳之后，水泵终于拖着长长的吱嘎声，咔哒咔哒抽起水来。

水泵抽水的声音盖过了斯图卡俯冲轰炸机的尖啸。苏联士兵觉察到的时候，轰炸机几乎已经开始向他们开火了。坦克机枪手掉转枪口，用力地扬起机枪向轰炸机射击。轰炸机的炮口一闪一闪地喷着火舌，朝地面连连开火，而地面上整梭整梭的子弹尖叫着飞离坦克。机枪手一只胳膊受了伤，但仍用完好的另一只手继续射击。

飞机的挡风玻璃已经裂开了花，飞行员瞪着的双眼里满是鲜血。还带着一枚炸弹的轰炸机刮到了树梢上，之后便一头栽进花园里，燃料也起火爆炸了。机翼下的机关炮经过撞击后仍在发射着炮弹。

汉尼拔站在小屋里，尽量护住妹妹。他看见母亲躺在院子里，身上血淋淋的，衣服着了火。

“待在这儿别动！”他冲米莎喊了一声，自己向母亲跑去。此时飞机上的炮弹还在走火，炮弹喷射出来，由慢变快。往回飞的弹壳打在积雪上。火焰吞卷着机翼下面剩下的一颗炸弹。飞行员坐在座舱里，已经死了。他的领巾和头盔都着了火，脸上的肉已经烧没了，成了一个骷髅头。

他身后的机枪手也死了。

院子里只有罗萨还活着，他抬起一只血淋淋的胳膊，把手伸向汉尼拔。这时米莎也跑到院子里来，向母亲奔过去。罗萨想在米莎跑过自己身边的时候将她拉住，使她卧倒。但是熊熊燃烧的飞机上飞来一发炮弹，猛地射穿了他的身体。鲜血溅在米莎的身上，她举起双臂，朝着天空尖叫起来。正往母亲的衣服上堆雪扑火的汉尼拔站起来朝妹妹跑去，在横飞的炮弹中，他将妹妹抱进小屋，又逃进地下室。外面的炮声渐渐停了，仿佛炮弹已熔化在机关炮的炮膛里。天色暗了，雪花又纷纷扬扬地落下来，落在滚烫的金属上，发出嗞嗞的声音。

夜幕降临了。汉尼拔的周围满是尸体。他也不知过了多久。飘落的雪花盖在了母亲的睫毛和头发上。母亲的尸体是唯一一具没有被烧得焦黑脆硬的尸体。他使劲地试图拉动母亲，但母亲的身体已经冻在地面上。他又将脸贴在母亲身上，母亲的胸膛冻得发硬，心脏一片寂静。他用手帕蒙住母亲的脸，开始往尸体上堆雪。几个黑影在树林边上移动。是一群狼，狼眼里反射着汉尼拔手中火把的光亮。他边挥舞着铁锹边朝狼群大吼着。米莎执意要跑出来找妈妈——汉尼拔不得不作出选择。他把米莎带回小屋里，将死去的家人留在黑暗之中。雅科夫先生的书完好无损地“躺”在他焦黑的手旁边，一匹狼跑过来吃掉了书的皮质封面，又舔食着雪地上雅科夫先生的脑浆，弄得周围满是惠更斯《光论》四散的书页。

汉尼拔和米莎听得见外面狼群呼哧呼哧的喘息和低沉的哼哼声。汉尼拔将火生起。为了盖住外面传来的声音，他试着让米莎唱歌；他自己先给妹妹唱起来。米莎双手紧紧拽着哥哥的衣服。

林中站着一个小矮人……

雪花纷纷落在窗户上。有人用手套的指尖在玻璃的一角擦出一个圆。一只淡蓝色的眼睛出现在这个黑色的圆圈后面。

7

门突然开了，格鲁塔斯闯了进来，和他一起的还有米尔克和多特里奇。汉尼拔抓起墙边的一根粗矛。格鲁塔斯凭着自己可靠的直觉，把枪指向了小米莎。

“放下手里的东西，不然我打死她。明白我的意思吗？”

一伙人随后拥上去抓住汉尼拔和米莎。

强盗们都进了屋子。格鲁塔斯走出去，朝半履带式卡车挥挥手，示意司机把车开过来。车灯熄灭了，周围突然暗下来，这使空地边上群狼的眼睛醒目起来。一匹狼正拖拽着什么东西。

屋子里的强盗们围在汉尼拔和他妹妹周围烤火取暖。待在野外好几个星期，强盗们的衣服散发着一股熏人的臭味，之前踩在靴底下的血也早已凝固成块。他们相互凑得很近。“看锅人”捉住一只从衣服里爬出来的小虫，用大拇指的指甲迅速将它的脑袋掐了下来。

他们冲两个孩子咳嗽着。这些强盗靠捡来的食物过活，大多是腐肉，有些是从卡车履带上刮下来的，因此他们体内的酮过多，呼出的气就像食肉动物的呼吸一样有股臭味。米莎把脸埋进哥哥的衣服里。汉尼拔搂住躲在自己外套里的妹妹，发觉她的心跳很剧烈。多特里奇拿起米莎的碗，狼吞虎咽地把里面的粥喝掉，还用他那伤痕累累的“蹼指[①]”将碗抹干净。科纳斯把自己的碗伸了过去，可多特里奇一点也没给他。

科纳斯身体粗壮，看到贵重金属就会两眼放光。他把米莎的手镯从她手腕上捋下来，装进自己口袋里。汉尼拔一把抓住科纳斯的手，格兰茨马上从一侧掐住了汉尼拔的脖子，顿时，汉尼拔觉得整个手臂都麻木了。

远处传来轰鸣的炮声。

格鲁塔斯说：“如果有巡逻兵过来——不管从哪边过来——我们就说要在这里建一所战地医院。我们救了这两个小家伙，还保护他们家放在卡车里的东西。从车里拿个红十字来挂门上。现在就去。”

“另外两个人要是一直留在卡车里会冻死的，”“看锅人”说道，“他们是巡逻兵让我们带上的，没准还能派上用场。”

“把他们带到下人住的简易房里去，”格鲁塔斯说，“把他们锁在里面。”

“他们往哪里去？”格兰茨问，“他们跟谁说话呢？”

“他们可以跟你说话，讲讲他们该死的悲惨人生，用阿尔巴尼亚语讲，格兰茨。你他妈快滚出去，按我说的做。”

外面风雪交加，格兰茨将两个瘦小的人带下卡车，推搡着他们朝谷仓的简易房走去。

---

① 蹼指：这里指粘连在一起的手指。

8

格鲁塔斯把一条细链子绕在两个孩子的脖子上，冰冷的链子紧贴着他们的皮肤。科纳斯吧嗒一声锁上了沉甸甸的挂锁。格鲁塔斯和多特里奇把汉尼拔和米莎拴在楼梯上端的扶栏上，这样一来，孩子们既不会碍事，又不会脱离他们的视线。“看锅人”从一间卧室里给两个孩子拿来一只尿壶和一条毛毯。

透过扶栏上的金属条，汉尼拔看见这伙人将钢琴的琴凳扔进了火里。他把米莎的衣领掖到链子下面，免得链子勒到妹妹的脖子。

小屋四周的雪越积越厚，只有窗户上部的玻璃能透进一丝灰暗的光。外面狂风呼啸，飞舞的雪片从窗户上擦过。小屋摇摇晃晃的，就像一列行驶着的火车。汉尼拔用毛毯和地毯将自己和妹妹裹起来，毯子盖住了妹妹的咳嗽声。米莎滚烫的额头抵在汉尼拔的脸颊上。汉尼拔从藏在衣服里已经变了味的面包上扯下一片面包皮放进嘴里，浸软后喂给妹妹吃。

格鲁塔斯每隔几小时就派一个人出去铲掉门口的积雪，好留出一条路通到井边。一次，“看锅人”把一只装着一些残羹剩饭的平底锅拿到了谷仓里。

一伙人被雪困在屋子里。时间过得奇慢，让人痛苦不堪。开始没吃的了，后来又找到一些。科纳斯和米尔克把米莎的铜质浴盆抬到火炉上。浴盆上盖着块厚木板，超出盆边的部分让火给烤焦了。“看锅人”往火里扔了些书和木质的色拉碗。他一边留意着火炉，一边拿出日记和账本作一些更新。他把搜刮来的一些小东西堆在桌子上以便分类清点，随后翻开账本的一页，用细长的手在顶部写下每个人的名字：

弗拉迪斯·格鲁塔斯
西格马斯·米尔克
布隆尼斯·格兰茨
恩里卡斯·多特里奇
佩特拉斯·科纳斯

最后，他写下了自己的真名，卡济斯·波维克。

在名字下面，他列出了抢来的赃物——金边眼镜、手表、戒指和耳环，还有金牙——可以分到每个人头上的份额，测量工具是一只偷来的银杯。

格鲁塔斯和格兰茨把小屋翻了个底朝天。他们把抽屉一只只拉开，还把书桌的背面板全部扳掉了。

五天之后，天放晴了。强盗们穿上雪地鞋，把汉尼拔和米莎带出来，往谷仓走去。汉尼拔看见一缕烟飘出简易房的烟囱。谷仓的门上钉着一大块塞萨尔的马蹄铁，是用来求好运的。汉尼拔看着马蹄铁，很想知道塞萨尔是不是还活着。格鲁塔斯和多特里奇将两个孩子推进谷仓，锁上了门。透过两块门板之间的缝隙，汉尼拔看见这伙人四散开来，走进了树林。谷仓里很冷，孩子的衣服被揉成一团一团的，扔在稻草上。通往简易房的门关着，但没上锁。汉尼拔推开门，看见小火炉旁边紧紧贴着一个小男孩，最多八岁，身上裹着所有能从行军床上拿下来的毯子。他眼睛深陷，眼圈发黑，身上左一层右一层穿了不少，有些是女孩子的衣服。汉尼拔把米莎拉到身后。男孩见了他便躲到一边去了。

汉尼拔对他说：“你好。”他把这个词分别用立陶宛语、德语、英语和波兰语说了一遍。男孩却丝毫没有反应。他的耳朵和手指上都生了冻疮，又红又肿。随着漫长又寒冷的一天慢慢过去，男孩终于设法让汉尼拔明白了自己的意思。他说自己名叫阿贡，从阿尔巴尼亚来，只会讲那里的语言。汉尼拔让他从自己的口袋里摸出点东西吃，但不许他碰米莎。当汉尼拔向他示意自己和妹妹想分走一半他身上的毯子时，男孩没有拒绝。任何一点响动都会把这个阿尔巴尼亚小男孩吓一跳，他会把目光转向房门，手里比画着砍东西的动作。

太阳快要落山的时候，强盗们回来了。汉尼拔听见了他们的声音，便透过两扇门板之间的缝隙眯着眼朝外看。

强盗们牵着一头饿得半死的小鹿。小鹿还活着，跌跌撞撞地走在后面。它的脖颈上绕着一条这伙人从某幢豪宅里劫来的流苏垂饰，身体的一侧插着一支箭。米尔克抄起一把斧头。

“别浪费一滴血。”“看锅人”的口吻带着厨师的权威。

科纳斯拿着自己的碗跑过来，两眼放光。院子里传来一声惨叫。汉尼拔捂住米莎的耳朵，不让她听见斧头的声响。阿尔巴尼亚男孩边哭边做着祷告。

晚些时候，这伙强盗吃饱了。“看锅人”给了孩子们一块带点肉和筋的骨头让他们啃。汉尼拔咬下一点肉，嚼烂了给米莎吃。在他把肉末捏到妹妹嘴里的过程中，肉汁都流光了，因此他就嘴对嘴地喂妹妹吃。强盗们把汉尼拔和米莎又带回了小屋，用链子将他们锁在阳台的栏杆上，把阿尔巴尼亚男孩单独留在谷仓里。米莎高烧不退，汉尼拔紧紧地搂着妹妹，身上裹着的小毯子有股冰冷的灰尘的味道。

这伙强盗都得了流感病倒了。他们尽量贴近快熄灭的火躺着，相互对着咳嗽。米尔克摸到了科纳斯的梳子，于是吮吸起上面的油来。小鹿的头骨放在没有一滴水的浴盆里，上面的肉一点不剩，全煮掉了。

后来这伙人又找到一些肉，他们呼噜呼噜地吃着，相互间看也不看一眼。“看锅人”把软骨和肉汤给汉尼拔和米莎吃，却没给谷仓里的孩子送任何东西。

天气一直不肯转晴。天幕低垂着，透着花岗岩般的灰色。树林里一片死寂，只听得见树枝被冰压断坠地的声音。

天放晴的时候，食物已经短缺好些天了。风停之后的那天下午阳光明媚，但大家的咳嗽似乎愈发剧烈。格鲁塔斯和米尔克穿上雪地鞋，摇摇晃晃地走了出去。

做了个热血沸腾的梦之后，汉尼拔听见他们回来了。接着传来一阵嘈杂的争吵和拖着脚走路的声音。汉尼拔透过扶栏上的金属条看到格鲁塔斯正舔着一块血淋淋的鸟皮，之后又将它扔给其他人，那些人就像狗一样扑了上去。格鲁塔斯的脸上粘着血和羽毛，他把血淋淋的这张脸转向两个孩子，说道：“我们必须吃东西，否则就是死路一条。”

这是汉尼拔的意识中关于小屋的最后一点记忆。

由于苏联的橡胶短缺，坦克装的是钢轮，行驶时整个车身都会颤动起来，让人感觉一阵酥麻，潜望镜也颤得看不清东西。这辆苏联KV—1型大坦克沿着一条林间小路费力地前进。天冷得要命，德军每次撤退，战线就要西移数英里。两名穿着冬季迷彩服的苏军步兵骑坐在坦克的后甲板上缩成一团，靠下面的散热器取暖。他们要时刻提防单独行动的德国狼人，此人是留下来的狂热分子，手里有专门用来摧毁坦克的反坦克火箭发射器。两个步兵发现灌木丛里有动静，于是开了火。坦克指挥官听见上面的枪声，便调转坦克，以便用同轴机枪瞄准目标。透过望远镜的放大目镜，一个小男孩出现在他的视线里，这孩子是从灌木丛里出来的。士兵继续在行进的坦克上射击，子弹扬起了男孩身边的积雪。指挥官从舱里站起来，下命令停止射击。他们已经这样误杀了几个孩子，这次可不希望把这个也杀了。

士兵们看见一个身体瘦弱、脸色苍白的小孩，脖子上缠着条上了锁的链子，链子末端绕成一个空心圆拖在他后面。他们把男孩放在散热器旁边，给他剪断链子。他的脖子让链子上的环给粘掉了好几块皮。男孩死死地攥着一个包贴在胸前，包里是一副漂亮的双筒望远镜。士兵们摇晃了他几下，用俄语、波兰语和临时拿来应付的立陶宛语问他问题，直到发现这孩子根本就不会说话。士兵们谁也没拿走孩子的望远镜，因为那样做他们会感到难为情。他们给了他半个苹果，在找到一个村庄落脚之前，让他骑坐在炮塔后边。那里比较暖和，因为散热器喷出的气暖烘烘的。

9

一支苏联机械化部队带着一辆反坦克装甲车和一台重型火箭发射器在弃置的莱克特城堡里歇了一夜脚，要在拂晓之前离开。院子的地上好些地方的雪融化了，上面是汽车留下的黑色油迹。一辆轻型卡车还停在城堡的大门口，发动机空转着。

格鲁塔斯和四个活下来的同伴穿着医生制服从树林里向外窥望。自从格鲁塔斯开枪把库克打死在城堡院子里，四年已经过去了。十四个小时前，这伙强盗们丢下死去的同伙，逃离了着火的狩猎小屋。

炸弹在远处嘭嘭地爆炸，地平线上，防空光弹拖着弧线直冲云霄。

最后一名士兵倒退着走出门来，边走边从绕线轮上往外放导火线。

“见鬼，”米尔克说道，“马上就会有闷罐车那么大的石头像雨点一样砸下来。”

“不管怎么着我们都得进去。”格鲁塔斯说。

士兵将导火线一直放到台阶底下，然后剪断。他在线的末端蹲下来。

“反正那破地方已经给抢空了，”格兰茨说，“他妈的。”

“你想临阵脱逃？”多特里奇说。

“操！”格兰茨骂道。这些人的法语是骷髅师在马赛附近整修装备时学的，他们喜欢在战斗前的紧张时刻用法语互相咒骂。这些脏话让他们想起了在法国的快活日子。

台阶上的苏联骑兵将导火线从末端分开十厘米，在中间夹了个火柴头。

“导火线是什么颜色？”米尔克问。

格鲁塔斯拿起双筒望远镜看了看。“太暗，我看不清。”

从树林里，他们能看见又一根火柴的亮光映在骑兵脸上，他点燃了导火索。

“是橘黄色还是绿色？”米尔克问道，“上面有条纹吗？”

格鲁塔斯没做声。士兵慢吞吞地朝卡车走去，车上的战友大声喊着让他快些，他笑起来，身后的导火线在雪地里冒着火星。

米尔克小声数着数。

车一开出视线，格鲁塔斯和米尔克就朝导火线跑过去，跑到跟前的时候火已经烧过了门槛。直到凑近了，他们才看清上面的条纹。*燃烧速度每分钟半米　每分钟半米　每分钟半米*。格鲁塔斯用他的弹簧刀把导火线切断了。

米尔克嘟哝了一句“*去他妈的农场*”，便冲上台阶跑进城堡，顺着导火线一路寻找着，看其他地方是不是还有导火线和炸药。他循着导火线穿过大厅往塔楼走去，终于看到了要找的东西，这根导火线连接着一根绕成大圈的引爆线。他回到大厅里，叫道：“它连着一根环形主线，只有这一条导火线，你们已经搞定它了。”捆绑好的炸药堆放在塔楼底座的周围，和环形引爆线一起使用就足以将塔楼炸毁。

苏联部队走的时候连城堡的前门都懒得关，大厅火炉里的火也没熄灭。光秃秃的墙上有不少士兵们乱涂乱画的痕迹，靠近火炉的地板上全是粪便和厕纸。这些都是这支部队在十分温暖的城堡里上演的谢幕之作。

米尔克、格兰茨和科纳斯在楼上搜东西。

格鲁塔斯示意多特里奇跟着他，两人走下楼梯来到了地下室。酒室门上的铁栅开着，锁已经坏了。

格鲁塔斯和多特里奇将一支手电筒放在两人之间共用。玻璃碎片反射着黄色光柱的微光。酒室里满是上等酒的空瓶，瓶颈被迫不及待的酒徒敲断了。品酒桌在一些劫掠者相互的争抢中被掀翻，靠在后墙上。

“去他妈的，”多特里奇说，“一口酒都不剩了。”

“帮我一下。”格鲁塔斯说。两个人一起将桌子从靠墙的地方拉开，脚下吱嘎吱嘎踩着碎玻璃。他们在桌子后面发现了凝固的蜡油，便点着了它。

“喏，拉这个吊灯，”格鲁塔斯对稍高一点的多特里奇说，“使劲拉，垂直朝下。”

酒架转离了后墙。它转动起来时，多特里奇伸手去掏自己的手枪。格鲁塔斯走进酒室后面的房间。多特里奇也跟了进去。

“我的天哪！”多特里奇叫道。

“去把卡车开过来。”格鲁塔斯说。

10

立陶宛，1946年

汉尼拔·莱克特十三岁了，他独自一人站在河堤下面的碎石上，朝曾经属于莱克特城堡的乌黑河塘里扔着面包皮。城堡的菜园如今变成了人民孤儿院合作社菜园，主要种植芜菁，菜园周围的树篱也已经长得高大茂盛。河塘和水面对汉尼拔来说都至关重要。河塘是永恒不变的，黑色的水面就像以往一样，倒映着掠过城堡锯齿状塔楼的云彩。

在孤儿院院服外面，汉尼拔现在还穿了件受罚的专用衬衫，上面用颜料写着四个字**禁止玩耍**。虽然不可以参加孤儿们在城堡外田野上的足球赛，汉尼拔并没有感到失去什么。役马塞萨尔和苏联马夫拉着一马车的木柴穿过田野，足球赛因此中断了。汉尼拔到马厩里去时，塞萨尔十分开心，但它不爱吃汉尼拔带来的芜菁。

汉尼拔看着一群天鹅从河塘对面游过来。一对黑天鹅是在战争中幸存下来的，和它们一起的是两只幼鹅，还毛茸茸的，一只骑在妈妈的背上，另一只跟在后面游。三个年纪稍大一点的孩子站在上面的河堤上，推开一段围栏看着汉尼拔和这群天鹅。

公鹅爬上岸来向汉尼拔发出挑战。

一个叫费多尔的金发男孩对其他几个耳语道："看着吧，那个黑不溜秋的杂种会把那蠢货拍扁——这只鹅会像你偷蛋时打你一样把他也打得屁滚尿流。咱们看看这蠢货会不会哭。"汉尼拔举起手中的柳树枝，公鹅乖乖退回水里去了。

费多尔大失所望，他从衬衫里掏出一只用红色内胎橡胶做成的弹弓，又从兜里找到颗石子。石子打在河塘边的泥地上，汉尼拔的两条腿都溅上了泥浆。他抬起头面无表情地看着费多尔，摇了摇头。费多尔把第二颗石子打到了正在游动的幼鹅身边，一时间水花四溅。这下汉尼拔举起了手中的柳枝，又发出嘘声驱赶鹅群，以免它们被打中。

城堡里传出了钟声。

费多尔和他的伙伴们转过身去，还沉浸在刚才的乐趣中，笑着。汉尼拔跨出围栏，扔出一把野草，草根上还连着一坨大土球。土球重重地砸在费多尔脸上，比他矮一头的汉尼拔冲上去，猛推了他一下，他顺着陡峭的河堤朝水里滚去。汉尼拔一路追着吓呆了的费多尔，终于在乌黑的水里逮到了他。汉尼拔把他压在水下，一次又一次地用弹弓柄戳他的后脖子。汉尼拔面无表情，唯独双眼有些许生气，他用眼角的余光瞥见了一抹血红色。汉尼拔用力把费多尔翻过来打他的脸。费多尔的同伴们慌忙跑下去，他们不想在水里打架，只得大声叫监管员过来解围。第一监管员彼得罗夫带着另外几个人咒骂着走下河堤，他锃亮的靴子弄脏了，手里挥舞着的棍子也粘了泥巴。

莱克特城堡大厅里那些华丽的饰物早已被拿走，取而代之的是一幅巨大的约瑟夫·斯大林的画像。傍晚时分，一百名身着院服的孩子在大厅里吃完了晚饭，站在木桌旁边开始唱《国际歌》，微醺的院长手握叉子给孩子们指挥。

新近任命的第一监管员彼得罗夫和穿着马裤与靴子的第二监管员

在桌子间走动巡视，确保每个孩子都开口唱歌。汉尼拔没有唱，他一侧的脸颊青黑，一只眼睛肿得闭上了一半。费多尔站在另外一张桌子旁看着其他孩子唱，他脖子上缠着绷带，脸上净是擦伤，一根手指用夹板固定着。

两个监管员停在手里攥着一把叉子的汉尼拔面前。

“你唱得太好，所以不屑于和大家一起唱，是吗，小少爷？”第一监管员彼得罗夫大声问道，声音盖过了大家的歌声。“你已经不是这里的小少爷了，你不过是个孤儿，和他们一样，上帝作证你必须得唱！”

第一监管员挥起写字夹板重重地打在汉尼拔一侧的脸蛋上。汉尼拔面不改色，仍然没开口唱歌，一股血慢慢从他嘴角流了下来。

“他是哑巴，”第二监管员说，“你打他也没用。”

歌唱完了，四下一片安静。第一监管员的声音显得格外洪亮。

“哑巴，我看他夜里没少大喊大叫啊。”第一监管员说着，又挥起另外一只手。汉尼拔用手里的叉子挡住了这一下，叉子尖刺进了第一监管员的指关节，他开始绕着桌子追打汉尼拔。

“住手！别再打他了，我不想看见他身上伤痕累累的。”院长可能有点醉了，但他控制住了自己。“汉尼拔·莱克特，到我办公室来。”

院长的办公室里有一张部队剩下来的桌子，还有一些文件和两张行军床。在这个房间里，汉尼拔最为深切地感受到了城堡里气味的改变。柠檬油家具抛光剂和香水的味道已经荡然无存，现在只能闻到火炉里难闻的尿骚味。玻璃橱窗里空空如也，唯一留下的装饰品是一尊木雕。

“汉尼拔，这以前是你妈妈的房间吧？它给人一种闺房的感觉。”院长是个变化莫测的人。他有时会和蔼可亲，但被失败困扰时又会冷酷无情。此刻，他的两只小眼睛泛红，等着汉尼拔回答。

汉尼拔点了点头。

“住在这间房子里你一定觉得不好受吧？”

汉尼拔没有任何反应。

校长从桌子上拿起一封电报。“好吧，你不会在这里住很久了。你叔叔要过来把你接到法国去。”

11

厨房里只有壁炉的火发出一点光亮。汉尼拔待在阴影里，看着熟睡的厨师助手在壁炉旁的椅子上流口水，身边放着一只空玻璃杯。汉尼拔想把这人身后架子上的提灯拿下来，他能看见玻璃灯罩在壁炉中火光的映照下泛出的微光。

助手睡得正酣，他呼吸均匀，痰在嗓子里咕噜咕噜打转。汉尼拔踏着石头地板走到厨房的另一边，助手散发出的伏特加和洋葱味顿时把他包围住了，他又走近些，绕到助手身后去够那盏提灯。

提灯的柄是金属丝的，提起来会嘎吱作响。汉尼拔觉得还是托着底座，再握住顶端把提灯端起来为好，同时还要扶住玻璃罩，免得它来回晃动发出声响。他双手并用将提灯竖直抬起，拿下了架子。

壁炉里传出了响亮的劈啪声，一块木柴嘶嘶地冒着蒸汽，在炉膛里炸裂了。火花和煤渣四处飞溅，随后纷纷落在壁炉周围。一块煤渣落到了离助手脚边一英寸的毡靴垫上。

手边有什么工具可用呢？厨房的橱柜台面上有一只盒子，之前是装150毫米炮弹用的，现在里面放满了木勺和刮刀。汉尼拔将提灯放下，拿起一把勺子，把落在靴垫上的煤渣弹到了地板中央。

通往地下室台阶的门设在厨房一角。汉尼拔轻推了一下，门便悄无声息地开了。他走进去，里面漆黑一片。汉尼拔记得这里是楼梯的上部，于是回手关了门。他在石墙上划燃一根火柴，将提灯点着，沿着熟悉的楼梯走下去，越往下越觉得冷。他穿过一扇又一扇低矮的拱门，朝酒室走去，提灯的火光也随着他的移动在每间地窖的拱顶上跳跃。酒室的铁栅开着。

酒室里的酒早已被洗劫一空，代替它们摆在架子上的是一些根茎类蔬菜，主要是芜菁。汉尼拔提醒自己往口袋里装些甜菜——在没有苹果的季节，塞萨尔就吃甜菜。它会吃得嘴唇通红，就像涂了口红一样。

在孤儿院的日子里，汉尼拔看到自己曾经的家遭到侵犯，所有的东西不是被偷、被没收，就是被糟蹋，但他从没到这里看过。他把提灯放在高一点的架子上，又把几大袋放在后排酒架前面的土豆和洋葱拖过来。他爬上桌子，抓住吊灯往下拉，然而什么也没发生。他松开吊灯，又用力拉，把自己整个身体的重量都悬在上面，身体也随着吊灯旋转起来。吊灯猛地一震下降了一英寸，把上面的浮尘也震得飞下来。汉尼拔听见了后排酒架发出的嘎吱声，便爬下桌子，把手指伸进酒架分开的小缝并用力地扒。

随着铰链发出的拖长的尖厉声音，酒架转离了墙面。汉尼拔转回去取提灯，准备一有动静就把火吹熄。然而周围一片安静。

就是在这间酒室里，在这个地方，他最后一次见到厨师库克。刹那间，库克的大而圆实的脸庞异常清晰地浮现在汉尼拔脑海里，根本没有一丝死亡的影子。

汉尼拔拿起提灯，走进酒室后面的密室，里面是空的。

一只很大的镀金画框还在，画已经被人割去，画框四周只剩下一根根翘起的画布线头。这曾经是家里最大的一幅画，上面是用浪漫主义手法描绘的萨基列斯战役的场景，突出展现了老汉尼拔的赫赫战功。

家族中最小的汉尼拔·莱克特站在这座惨遭劫掠的、属于他儿时记忆的城堡里——这个儿时的家园——望着空空的画框。他知道自己是莱克特家族的后代，但觉得自己又并不属于这个家族。他记忆中的往事不是关于莱克特家族的，而是关于来自斯福尔扎家族的母亲的，关于库克和雅科夫先生的。他能在空荡荡的画框里看见他们，看见他们围坐在小屋的火炉前。

他和自己所了解的老汉尼拔一点也不像。他可以在童年的彩绘天花板下生活，但这种生活就像天堂一样虚无缥缈，几乎毫无意义。他深信这一点。

一切的一切都一去不返了，那些油画，还有画上那一张张对于他来说像家人般熟悉的面孔。

密室中央有个地牢，是石头砌成的一口枯井。老汉尼拔曾经将敌人扔在里面，之后把他们忘得一干二净。后来的一些年里，地牢周围又圈上了围栏，以免发生意外。汉尼拔将提灯举在地牢上方，灯光只能照亮井道的上半部分。父亲曾经告诉汉尼拔，在他自己小的时候，牢底曾胡乱地堆着一些白骨。

一次，为了逗汉尼拔开心，家人把他放在篮子里慢慢送下井。快接近底部的时候，他看见墙上刻着一个词。此时由于提灯的灯光微弱，他无法看到刻字，但他知道它们就在下面。那是一个快死的人在黑暗中刻下的一些凹凸不平的字母——“Pourquoi（为什么）？”

12

长长的宿舍里，孤儿们都睡下了。床位是按照年龄排序的，最小的孩子睡的一端有种育婴房的味道。这一端的孩子睡觉时双臂紧抱，有些还会叫出声来，呼唤着留在记忆中的逝者。在梦到的人的脸上，他们看见的是再也寻觅不到的关爱与柔情。

较远的地方，一些年纪稍大的男孩子在被窝里自慰。

每个孩子都有一只床头柜，每张床床头的墙上都有一块地方用来挂画，或者在极少数的情况下，挂一张家人的照片。

挨在一起的好几张床的上方挂的都是稚嫩的蜡笔画。汉尼拔床头上方的画是用粉笔和铅笔完成的，画得相当好。上面是一只小孩子的手臂，姿势十分可爱动人。胖乎乎的小手正伸出去轻拍着什么，因此看上去似乎缩短了。手臂上套着只手镯。画的下方，汉尼拔进入了梦乡。他的眼皮颤动着，下巴上的肉簇在一起，鼻翼翕动。在梦里，他闻到了一股死尸般的味道。

林中的狩猎小屋里，汉尼拔和米莎身上裹着的小地毯散发出一股冰冷的灰尘的味道，结在窗户上的冰层折射着红红绿绿的光。外面狂风呼啸，一时间烟囱都给吹得冒不出烟来。一层层蓝色的烟缭绕在尖尖的屋顶下方和阳台的扶栏前。汉尼拔听见前门猛地开了，于是透过栏杆张望。米莎的浴盆放在火炉上，厨子把带着角的小鹿头放进去煮，又加了些干瘪的植物块茎。翻滚的水使鹿角频频顶到浴盆的金属壁上，就像是小鹿在奋力地用角顶浴盆，做着最后一搏。蓝眼睛的家伙和长着蹼指的家伙走进来，带进一股凉气。他们蹬掉雪地靴，把身体靠在墙上。其他的人聚拢到他们两个周围，端着碗的家伙也从角落里吃力地走过来，他的脚上生了冻疮。“蓝眼睛”从自己的口袋里掏出三只饿死的小鸟，将其中的一只连带着羽毛扔进水里，直到它软得可以剥下皮才拿出来。他舔着血淋淋的鸟皮，脸上粘着血和羽毛。他将鸟皮扔给围拢过来的其他人，那些人就像狗一样扑了上去。

他把带着斑斑血迹的脸转向阳台，吐出一根羽毛，说道：“我们必须吃东西，否则就是死路一条。”

他们把莱克特家族的相册丢进火里，一起丢进去的还有米莎的纸玩具：纸城堡啊，纸娃娃啊……汉尼拔正站在壁炉旁边，忽然，没有丝毫下降的感觉，他们就来到谷仓。在那里，被揉成一团一团的衣服扔在稻草上，都是一些孩子穿的衣服，但汉尼拔以前从没见过。它们已经发硬，上面净是凝固的血。这群人紧紧围上来，抚弄着汉尼拔和米莎。

“把她带走吧，反正她也快死了。过来带你玩去，过来带你玩去。”

他们唱起歌来，要把米莎带走。“林中站着一个小矮人，不动也不语……”

汉尼拔紧紧抓着米莎的胳膊，一伙人把两个孩子朝门口拖去。汉尼拔仍然没松开妹妹，“蓝眼睛”于是用力关上谷仓沉重的门，门夹了一下他的胳膊，他的骨头发出断裂的响声。接着，“蓝眼睛”又把门推开，挥舞着一根木棒走进来。木棒一次又一次重重地落在汉尼拔头上，他的双眼后侧闪过一道道光，脑袋里砰砰作响。米莎喊着：“阿尼拔！”

第一监管员开始用棍子敲打床架，那砰砰声恰好和木棒的猛击吻合起来了。还在睡梦中的汉尼拔惊叫着："米莎！米莎！"

"住嘴！住嘴！你这小杂种给我起来！"第一监管员把床上的被褥一把扯下来，扔到汉尼拔身上。汉尼拔走出宿舍，踏着冰冷的地面朝工具房走去。第一监管员跟着他，边走边用棍子戳他，最后一把将他推了进去。工具房里挂着一些园艺工具，还有绳子和几件木工工具。第一监管员把手里的提灯放在一只小桶上，举起了他的棍子。他抬起那只缠着绷带的手。

"现在我就要让你为此付出代价。"

汉尼拔似乎害怕了，他绕着圈往暗处跑去，心里有种不可名状的感觉。第一监管员觉察到了汉尼拔的恐惧，也绕着圈追打起他来，一直追到光线不可及的地方。汉尼拔的大腿上结结实实地挨了一下。他跑到提灯边上，拿起一把镰刀，又把灯吹熄。在黑暗中，汉尼拔躺在地上，双手紧握镰刀，举到头部上方。他听见第一监管员从自己身边走过时仓促的脚步声，于是朝漆黑的空气中拼命地挥动镰刀，但是什么也没砍中。之后他便听到了关门声还有锁链的碰撞声。

"收拾一个哑巴的好处就是他不会告发你。"第一监管员说。他和第二监管员正盯着一辆停在城堡院子的砾石地面上的德拉哈耶汽车。这真是法国汽车中俏丽的典范之作，它的车身是蔚蓝色的，前盖上插着苏联和东德的国旗。这车和战前的法国汽车一样，颇有些异域风情，对于那些看惯了方方正正的坦克和吉普车的人来说，看到它实在是种享受。第一监管员真想用刀在车的一侧划上个"操"字，无奈司机魁梧壮实，十分警觉。

汉尼拔从马厩里看到车来了，但并没有跑过去。他看见叔叔和一名苏联军官一同走进了城堡。汉尼拔把手平放在塞萨尔的脸颊上，塞萨尔转过自己的长脸对着他，嘴里嘎吱嘎吱地嚼着燕麦。苏联马夫对塞萨尔的照料甚是精心。汉尼拔抚摸着马脖子，把自己的脸贴近塞萨尔转动的耳朵，但始终没开口说话。他在塞萨尔的两眼之间亲吻了一下。在干草棚后部的两面墙之间，挂着他父亲的双筒望远镜。汉尼拔把它挂在自己的脖子上，穿过常有人走动的阅兵场。

第二监管员正站在台阶上找他。汉尼拔寥寥无几的行李装在一只包里。

13

罗伯特·莱克特从院长办公室的窗户往外看，看到他的司机用一盒烟从厨师那里换了一根小香肠和一片面包。罗伯特·莱克特现在实际上是莱克特伯爵，大家都觉得他哥哥已经死了，所以没经过什么法律程序就这么叫他伯爵叫了许多年，他本人早就习惯了。

院长接过钱，没有数就直接揣进了胸前的口袋，又瞥了蒂姆卡上校一眼。

“伯爵，呃，莱克特同志，我跟您说，我战前在凯瑟琳宫里看到过您画的两幅油画。那里还有一些登在《高恩》杂志上的照片。我非常欣赏您的作品。”

莱克特伯爵点了点头。“多谢了，院长。关于汉尼拔的妹妹你都知道些什么？”

“只有一张她的照片，没多大帮助。”院长说。

“我们正在向各个孤儿院分发她的照片。”蒂姆卡上校说道。他穿着苏联边防警察的制服，钢框眼镜和一口钢牙都熠熠发光。“这需要点时间，孤儿院太多了。”

“我必须得告诉您，莱克特同志，树林里全是……身份不明的尸体。”院长又加了一句。

“汉尼拔从没说过什么？”莱克特伯爵问。

“没和我说过。实际上他会说话——他睡觉时会大声喊他妹妹的名字：‘米莎，米莎’，”院长停了一下，考虑着如何措辞，“莱克特同志，在您进一步了解汉尼拔之前，可能会觉得我对他……有些苛刻。其实在他没完全平静下来的时候，不让他和别的孩子玩可能是最好的选择。有的孩子总会受伤。”

“他总欺负别人吗？”

“是欺负他的人总受伤。汉尼拔根本不理会长幼尊卑这一说。受伤的一般都是比他年纪大的孩子。他很快就能把他们打伤，有的时候还很严重。虽然对于比他大的人来说，汉尼拔是个危险人物，但他对小一些的孩子还是比较和气的，有时任由他们稍微戏弄一下。有几个孩子以为他又聋又哑，所以就当着他的面说他是疯子，他这才让他们尝了尝自己的厉害。但这种情况很少。”

蒂姆卡上校看了看手表。“我们得出发了。咱们车里见可以吗，莱克特同志？”

等到莱克特伯爵走出了房间，蒂姆卡上校便伸出手来。院长叹着气，把钱交给了他。

蒂姆卡上校的眼睛和牙齿顿时一亮，他舔了舔大拇指，开始点钱。

14

离庄园还剩下最后几英里的路时，下起了雨，雨水洗净了飘浮的尘埃。湿漉漉的砾石在粘满烂泥的德拉哈耶车下乒乓作响，风把青草和松软泥土的气息带进了车里。之后雨停了，傍晚的霞光泛出淡淡的橘红色。

在这种奇异的橘红色光芒里，庄园的魅力不仅仅来自它的雄伟，更多的是来自于它的优雅。庄园里的房子有很多窗户，上面弯弯曲曲的窗棂就像被露水压弯的蜘蛛网。对汉尼拔来说，弯曲的形状都带着某种预示。庄园里曲折的凉廊从大门处开始往里延伸，看上去就像是惠更斯书里画的螺旋形。

四匹役马拴在一辆废弃不用的德国坦克上，坦克停在门廊里，一部分伸在外面。刚下过雨，马身上还冒着水汽。这些马都像塞萨尔一样高大。汉尼拔看到它们很开心，希望它们是自己的保护神。坦克被一些滚轮垫起，这些马把它一点一点地往门廊外拖，就像拔牙一样。马夫牵着马，他对它们说话的时候，马耳朵会跟着转动。

“门廊是德国人用大炮炸毁的，他们把坦克倒进去好躲避飞机的轰炸。”车停下来的时候，伯爵这样告诉汉尼拔，他已经适应了这种得不到任何回应的谈话方式。“他们撤走的时候，把坦克就留在这儿了。我们根本搬不走它，索性就用花坛把这破玩意打扮一下，在它周围晃悠了五年。现在我又能卖我那些‘煽动性’的画了，所以可以花钱雇人把它拖走。下来吧，汉尼拔。”

男仆一直在等着车回来，他和女管家出来迎接伯爵，还带了雨伞，怕万一用得上。和他们一起出来的还有条马士提夫犬。

叔叔在自家的车道上作了一番介绍。他对待家里的下人谦和客气，而不是一下子冲进房间，再回头甩下几句话。汉尼拔很喜欢叔叔这一点。

“这是我侄子汉尼拔。他从现在开始就和我们一起住了，很高兴他成为我们中间的一员。这是比莉吉特女士，我的管家。还有帕斯卡，他负责修理东西。”

比莉吉特女士容貌姣好，以前是楼上的女仆。她记东西很快，从汉尼拔的举止中就能读懂他的意思。

那条马士提夫犬热情地迎接着伯爵，而对汉尼拔却有所保留。它从腮帮子里往外鼓了点儿气，汉尼拔向它伸出手，它一边嗅着，一边抬眼看着汉尼拔。

“我们需要给他找些衣服。”伯爵对比莉吉特女士说。“阁楼上有几只我上学时候的旧皮箱，去那里找几件，就先凑合穿着，以后慢慢我们再给他添置。”

“小女孩呢，先生？”

“还没找到，比莉吉特。”他答道，然后摇了摇头，终止了这个话题。

汉尼拔朝房子走去，一路上好多东西给他留下了印象：院子里湿润的卵石泛着微光，雨后的马皮十分光亮，一只漂亮的乌鸦在屋顶角落处从排水管里喝水，它的羽毛颇有光泽；高处，一扇窗子的窗帘随风飘动，汉尼拔看到了紫夫人亮丽的秀发，还有她的侧影。

紫夫人推开窗子，霞光映上了她的脸庞。饱受梦魇惊扰的汉尼拔朝着梦想之桥踏出了第一步……

从孤儿院简陋单调的房子搬到私人别墅是种美好的解脱。整个庄园屋子里的家具既奇特又亲切。它们来自不同的年代，是在纳粹强盗被赶走之后，莱克特伯爵和紫夫人从阁楼里重新搬出来的。纳粹部队占领法国期间，所有的大型家具都用火车运到德国去了。

赫尔曼·戈林和希特勒本人对罗伯特·莱克特和其他主要法国艺术家的作品都觊觎已久。纳粹控制法国之后，戈林最先做的几件事之一就是以“煽动颠覆活动的斯拉夫艺术家”的罪名逮捕了罗伯特·莱克特，并且没收所有可以找到的“堕落”画作以“保护民众”免受其腐蚀。这些绘画作品都被纳入了戈林和希特勒的私人收藏中。

前进的盟军部队路过法国时释放了关在狱中的伯爵。他和紫夫人尽量使一切恢复正常，家里的下人为了生计不得不到外面干活，直到莱克特伯爵重又站在画架前。

罗伯特·莱克特看着侄子在房间里安顿下来。汉尼拔的卧室宽敞明亮，之前已经为他布置了些帷幔和招贴画，好给死气沉沉的石房间增添一点生气。一只剑道面罩和两把交叉着的竹剑高高地挂在墙上。汉尼拔要是能说话，他肯定会追着比莉吉特女士问个不停。

15

汉尼拔一个人在房间里待了不到一分钟就听到了敲门声。

紫夫人的侍女千代站在门口，她是个日本女孩，和汉尼拔年纪相当，留着齐耳的短发。她打量了汉尼拔片刻，之后就像瞪着眼睛的鹰一般倏地眨了下眼。

“紫夫人向你问好，欢迎你到这里来。”她说。“请跟我来……”千代恭敬而严肃，她把汉尼拔带到浴室。浴室设在庄园的一间外屋里，之前是榨葡萄的地方。

为了取悦妻子，莱克特伯爵把葡萄榨汁器改造成了一个日式浴缸。这会儿，榨汁缸里盛满了水。给水加热的仪器构造相当复杂，是用一个铜质的干邑蒸馏器做成的。浴室里弥漫着烧木柴的味道，还有迷迭香的气味。浴缸周围放着一些银烛台，它们在战争期间一直埋在花园里。千代没有点蜡烛，她觉得汉尼拔在家里的地位尚未明晰，用电灯就可以了。

千代递给汉尼拔几块毛巾和一件浴袍，之后用手指向角落里的淋浴。“先到那儿洗，好好洗干净再进浴缸。”她说。“洗完以后厨师会给你做个煎蛋，吃完以后你就得休息。”她挤出一个聊作微笑的怪表情，往浴缸的水里扔了只柑橘，便走出浴室等着接汉尼拔的衣服。汉尼拔把衣服递出门去，千代用两根手指小心翼翼地捏起来，挂在另一只手中的竿子上，然后就走开了。

傍晚的时候，汉尼拔突然醒了，就像在孤儿院时一样。他四下环顾，直到搞清楚自己在哪里。他躺在床上，能感觉到这里的整洁。悠长的法国黄昏将最后一丝光透过窗子洒进房间。汉尼拔将身旁椅子上的棉和服穿上，走了出去。走廊的石地板微凉，踏上去十分舒服，石台阶和莱克特城堡里的一样，已经被踩凹。在外面紫色的天空下，他听见了厨房里传出的声音。厨师在准备晚餐。

那条马士提夫犬看到汉尼拔后并没有站起来，只是将尾巴在地上弹了两下。浴室传来日本古筝的声音。汉尼拔循着声音走过去。蒙尘的窗户上映着浴室的烛光，他朝里面望去。千代坐在浴缸旁边，弹拨着一把修长而雅致的日本古筝，这次她点起了蜡烛。热水器传出汩汩的水声，下面的火劈啪作响，朝上迸着火星。紫夫人已经在沐浴。汉尼拔想起那个常有天鹅游弋的河塘，浴缸里的紫夫人就像河塘水面上漂着的睡莲一样美丽，她没有唱歌。汉尼拔如天鹅般安静地看着，像展开翅膀一样张开了双臂。

汉尼拔后退几步离开那扇窗子，在暮色中回到了自己的房间。一阵奇怪的困倦袭来，他又爬上了床。

主卧室壁炉里的煤块还十分充足，火光一直照到天花板上。莱克特伯爵在半明半暗中醒来，他感觉到了紫夫人的抚摸，还听到了她的声音。

“我在想你，就和你关在监狱里时一样，”她说，“我想起了先人Ono no Komachi（小野小町）一千年前作的一首诗。”

“嗯。”

“她是个富有激情的人。”

“我想知道她写了些什么。”

“诗是这样写的：Hito ni awan tsuki no naki yo wa/ omoiokite/ mune hashiribini/ kokoro yaki ori. 你听得出它的旋律吗？”

作为一个西方人，罗伯特·莱克特无法听懂其中的旋律，但是知道旋律都体现在哪些地方。他兴致很高：“哎呀，我听出来了！快告诉我它是什么意思。”

“我寻他不见/在这月黑之夜/孤枕难眠，焦灼，渴盼/胸口烈火灼烧，内心如付火焰。”

“天哪，真是示巴女王[①]啊！”

她怕伯爵想不明白，所以尽量解释得清楚一些。

庄园的大厅里，高大的落地钟发出当当的报时声，夜已经深了，轻柔的钟声在石走廊里回响。那条母马士提夫犬在狗窝里狂吠了十三声，就像是对钟声作出的回应。汉尼拔在自己整洁的床上睡熟了，他翻了个身，开始做梦。

谷仓里很冷，两个孩子的衣服都被扒到腰部。“蓝眼睛”和“蹼指”捏着他们上臂的肉。另外一些人在他们后面转悠，还发出嘶嘶的声音，就像等着吃食的土狼一样。那个总是端着碗的家伙也在那儿。米莎咳嗽着，还在发烧，她别过头去，不想闻到那些人的呼吸。“蓝眼睛”紧紧抓着绕在两个孩子脖子上的锁链，脸上粘着他之前啃过的那块鸟皮上的血和羽毛。

端着碗的人用他那变态的声音说道：“把她带走吧，反正她也快

① 示巴女王：《圣经》中朝觐所罗门王以测其智慧的一位女王。文中用她作为比喻。

死——了。这男孩还能新——鲜上一阵子。”

“蓝眼睛”开始哄骗米莎，面目可怖，“过来带你玩去，过来带你玩去！”

“蓝眼睛”唱起歌来，“蹼指”也跟着一起唱：

林中站着一个小矮人，不动也不语，
身穿紫红小外套……

端碗的人带上了自己的碗。“蹼指”拿起斧头，“蓝眼睛”抓着米莎。汉尼拔尖叫着朝“蓝眼睛”扑过去，咬他的脸。米莎被提着胳膊悬在空中，她扭过头来看着哥哥。

“米莎，米莎！”

汉尼拔的呼喊声响彻整条石走廊。莱克特伯爵和紫夫人冲进他的房间。汉尼拔已经把枕头撕咬得羽毛乱飞。他怒吼着，尖叫着，挥动双臂乱拍乱打，牙齿咬得咯咯作响。莱克特伯爵压在汉尼拔身上，把他的胳膊按在毛毯里，又用自己的膝盖抵住毛毯。“放松，放松。”

紫夫人怕汉尼拔咬坏自己的舌头，便解下了睡袍上的腰带。她捏住汉尼拔的鼻子让他张开嘴呼吸，之后把腰带放在他的上下牙之间。

汉尼拔颤抖了一阵后便一动不动了，就像只死去的鸟。紫夫人的睡袍敞开着，她抱起汉尼拔，把他的脸贴在自己胸前。他的脸上挂着愤怒的泪水，还粘着几片枕头里的羽毛。

但是紫夫人问的问题只是：“你没事吧？”

16

汉尼拔起得很早，他用床头柜上的碗形容器和水罐洗了把脸。水里还漂着一片小羽毛。对于昨天晚上发生的事，他只有一点模糊而混乱的记忆。

他听见身后传来纸张在石地板上滑动的声音，有人把一只信封从他的房门下塞了进来。里面是一封短柬，还贴着一条退了色的小柳枝。汉尼拔双手握着，把它凑到眼前，开始读起来。

汉尼拔：

若能在未时（法国的上午十点）来我的会客厅一见，我将不胜开心。

紫式部

会客厅的门关着，十三岁的汉尼拔·莱克特的头发用水梳得服服帖帖的，站在门外。房间里传出琴声，但乐曲并不是他在浴室外听过的那首。他敲了敲门。

“进来。”

他走进了一个兼有工作室和会客厅特点的房间，窗边放着一只刺绣用的绷子，房间里还有一个写书法用的画架。

紫夫人坐在一张矮茶几旁边，她的头发高高盘起，用乌木发夹固定住。插花的时候，她和服的袖子会发出沙沙的声音。

各种文化中的得体礼仪在这里融为一体，找到了共同的意义。紫夫人缓慢而优雅地朝汉尼拔点头致意。

汉尼拔弯腰鞠了一躬作为回应，这是父亲教给他的。房间里点着香，他看见一缕蓝色的烟从窗前掠过，就像远处的一群飞鸟。紫夫人拿着一支花，前臂上的蓝色血管隐约可见。她的耳朵在阳光的照耀下变成了粉红色。千代在一扇屏风后面弹着古筝，乐声轻柔。

紫夫人请汉尼拔坐在自己对面。她的嗓音亲切低沉，说话时带着一些西方语言里没有的发音。对于汉尼拔来说，她的话就像是风铃随意奏出的曲子。

“如果你不想听到法语、英语或者意大利语，我们可以用一些日语词，比如说kieuseru，就是‘消失’的意思。”她将一支花的花茎摆好，然后把目光从那些花上移开，转到汉尼拔身上。“广岛毁了，属于我的世界一瞬间灰飞烟灭。而你的世界也被夺走了。现在的世界需要我们去创造——共同创造。就从这一刻，从这个房间开始。”

她从身边的小垫子上又拿起几支花，放在桌上的花瓶旁边。汉尼拔听见挤在一起的叶子沙沙作响，还有紫夫人递花给他时袖子发出的轻柔的声音。

“汉尼拔，你觉得把这些花怎样插最好看？随你怎么插。”

汉尼拔看着那些盛开的花朵。

“你还小的时候，你爸爸给我们寄过几幅你画的画。你的审美眼光不错，很有发展前途。如果你比较喜欢把自己的想法画出来，就用你旁边的便笺本画吧。”

汉尼拔想了想，挑出两支花，又拿起刀子。他看到的是窗子的弧线，还有烧茶时壁炉那里用来挂茶壶的弯曲部分。他将花茎切短，然后把花放进花瓶，摆出一种和插花的整体布局以及整个房间都十分协调的形状。之后，他把切下来的花茎放在桌子上。

紫夫人似乎很满意。“啊，我们可以把它叫做moribana[①]，倾斜剪枝的方法。”她又将一支很轻的牡丹放到汉尼拔手中。“但是这支你想放哪儿呢？或者说你觉得有必要用它吗？”

壁炉中，水在茶壶里翻滚着沸腾起来。汉尼拔听到了，听到了水沸腾的声音。他看着翻滚的水，脸色顿时变了，整个房间对于他来说都消失了。

米莎的浴盆放在狩猎小屋的火炉上，里面的水翻腾着，带角的小鹿头在不停地撞击盆壁，就像要撞开浴盆逃走。骨头在翻滚的水里相互碰撞着，发出嘎啦啦的声音。

汉尼拔回过神来，又回到了紫夫人的房间里。沾上了鲜血的牡丹花顶部掉落在桌面上，刀子也哐啷一声掉在旁边。汉尼拔竭力控制住情绪，他站起身来，将流着血的手背在身后，朝紫夫人鞠了一躬便朝门口走去。

“汉尼拔。”

他推开了门。

“汉尼拔。”紫夫人站起来快步追上他。她把手伸向他，看着他的眼睛，但没有碰他，只是用手指示意他回来。看到紫夫人握起自己流血的

---

① moribana：即盛花，是日本花道的一种形式。在插花时，将花材的枝干呈对角线斜着剪下，使枝干末端纵向分裂，这样便很容易地插入针状支撑物中。盛花是现代插花艺术的主流方法。

手时，汉尼拔瞳孔的大小起了些微妙的变化。

“你的手得缝针。塞尔奇可以开车把我们送到镇上。”

汉尼拔摇摇头，用下巴示意了一下刺绣绷子。紫夫人盯着汉尼拔的脸，直到她肯定了自己的判断。

“千代，拿根针，再拿些线到沸水里煮一煮。”

在窗边光线好的地方，千代给紫夫人拿来一根针和绕在乌木发夹上的一些线。针和线刚在沸水里煮过，还冒着热气。紫夫人扶住汉尼拔的手，为他受伤的手指缝合，留下了六个整齐的针脚。血滴在她白色的丝绸和服上。汉尼拔镇静地看着她给自己缝针，对疼痛没有作出任何反应，好像在思考着其他什么事。

汉尼拔看着被拉紧的线从发夹上一圈圈离开。他觉得，针眼的弧度应该是随着发夹直径的变化而变化的。惠更斯的书扔在雪地上，书页四散，脑浆把它们粘在一起。

千代给他敷了片芦荟叶，紫夫人为他受伤的手缠上绷带。处理好之后，汉尼拔又回到茶几前，拿起刚才那支牡丹，修剪了一下花茎，然后插进花瓶里，完成了一件十分雅致的插花。他转过来面对着紫夫人和千代。

汉尼拔的脸就像水面一样微颤着，试图说出一句“谢谢”。紫夫人用最最亲切的微笑鼓励他，但是没有让他尝试得太久。

“你愿意和我一起来吗，汉尼拔？帮我拿着这些花怎么样？”

他们一起走上楼梯，来到了阁楼上。

阁楼的门以前是安在房间里其他地方的，门上雕刻着一张脸，是依照一个希腊的滑稽面具刻上去的。紫夫人拿着一盏烛灯，领着汉尼拔朝这宽敞的阁楼房间的深处走去。他们经过三百年来留在阁楼里的许多东西，有大行李箱、圣诞节装饰、草坪装饰物、柳条家具、歌舞伎[①] 和能

① 歌舞伎：日本独有的一种戏剧，也是日本传统艺能之一，起源于17世纪江户初期，演员全为男性。

乐堂[1] 的演出服，还有拴在杆子上的一排真人大小的牵线木偶，节日时会拿出来表演。

离门很远的地方有扇天窗，遮光的百叶窗透进微弱的光线。紫夫人的蜡烛照亮了一个小祭坛，还有窗子对面的一只神龛。祭坛上摆着紫夫人和汉尼拔祖先的照片，照片周围放着一群好似在飞翔的纸鹤，有许多只。有一张照片是汉尼拔父母在婚礼那天拍的。汉尼拔借着烛光仔细地端详着爸爸妈妈。母亲看上去非常开心，她的衣服没有起火，唯一的火光是汉尼拔的蜡烛发出的。

他觉得有鬼魂赫然出现在自己身边和上方，于是朝黑暗中望去。紫夫人把天窗上的百叶窗拉起，晨光一下子从汉尼拔和他身边鬼魂的头顶上方洒下来，洒在下面穿着铁甲的脚上，洒在骑士的铁手套中握着的军扇上，洒在胸甲上，也洒在日本武士指挥官的铁面罩和带角的头盔上。铠甲放在一张凸起的台子上。日本武士的武器——长剑和短剑，一把短匕首还有一把战斧，都摆在铠甲前面的架子上。

“我们就把花放这儿吧，汉尼拔。”紫夫人说着，在祭坛上汉尼拔父母的照片前清理出一块地方。

“这里是我为你祈祷的地方，我也非常希望你能来这儿为自己祈祷，你可以向家人的灵魂寻求指引，请他们赐予你智慧和力量。”

出于礼节，汉尼拔在祭坛前低下头来默哀片刻，但是他已经被铠甲强烈地吸引了，那种感觉从一侧向他袭来。他朝架子走去，想摸一摸那些武器，紫夫人举起手来阻止了他。

“我父亲是驻法大使，战前这件铠甲就放在巴黎的大使馆里。后来，为了不让德国人发现，我们把它藏了起来。我一年只能摸它一次。在我曾曾曾祖父生日那天，我有幸能擦去这铠甲和武器上的灰尘，并且给它

① 能乐堂：是为继承和振兴日本传统艺术而创建的能乐（能和狂言）专用公演剧场。

们上油，山茶油和丁香油都有种宜人的香气。”

她拿起一只小瓶，拔去塞子，让汉尼拔闻了闻。

在铠甲前的低台上放着一卷画，卷轴展开了一点，刚好露出第一幅画。画面上是一个身穿铠甲的武士接见家臣的情景。见紫夫人在整理神龛上的物品，汉尼拔便将卷轴又展开一点，看到了下一幅。在这幅画中，穿着铠甲的人在主持一场展示武士们斩获的头颅的大会。每一颗敌人的头颅上都有写着死者名字的布条。布条一般贴在头发上，若是死者没有头发，则系在耳朵上。

紫夫人温柔地从汉尼拔手里拿过画，将它重新卷起，只露出她穿着铠甲的祖先。

“这是大阪城战役之后画的。”她说。“这里还有其他的画，你会感兴趣的，而且它们也更适合你看。汉尼拔，如果你能变成你父亲和叔叔那样的人，你叔叔和我会非常高兴的。”

汉尼拔看了看铠甲，眼神里带着不解。

紫夫人从汉尼拔的脸上读懂了他的迷惑。“也想像他一样吗？在某些方面可以，但是要更富有同情心。”她看了一眼铠甲，就像它可以听见，也可以对汉尼拔微笑一样。“但是我不会在他面前用日语说这些话的。”

她走近了一些，手里拿着烛灯。“汉尼拔，你可以离开噩梦中的那个世界。凡是你想得到的，你都可以做到。去踏上梦想之桥吧，你愿意和我一起吗？”

她和汉尼拔的母亲很不一样。虽然紫夫人不是他的母亲，汉尼拔的心还是感觉到了母亲的存在。可能是汉尼拔热切的凝视让她有些不安，紫夫人决定打破这种气氛。

“这座梦想之桥可以通向任何地方，但是首先它要通过医生的诊所还有学校的寝室。”她说。“跟我走吗？”

汉尼拔跟着紫夫人准备离开，但是走之前，他把那支带着血迹的、隐没在其他花中的牡丹拿起来，放在了铠甲前面的低台上。

17

J.鲁芬医生在镇上行医，他的诊所还带一个小花园。门边一个不显眼的牌子上写着他的名字和头衔——**医学博士，哲学博士，精神病科医生。**

莱克特伯爵和紫夫人坐在候诊室的直背椅上，周围都是鲁芬医生的病人，有几个不大坐得住。

医生诊室的布置有着浓厚的维多利亚风格，壁炉两侧摆着两把有扶手的椅子，一把躺椅前铺着流苏边的小地毯，较靠近窗户的地方有一张检查桌和一个不锈钢消毒器。

鲁芬医生正值中年，蓄着胡须。汉尼拔坐在扶手椅上，医生用低沉亲切的声音和他交谈。

“汉尼拔，你一边观察节拍器不停地摆啊摆啊，一边听着我讲话，然后就会进入一种我们称之为被催眠的状态。我不会让你开口讲话，但是我希望你能试着发出声音来告诉我是或者不是。你会感觉到周围的宁静，感觉到自己在飘浮。”

在他们之间的桌子上，节拍器一下一下地打着拍子。它的摆锤在前后摆动，罩面上画着黄道十二宫和小天使的时钟也在滴答地走着。汉尼拔一边听鲁芬先生说话，一边对照钟表的滴答声数着节拍器的打拍次数。钟表和节拍器时而步调一致，时而又不相协调。汉尼拔在想，如果知道了两者步调一致和不一致的时间间隔，再测出节拍器摆锤的长度，是不是就能算出钟表内部那个看不见的钟摆的长度。他觉得是可以的。鲁芬医生一直在讲话。

"用嘴巴发出点声音，汉尼拔，什么声音都可以。"

汉尼拔的双眼盯着节拍器，顺从地用舌头和下嘴唇挤出一声微弱的、像放屁一样的声音。

"非常好，"鲁芬医生说，"你已经进入了催眠状态，保持镇静。那么我们用什么声音来表示否定呢？否定，汉尼拔。否定。"

汉尼拔将下嘴唇咬在上下牙齿之间，让气从脸颊的位置经过上牙床排出去。这一次，他发出了一声很响的、放屁似的声音。

"这就是交流，汉尼拔，你可以的。你觉得我们现在可以往下进行吗，我和你一起？"

汉尼拔表示赞成，这次他发出的声音更大了，连候诊室里都听得一清二楚。病人们互相交换着焦虑的眼神。莱克特伯爵甚至跷起二郎腿，清了清嗓子。紫夫人把她漂亮的眼睛慢慢转向天花板。

一个男人露出十分不安的表情，说道："不是我放的。"

"汉尼拔，我知道你的睡眠经常被噩梦打断，"鲁芬医生说，"现在继续保持镇静，保持催眠状态，你可以告诉我你在梦里见到了些什么吗？"

汉尼拔还在数着节拍器的拍子，他若有所思地向医生发出了噗的一声。

钟表表盘上用的是罗马数字IV，而不是IIII，以求和另外一边的VIII取得对称。汉尼拔在想这是否意味着它采用的是罗马式鸣钟法——有高低不同的两个鸣音，一个代表"五点"，另一个代表"一点"。

医生递给他一个本子。“或许你可以把一些梦里见到的东西写下来？你喊出了妹妹的名字，是不是见到了她？”

汉尼拔点了点头。

在莱克特城堡里，有些钟是用罗马式鸣钟法报时的，有些则不是。前一种都采用了罗马数字IV，而不是IIII。雅科夫先生拆开一只钟表解释里面的擒纵轮时，讲到过制表师尼博和他早期制作的采用罗马式鸣钟法的钟表——要是能在脑海里去钟表殿堂参观一圈，再研究研究擒纵轮该多好啊。汉尼拔决定马上就去。鲁芬医生花了好大一番力气才把他叫回来。

“汉尼拔。汉尼拔。你想想最后一次在梦里见到妹妹的情形，可以把你都看到了什么写下来吗？可以写下来吗？”

汉尼拔写了几个字，眼睛却始终没看本子一下。他一边数节拍器的拍子，一边听着钟表的滴答声。

鲁芬先生看着便笺本，似乎受到了启发。“你看到了妹妹的乳牙？只看到了她的乳牙吗？在哪里看到的，汉尼拔？”

汉尼拔把手伸出去，停住节拍器的摆锤，思考着它的长度，又根据节拍器的标尺琢磨着摆锤重心的位置。他在便笺本上写道：在大便坑里，医生。我可以把钟的后盖打开吗？

汉尼拔从诊室出来，和其他的病人一起等在外面。

“刚才是你放的屁，不是我。”之前那个表情不安的病人说。“你不妨承认吧。有口香糖吗你？”

“我试着从他那里得到更多关于他妹妹的信息，但是后来他就不说了。”鲁芬医生说。紫夫人坐在检查室的椅子上，伯爵站在她后面。

“坦白地说，我完全看不透他。我给他作了检查，身体方面没什么问题。我在他头皮上发现了伤疤，但是没有凹陷性骨折的迹象。可我猜想他大脑的两个半球可能是彼此独立运作的。有时候头部受到外伤，两个半球之间的沟通受阻就会出现这种情况。他的脑子里可以同时有好几条思路，互不干扰，其中总有一条是他用来自我消遣的。

“他脖子上的疤是链子和皮肤冻在一起造成的。关在集中营里的人战后放出来时我见过类似的疤痕。他不会说出妹妹身上究竟发生了什么事的。我觉得他知道，不管他本人有没有意识到这一点，但是这样的话，危险就在于：他只会记起自己可以承受的事，并且记忆的恢复有自己的步调。他可以承受这件事时，就会记起来。

“我不会逼他，试着给他催眠也是白费力气。如果记忆恢复得太快，他有可能会把内心永远地冻结住来逃避痛苦。你们会把他留在家里一起住吧？”

“会的。”他们立即异口同声地回答道。

鲁芬点了点头。“尽量让他融入到你们的家庭里。在这个过程中，他会对你们产生依恋，并且这种依恋比你们想象的要深。”

18

时值法国的盛夏，整个埃松省都被花粉云[1]笼罩了，成群的鸭子在芦苇丛中穿梭。汉尼拔还是没有开口说话，但他已经可以享受无梦的酣眠了。十三岁的他正在长身体，所以胃口也不错。

汉尼拔的叔叔罗伯特·莱克特和他爸爸比起来更加热情，也没那么谨慎小心。叔叔的性格一直带着种艺术家的轻率，况且到了他这个年纪，人本来就会有些轻率。

屋顶上有条凉廊，汉尼拔和叔叔可以去那里散步。飘过来的花粉会落在屋顶的排水沟里，给里面的苔藓镀上一层金色。从高处的蛛网上吊下来的蜘蛛借着风力转移到别的地方。透过树木的间隙，汉尼拔和叔叔可以看到闪着银光的蜿蜒河流。

伯爵个子很高，但身体十分单薄。他的皮肤在屋顶充足的光线之下显得有些苍白，放在扶栏上的双手十分瘦削，不过看起来和汉尼拔父亲的手很像。

“我们家族里的人，都会在某些方面有些不同寻常，汉尼拔。”他说。“我们在很小的时候就会了解到这一点，希望你已经了解了。如果

---

① 花粉云：在花木盛开期，林地上空随气流而飘浮的大量花粉。

现在这一点让你十分困扰，将来你会慢慢适应的。你失去了自己的家人还有房子，但是你还有我，还有式部。难道她不是个让人快乐的人吗？二十五年前，她爸爸带她去参观我在东京都的画展。在那之前，我从没见过有她那么漂亮的孩子。十五年以后，她爸爸成了驻法大使，她也跟着一起到了法国。我当时简直不敢相信我有这样的运气，所以马上就去了大使馆，对她爸爸说我想改信日本神道教。她爸爸却说我的信仰根本就不在他主要考虑的问题里。他从来没有接受过我，但是他喜欢我的画。对了，画！跟我来。

“这是我的画室。”叔叔的画室是一个用白石灰粉刷的大房间，设在庄园屋子的顶层。创作中的油画支在画架上，但更多的画则是靠墙立着。一把躺椅放在一座低矮的台子上，旁边的衣帽架上挂着件和服，较近的画架上有幅油画，上面蒙着布。

汉尼拔和叔叔来到隔壁房间，里面立着一只大画架，旁边放着一捆空白的新闻纸，一些木炭，还有几管颜料。

“我在这儿给你腾出一块地方，当你的画室。”伯爵说。“在这儿你可以找到些许解脱，汉尼拔。当你觉得自己快要发狂的时候，就换换心情画点东西吧！尽情地画！挥舞手臂，用上许许多多的色彩。画的时候不要带任何目的性，也不要刻意运用技巧。你会从式部那里学到足够的技巧。”他把目光越过层层叠叠的树木向远处的那条河投去。“我们午饭的时候再见。让比莉吉特女士给你找顶帽子，等傍晚你上完课之后我们去划船。”

伯爵离开之后，汉尼拔没有立即到自己的画架前画画，而是在画室里到处走走瞧瞧，观察一下伯爵还没完成的那些画。他把手放在躺椅上，然后又去抚摸挂在衣帽架上的和服，把它贴在自己的脸上。他站到蒙着布的画架前，把布掀了起来。伯爵画的是紫夫人裸体躺在躺椅上的样子。汉尼拔睁大了眼睛看着，点点光芒在他的眸子里跳跃，仿佛有许多萤火虫照亮了他所处的灰暗的世界。

秋天快到了，紫夫人安排了几次草坪晚餐，大家可以边欣赏荻月[①]边聆听秋虫的鸣叫。在月亮还没有升起，周围一片黑暗的时候，千代会伴着蟋蟀带着颤音的叫声弹筝。只要听到丝绸的沙沙声，闻到香水的气味，汉尼拔总能准确地判断出紫夫人在哪里。

法国蟋蟀和一流的日本金钟蟋蟀简直没法比，伯爵告诉汉尼拔，但是也还过得去。战前伯爵曾经多次派人去日本，想给紫夫人捉几只金钟蟋蟀回来，但是没有一只活着到达法国。他从来没有告诉过紫夫人这件事。

有时在下过雨的无风的晚上，空气有些潮湿，大家会玩**识香游戏**。汉尼拔在一片云母上点燃各式各样的树皮和香，让千代辨别。紫夫人这时就会演奏古筝，好让千代能集中注意力。有时候，作为千代的老师，紫夫人会用各种各样汉尼拔不太理解的方式给千代进行音乐上的指导。

汉尼拔在村子里的学校听课，因为不能朗诵，成了大家好奇的对象。在他上学的第二天，一个高年级的坏孩子往一个一年级小孩的头发上吐痰，他就把那坏孩子的鼻梁打断了。他因此被送回了家，但是从头到尾，他的面部表情没发生过一丝变化。

汉尼拔改在家里和千代一起上课。千代多年以前就和日本一个外交官家的男孩订了亲，现在她已经十三岁了，所以紫夫人就教她一些日后可能用得到的技能。

紫夫人的课在内容上和雅科夫先生的大相径庭，但是她教的东西却和雅科夫先生教的数学一样有种特殊的美，汉尼拔觉得有趣极了。

---

① 荻月：9月22日或23日秋分后两周内的第一次满月。

紫夫人会站在会客室窗边光线好的地方，教他们写书法。用大毛笔在报纸上写写画画，就可以写出非常优美的字来。有一个代表永恒的符号是三角形的，引人深思。在这个优雅的符号下面，是报纸的头版新闻标题“纽伦堡医生短缺”。

“这个练习叫做‘永字八法’[①]，”她说，“试一试。”

快下课时，紫夫人和千代各自折了一只纸鹤，打算放在阁楼的祭坛上。

汉尼拔拿起一张纸，也想折只纸鹤。千代看了一眼紫夫人，目光里充满了质疑，这让汉尼拔在一刹那间觉得自己是个外行。紫夫人递给汉尼拔一把剪刀。（之后紫夫人纠正了千代犯的那个使用眼神的小错误，因为这在外交场合下是不允许的。）

“千代在广岛有个堂妹叫贞子，”紫夫人解释说，“她因为被辐射现在已经奄奄一息了。但她相信如果自己能折一千只纸鹤就不会死去。贞子一个人的力量有限，我们就每天叠纸鹤帮她。不管纸鹤是不是真的有起死回生的作用，我们为她折的时候，就会想起她，还有那些世界各地受到战争伤害的人们。你可以为我们折纸鹤，汉尼拔，我们也可以为你折。让我们一起为贞子折吧。”

---

① 永字八法：是汉字书法用笔法则。以“永”字八笔顺序为例，阐述正楷笔势及用笔的方法。

19

每逢周四，村子里的喷泉和福煦元帅雕像周围就会撑起大伞，办起热闹的集市。酸酸的醋味会从卖腌菜的摊子上随风飘散开来，摆在一层层海藻上的鱼和贝类散发出海洋的气息。

几台收音机竞相播放着曲子。卖艺人和他的猴子是监狱里的常客，早饭之后才从那里被放出来。他机械地反复唱着一首叫《巴黎桥下》的歌，直到有人分给他们两个一瓶酒和一块花生薄脆糖才肯停下来。卖艺人把酒一下子全喝光了，然后又从猴子那里没收了半块花生薄脆糖。猴子用它睿智的小眼睛留意着主人把糖放在哪个口袋里。两名警察像往常一样白费唇舌地对着卖艺的人警告一番，然后就去找点心摊了。

紫夫人的目标是一个叫“布洛特蔬菜”的摊位，它是集市上最好的菜摊。她要买些卷芽蕨菜，这是伯爵最喜欢吃的东西，但是很抢手，很快就会卖完。

汉尼拔拎着一只篮子跟在紫夫人后面。他停下来，看一个卖干酪的小贩给一段钢琴丝抹上油，然后用它切下一大片格兰那干酪。小贩给他尝了一口，让他去向紫夫人推荐。

紫夫人看见菜摊上没有卷芽蕨菜，刚想开口询问，卖菜的布洛特就将一篮子打着卷的蕨菜从柜台下面拿了出来。“夫人，这些菜这么好，我可不想让它们给太阳晒了。我拿块布给盖上了，就等您来买。菜还是湿乎乎的，不是拿水浸的，它们可都带着花园里的露珠呢。”

在过道的另一侧和蔬果摊相对的是保罗·莫蒙特的铺子。他围着血迹斑斑的围裙坐在砧板前收拾禽肉，不时把下水扔进一只桶里，还将弄出来的肫和肝脏分装在两只碗里。这屠夫是个大块头的壮汉，前臂上文着刺青，图案是一颗樱桃，还有那句很有名的话：这是我的，你的在哪儿呢？樱桃的红色已经退去一些，颜色比他手上沾着的血要浅。屠夫保罗的兄弟比较会招揽客人，这会儿正在柜台后面忙活，头顶上是肉铺的旗子，上面写着莫蒙特优质鲜肉。

保罗的兄弟递过来一只鹅让他开膛。他拿起身边的一瓶葡萄渣酒喝了一口，又用血淋淋的手抹了把脸，留下了些血和羽毛在脸上。

“悠着点，保罗，”他兄弟说，“今天才刚开始呢。”

“你干吗不把这操蛋玩意儿的毛给拔了？我还以为比起上床来，你更愿意拔毛呢。”屠夫保罗说着，自顾自地大笑起来。

汉尼拔正看着一只挂在架子上的猪头，这时，他听见了保罗的声音：

“嘿，日本婊子！”

接着是菜贩布洛特的声音：“拜托，先生！这可不像话啊。”

保罗又说道：“嘿，日本婊子，跟我说说，你下面那玩意儿真的是横着长的吗？是不是还有一小团直着长的毛，就像爆炸了一样？”

汉尼拔看见了保罗，他的脸上粘着血和羽毛，就像那个“蓝眼睛”，像那个啃着鸟皮的“蓝眼睛”。

保罗转向他的兄弟。“我跟你说，我有一次在马赛睡过一个女人，她简直能把你整个——”

一只羔羊腿猛地砸在了保罗的脸上，把他打得仰天摔倒，躺在散了一地的家禽肠子上。汉尼拔骑在他身上，用羊腿一下一下地狠狠打他，直到羊腿从手中滑脱。汉尼拔伸手在身后的桌子上摸索那把收拾禽肉的刀，但是没摸到，于是便将抓到的一把鸡内脏拍到保罗的脸上。屠夫用他血淋淋的大手猛揍汉尼拔，他兄弟用脚踢着汉尼拔的后脑勺。紫夫人从柜台里抄起一把牛肉锤，飞也似的冲进屠夫收拾肉的小隔间里，把围观的人推开，大喊一声："Kiai![①]"

紫夫人又将一把大刀抵在保罗兄弟的喉咙上，恰好是一刀下去马上会血流如注的部位。她说："动也别想动，先生们。"他们僵持了好一阵子，警车终于呼啸而至了。保罗的两只大手掐着汉尼拔的喉咙，他兄弟脖子上被架着刀的这一侧的眼睛在不停地抽搐。汉尼拔的手还在身后的桌子上摸索着。两名警察踩着满地的下水走进来，脚下打着滑。他们把屠夫保罗和汉尼拔拉开，其中一个掰开屠夫的手，把汉尼拔抱起来，放到隔间的另一边。

汉尼拔的嗓子由于长期得不到使用，发出的声音很是嘶哑，但是屠夫听懂了他的意思。他非常平静地说出了一个词"**畜生**"，听上去一点也不像在骂人，只像是说出了一类生物的名字。

警察局就在广场对面，里面有一名警官立在台子后面。

警官今天穿了身便服，是一套皱巴巴的热带西装。他五十来岁，已经被战争折磨得精疲力竭。在办公室里，他让紫夫人和汉尼拔坐在椅子上，然后自己也坐下来。他的办公桌上空荡荡的，只有一只沁扎诺烟灰缸和一瓶胃药。他递给紫夫人一根烟，紫夫人婉拒了。

从集市上回来的两名警察敲了敲门，进了办公室。他们靠墙站着，斜眼打量着紫夫人。"坐在这里的两位有没有袭警或者拒捕的行为？"警官问他们。

---

① Kiai：即"呀"，日本剑道中攻方发出的声音，以增强气势。

"没有，警官。"

他示意他们接着说。

年纪大一点的警察翻开笔记本。"卖菜的布洛特说屠夫当时精神错乱了，一直要拿刀，还叫喊说要把所有人都杀了，包括教堂里的修女。"

警官朝天花板看去，竭力保持着耐心。

"屠夫是维希[①]人，您可能也知道，很讨人厌。"他说。"我会处理他的。对于您受到的侮辱我十分抱歉，紫夫人。小伙子，如果你再见到有谁冒犯这位女士，我希望你能来找我，明白吗？"

汉尼拔点了点头。

"我不会让这个村子里的任何人受到攻击，除非是我自己攻击他们。"警官站起来，走到汉尼拔身后。"不好意思，夫人，我们离开一下。汉尼拔，跟我来。"

紫夫人抬起头来看着警官，他轻轻摇了摇头。

警官把汉尼拔领到警察局的后面，那里有两间牢房，其中一间关着一个酣睡的酒鬼，另一间之前一直关着卖艺人和他的猴子，最近才腾出来，他们喝水的碗还放在地上。

"站进去。"

汉尼拔站在牢房中央。警官哐啷一声关上牢门，声音惊醒了隔壁的醉鬼，他小声抱怨着。

"看看地板。你看出来这些木板为什么会有一块块的污迹，为什么会皱缩吗？都是被泪水浸的。推门试试，推。看到了吧，门从那一侧是推不开的。发脾气可能很有用，但有时也会很危险。学会运用理智，你就永远不会住进这样的地方。我从没放走过任何作恶的人，只有一个例外，那就是你。但是下不为例，不要再拿肉打别人。"

---

① 维希：法国中部城市，著名的温泉疗养地，二战时期是法国傀儡政府的首都。

警官把紫夫人和汉尼拔送到车前。汉尼拔坐进去之后，紫夫人和警官谈了谈。

“警官，我不想让我丈夫知道这件事。鲁芬医生会告诉你原因的。”

警官点了点头。“如果伯爵听到了点风声向我问起的话，我会告诉他是一群醉鬼斗殴，汉尼拔不巧站在他们中间。伯爵身体欠佳我很难过，他在其他方面可都称得上是天之骄子啊。”

伯爵独自在庄园里画画，所以永远不会听说这件事也是有可能的。但是傍晚的时候，伯爵正在抽烟，从村子里回来的司机塞尔奇拿着晚报凑到了他旁边。

周五的集市设在十英里以外的维利耶。一夜无眠的伯爵面色苍白，缓缓走下车来。屠夫保罗正把一只死羔羊往隔间里搬。伯爵挥起手杖打在保罗的上唇上，之后扑上去，用手杖劈头盖脸地打他。

“你这垃圾，居然侮辱我妻子！！”

保罗扔下肉，用力推了伯爵一把。伯爵瘦弱的身体朝后倒去，撞在了一节柜台上，他又挥着手杖扑上来。突然伯爵停住了，脸上显出惊异的表情。他想把手抬到西服马甲处，但抬了一半就面朝下倒在了屠夫收拾肉的小隔间里。

20

十三岁的汉尼拔·莱克特成了家族里唯一还活着的人。他挨着紫夫人和千代站在教堂门口，心不在焉地和鱼贯而出的悼念者握手。他烦透了葬礼上那些人的哭哭啼啼，那些羊叫一般的圣歌，还有那些低沉单调的胡扯。从教堂里出来的女人们都摘下头巾，因为战后人们对头巾有种偏见。

紫夫人听着人们的哀悼之词，优雅又得体地作出回应。

汉尼拔感觉到了她的疲惫，这让他把其他一切烦恼都抛到了脑后。他发现自己不由自主地说起话来，所以紫夫人就不用开口了，但他刚刚恢复的嗓子不一会儿就沙哑了。紫夫人听到他说话尽管吃惊，却没表现出来。她只是拉起汉尼拔的手用力地握住，然后伸出另一只手去和下一个悼念者握手。

一大堆巴黎的媒体和通讯社前来报道这位重要艺术家的辞世，伯爵生前一直是回避新闻媒体的。紫夫人对这些人无话可说。

这似乎是漫无尽头的一天。下午，伯爵的律师来到庄园，随行的还有一个税务局的官员。紫夫人为他们沏了茶。

“夫人，我一直很犹豫要不要在您万分悲痛的时候来找您，”税务官员说，“但是您可以放心，在庄园被拍卖以交纳遗产税之前，您有足够的时间另作安排。我希望我们可以接受您本人为遗产税作出担保，但是您在法国的居民身份现在还值得商榷，所以这种情况是不可能出现了。”

夜幕终于降临。汉尼拔把紫夫人送到她房间的门口，千代已经铺好了地铺准备陪她一起睡。

在自己的房间里，汉尼拔很久都没睡着。睡意袭来时，他又开始做梦了。

“蓝眼睛”粘着血和羽毛的脸变成了屠夫保罗的脸，然后又变回来。

汉尼拔在黑暗中惊醒，但噩梦却没有停，那两张脸就像全息图[①]一般出现在天花板上。尽管汉尼拔现在可以说话了，他却并没有惊叫起来。

他起身下床，快步走到楼上伯爵的画室里，点亮了画架两侧的吊灯。墙上的那些画像，不论是完成的还是没完成的，都随着它们的创造者的离去而鲜活起来。汉尼拔感觉它们全都朝伯爵的灵魂奋力奔去，就好像会发现伯爵还活着一样。

叔叔冲洗干净的画笔立在一个小罐子里，他的粉笔和炭笔放在带沟槽的浅盘里。画着紫夫人的那张画不见了，她把衣架上自己的和服也拿走了。

汉尼拔开始挥动手臂画起画来，按照当初叔叔告诉他的那样，试着把情绪都释放出来。他在新闻纸上画出一条条粗重的斜线，用上了各种颜色。但这方法并不奏效。天快亮时，他不再逼迫自己了，也放弃了挣扎，只是看着自己画出来的东西。

---

① 全息图：一种三维图像，包含了被记录物体的尺寸、形状、亮度和对比度等信息。

21

河边有一小块林中空地，汉尼拔坐在一截树桩上，边弹琴，边观察一只蜘蛛结网。这是一只漂亮的黄黑相间的圆蛛，它不停地织网，织的时候网还会跟着颤动起来。蜘蛛听到琴声似乎很兴奋，在网上到处跑，看看是不是有猎物。汉尼拔继续弹拨着琴弦，他能大致模仿一首日本曲子，但还是会不小心弹出杂音。他想到了紫夫人说英语时那亲切低沉的声音，还有那些偶尔带出来的、西方言语里没有的发音。他时而靠近蛛网弹琴，时而又站远。一只缓缓飞来的甲壳虫一头撞到网上，蜘蛛赶紧冲上去，吐出蛛丝把它缠住。

这是无风又温暖的一天，河面相当平静。水虫从靠近岸边的水面上窜过，芦苇丛上方，蜻蜓急匆匆地飞着。屠夫保罗用一只手划桨，把小船划到岸边柳树的树荫下。在他装着诱饵的篮子里，蟋蟀唧唧地叫着，引来一只红眼苍蝇。保罗抓起一只蟋蟀往鱼钩上穿，苍蝇从他的大手旁逃走了。他在柳树下钓鱼，突然鱼漂猛地一沉，鱼竿也动起来了。

屠夫收绕钓丝，将钓上来的鱼取下，和其他几条一并拴在小船一侧挂着的细链子上。他专注地捣鼓着鱼，没太注意到弹奏乐器的声音。保罗把大拇指沾上的鱼血吮干净，然后把小船划向岸边树木掩映的小码头，他的卡车就停在那里。他在码头临时搭起的台子上把最大的一条鱼收拾干净，装进一只帆布袋里，又放了点冰。其他系在细链子上的鱼浸在河水里，还都活着，它们把细链往码头下面拽，似乎想要找个藏身之处。

屠夫听见了弹拨琴弦的声音，那弹得断断续续的曲子像是来自与法国相距甚远的异域。保罗朝他的卡车看了看，似乎怀疑那是机械噪音。他走上岸去，手里还拿着切片刀，对卡车做了一番检查，看看收音机天线，又瞧瞧卡车轮胎。他确定了车门是锁着的。琴声又响起来，这次是一连串的音符。

保罗循着声音，绕过几片灌木丛，来到了一片林间空地。他看见汉尼拔坐在一截树桩上弹着日本琴，琴盒靠着一辆摩托车立着，他身边还放着一个图画本。保罗立刻回到车里，查看放在加油管里的糖。汉尼拔一直专心演奏，没有抬头，直到屠夫返回来站到他面前。

“保罗·莫蒙特，优质鲜肉。”汉尼拔说道。屠夫此刻在汉尼拔的视线里异常清晰，他形象的边缘折射着红光，就像窗子上结的冰或者是透镜的边缘一样。

“开始说话了嘛，你这个哑巴小杂种。你要是敢在我的加热器上撒尿，我就把你那该死的脑袋给拧下来。在这儿可不会有条子帮你。”

“也不会帮你。”汉尼拔又弹出几个音符。“你做过的事都是不可原谅的。”汉尼拔放下琴，拿起了素描本。他看着保罗，用小拇指在本子上涂涂抹抹，做着细微的修改。

他把本子翻开新的一页，举起来递给保罗。“你还欠一位女士一封道歉信。”保罗身上散发着腥臭味，头发又油又脏。

“小子，你追我追到这儿来，真是疯了。”

“你就写你很抱歉，你认识到自己那样做很卑鄙，还有在市场上你永远不会再看她或者和她说话了。”

“跟那个日本婊子道歉？”保罗笑起来。“我首先要做的事就是把你扔到河里洗一洗。”他把手放在刀上。“然后可能我会撕开你的裤子，在你不愿意的地方划上几刀。”说完屠夫便朝汉尼拔走去，汉尼拔往摩托车和琴盒的方向后退。

汉尼拔停了下来。“你当时问过她下面那玩意儿，我记得。你觉得它是怎么长的？”

“她是你妈吗？日本娘们儿的那玩意儿都是横着长的！你应该找个日本小妞睡一觉，自己看看。”

保罗快步来到汉尼拔面前，举起两只大手要掐他。汉尼拔一下子从琴盒里抽出把弧形剑，对着保罗的下腹部横砍过去。

“是这么个横法吗？”

屠夫的尖叫声在树林里回响，一群鸟吓得急忙飞走了。保罗把手放在肚子上，但是却滑开了，手上沾满了淋漓的血。他低下头去看伤口，试图把它捂住。肠子从他的肚子里流出来，流了一手。汉尼拔走到一边，又转回来照着屠夫腰部横着砍下去。

“还是像条脊柱的切线呢？”

汉尼拔开始挥剑在保罗身上划X形，惊恐的保罗瞪大了双眼。他试图逃跑，汉尼拔又在他的锁骨上划了一剑。顿时鲜血嘶嘶地从大动脉喷涌而出，溅到了汉尼拔的脸上。接下来的两剑砍在了屠夫的脚踝上，他脚一软瘫倒在地，像头被阉割的公牛一样惨叫着。

屠夫保罗靠着树桩坐起来，胳膊已经抬不起来了。

汉尼拔看着屠夫的脸。“你想看看我的画吗？”

他把本子递了过去。画上，屠夫保罗的脑袋放在一只大浅盘里，贴在头发上的布条写着保罗·莫蒙特，优质鲜肉。保罗视野的边缘暗了下去，汉尼拔又挥起剑，对于保罗来说，一切都在一瞬间倒向了一边，随后他的血压没了，世界一片黑暗。

在自己阴郁的世界里，汉尼拔听到天鹅走过来时米莎的呼喊，她大声叫了出来："啊！阿尼拔！"

下午的时光渐渐流逝，汉尼拔一直在树林里待到黄昏。他双眼紧闭，倚在树桩上，旁边放着屠夫的头。他睁开眼睛，又坐了好一阵子，最后站起来朝码头走去。鱼还拴在那条细链子上，这情形让汉尼拔不由得摸了摸自己脖子上的伤疤。鱼还活着，汉尼拔用手沾了水抚摸着它们，一条接一条地把它们放走。

"去吧，"汉尼拔说，"去吧。"然后把链子远远地抛进水里。

他把蟋蟀也放了。"走吧，走！"他说道。接着他往帆布袋里看了看，发现了那条收拾干净的鱼。强烈的食欲涌了上来。

"不错。"他说。

22

纳粹分子在占领法国期间，枪杀了市长和好几名市政官员，以此作为对当时反抗活动的惩戒。因此现在对于村子里的许多人来说，屠夫保罗的横死根本算不上什么悲惨之事。

在罗热殡仪馆的尸体防腐室里，保罗的大部分身体躺在一张锌桌上，在他之前躺在那里的是莱克特伯爵。黄昏时分，一辆黑色法国雪铁龙轿车停在了殡仪馆前。站在前面的一名警察连忙走上前去打开车门。

"晚上好，督察。"

走出来的人大概四十岁左右，穿着整洁的西装。对于刚才那个警察的行礼，他友好地点头回应，之后又转过头去，对车里的司机和后排座位上的另外一名军官说道："把箱子都送到警局去吧。"

督察在尸体防腐室里见到了殡仪馆的主人罗热先生和当地的警官。房间里都是水龙头、水龙带、搪瓷器具，还有其他的一些装在玻璃箱子里的日用品。

看见这位从巴黎来的督察，当地的警官面露喜色。

"波皮尔督察！您能来我真高兴。您可能不记得我了，但是……"

督察打量了一下警官。"记得，当然记得了。是巴尔曼警官。你亲自把德·莱斯送到纽伦堡，审判时就坐在他后面。"

“我看到您带来了一些证据。非常荣幸，督察。”

“尸体是什么情况？”

殡葬礼仪师罗热的助手劳伦特把盖在尸体上的罩单拉开。

屠夫保罗的尸体还穿着衣服，衣服没有被血浸透的地方都是一条条很长的、交叉着的红色血痕。尸体没有头。

“保罗·莫蒙特，或者说是他的一大部分。”巴尔曼警官说。“这是他的档案？”

波皮尔点了点头。“很短而且劣迹斑斑。他曾经用船运送过奥尔良的犹太人。”督察仔细观察着尸体，绕着它踱着步子，又拿起保罗的手臂看了看。屠夫手臂上粗劣的刺青在苍白皮肤的衬托下显得愈发醒目。督察心不在焉地说着话，就像自言自语一样。“他的手上有防卫时留下的伤，但是指关节上的淤伤却有些日子了。他最近打过架。”

“而且经常打。”殡葬礼仪师说。

助手劳伦特尖声说道：“上周六他在酒吧里和人家打架，把一个男人和一个女人的牙都打掉了。”他扭动着头做出挨拳头的样子，往后梳着的头发在他那小脑袋上一跳一跳的。

“麻烦列一个名单，最近和他打过架的人。”督察说。他俯在尸体上吸着鼻子。“你没对尸体做过任何处理吧，罗热先生？”

“没有，先生。巴尔曼警官特别交代我不要……”

波皮尔督察示意他到桌边来。劳伦特也跟着过来了。“这房间里的味道是因为你们用了什么东西吗？”

“我闻到了氰化物的味道。”殡葬礼仪师罗热说。“他先是被人毒死的！”

“氰化物是一种烧杏仁的味道。”波皮尔说。

“闻起来像治牙疼的药。”劳伦特说着，下意识地摸了摸自己的下巴。

罗热对着助手骂道："白痴！你哪儿看见他的牙了？"

"对，是丁香油的味道。"督察波皮尔说。"警官，可以让牙医带着他的记录本来一趟吗？"

在厨师的指导下，汉尼拔把那条大鱼烤好了。没有去鳞的鱼和一些草一起被裹在一层布列塔尼海盐里。汉尼拔从烤箱里把鱼拿出来时，厨师用刀背用力一敲，海盐壳就碎裂开来，鱼鳞也随之掉下来。厨房里充满了美妙的香味。

"注意，汉尼拔，"厨师说，"鱼最好吃的地方就是腮部。很多东西都是如此。在餐桌上切肉时，一边的腮要给夫人，另一边要留给尊贵的客人。当然了，你要是在厨房里装盘，两块就都是你的了。"

塞尔奇刚从市场上回来。他搬了一些常用的食品和杂货走进来后，开始打开包裹往外拿东西，又把食物放好。

紫夫人从塞尔奇身后轻声进了厨房。

"我在小辛克餐厅看到劳伦特了，"塞尔奇说，"他们还没找到屠夫那该死又难看的脑袋。他说尸体上都是——听好了——丁香油的味道，治牙疼的东西。他说——"

汉尼拔看到紫夫人，便打断了塞尔奇。"您真的应该吃点东西，亲爱的夫人。这鱼非常非常好吃。"

"我买回了一些桃味冰淇淋，有新鲜的桃肉呢。"塞尔奇说。

紫夫人看着汉尼拔的眼睛，看了很长时间。

汉尼拔对她微笑着，异常冷静。"桃肉！"他说。

23

午夜，紫夫人躺在床上。窗户开着，轻风吹进来一缕香气，那是楼下院子一角茂盛的含羞草的味道。她把被子推开，任微风从手臂和双脚上拂过。紫夫人没有合眼，她看着黑漆漆的天花板，甚至能听见自己眨眼时发出的微弱响声。

楼下的院子里，那条老马士提夫犬在睡梦中挪动着身体。它张大鼻孔，深吸着气，前额的毛皮上现出条条褶皱。接着它又放松下来，继续自己的美梦。梦里，它叼着猎物，血流进嘴里。

黑暗中，紫夫人听见楼上的阁楼地板嘎吱嘎吱作响。这不是老鼠的叫声，是有人在走。她深吸一口气，起身下床，双脚踩在卧室冰冷的石地板上。她穿上轻薄的和服，用手稍微理了下头发，又从走廊的一只花瓶里拿出一些花，然后提起一盏烛灯，沿着楼梯朝阁楼走去。

阁楼门上刻着的面具朝她微笑着。紫夫人挺直了身子，把手放在面具上推开了门。她感觉到穿堂风从背后吹来轻推着自己，睡衣贴紧了后背。在黑暗的阁楼远处，有微弱的光闪烁不定。紫夫人朝着光走去，手里的烛灯照亮了那些似乎在盯着她看的能乐面具，挂着的一排牵线木偶在她走路带出的微风里摆出了新的姿势。她走过和罗伯特在一起的日子里用过的那些柳条篮子和贴着小广告的箱子，朝家族祭坛和铠甲走去，烛光就是从那里发出的。

祭坛上的铠甲前面放着个黑色的东西。紫夫人借着烛光看清了它的轮廓。她将烛灯放在祭坛旁边的一只柳条箱上，冷静地看着屠夫保罗的头。头放在一个叫做水盘的浅花器里，屠夫的脸干净而苍白，嘴唇是完整的，但是两边的脸颊不见了，有一些血从他嘴里流进了花器中，就像插花下面的水一样积聚在头的周围。一块布条贴在保罗的头发上，上面用工整的笔迹写着：莫蒙特，优质鲜肉。

保罗面朝铠甲，上翻的眼睛对着武士的面具。紫夫人也把脸仰起来，用日语对祖先说话。

“晚上好，尊敬的祖先。用这种不恰当的方式向您表示敬意，还望见谅。恕我直言，这并不是我的本意。”

她习惯性地从地上捡起一支系着缎带的凋花放在袖子上，眼睛一直在四下观察。那把长剑还在原来的位置上，战斧也是。但是短剑却不在架子上。

紫夫人后退一步，打开天窗。她深吸了一口气，能听见自己心跳的声音。微风吹动她的睡衣，烛光在风中摇曳。

能乐服后面传出轻微的窸窣声。她发现有双眼睛在一只面具后面看着自己。

她用日语说道：“晚上好，汉尼拔。”

黑暗中传来一句日语的回答：“晚上好，亲爱的夫人。”

“我们还是用英语说好吗，汉尼拔？有些事我不想让祖先听到。”

“就按您说的办，亲爱的夫人。不管怎样，我会说的日语就只有刚才那些。”

汉尼拔走了出来，手里拿着那把短剑，还有一块擦剑用的布。紫夫人朝他走去，长剑就放在铠甲前面的架子上，必要的话她伸手就能够到。

“我本来想用屠夫那把刀的，”汉尼拔说，“之所以用了政宗阁下的剑，是因为它看起来很合适。希望您不会介意。我保证，剑身上没留下一丁点的缺口，屠夫就像黄油一样好切。”

“我为你感到不安。”

“请别担心。我会处理好……那东西的。”

“你不必为我这样做的。”

“我是为了自己，为了值得做您的人，紫夫人。您不用负任何责任。我觉得政宗阁下同意了我用他的剑。真是好用极了！”

汉尼拔把短剑放回剑鞘里，以一种毕恭毕敬的姿势对着铠甲，把剑鞘放回了架子上。

“您在发抖。”汉尼拔说。“您看起来非常镇定，但是却抖得像只小鸟一样。我本不该手里不拿花就接近您的。我爱您，紫夫人。”

楼下，院子外面响起了双音调的法国警笛，只响了一声。马士提夫犬起身跑出狗窝叫起来。

紫夫人快步走到汉尼拔身边，拉起他的手放在自己脸上，又在他的额头上亲吻了一下，之后紧张地轻声对他说：“快！把手洗干净！去女仆的房间里，千代那里有柠檬。”

楼下传来叩击门环的嘭嘭声。

24

波皮尔督察等在下面。紫夫人在自己的心脏跳了一百下之后终于出现在楼梯上。督察站在高顶的门厅中央，抬起头来看着楼梯上的紫夫人，身边是他的助手。紫夫人看见他警觉又不动声色地站在那里，就像只机敏的蜘蛛趴在结了蛛网的窗棂前，窗子的另一边是无尽的黑夜。

见到紫夫人，波皮尔的呼吸有些急促起来。门厅的穹顶把这声音放大了，紫夫人静静地听着。

她似乎并不是一步步走下楼梯，而是一下子就下来了。她的双手放在袖子里。

红着眼的塞尔奇站到了她旁边。

“紫夫人，这两位先生是从警察局来的。”

“晚上好。”

“晚上好，夫人。很抱歉这么晚打扰您。我有些问题要问，是关于……您的……是您的侄子？”

“是侄子。我可以看看您的证件吗？”紫夫人把一只手缓缓地从袖子里抽出。她看了证件上的每一个字，又仔细端详上面的照片。

“波皮——尔督察？”

“是波——皮尔，夫人。”

"照片上您戴了荣誉勋章，督察。"

"是的，夫人。"

"感谢您亲自来访。"

她把证件递还给波皮尔时，一股清新淡雅的香气也一并朝督察飘去。紫夫人盯着督察的脸，等着香气到达。她发现波皮尔闻到了，他的鼻孔和瞳孔都发生了细微的变化。

"夫人的名字是……"

"紫式部。"

"这位女士是莱克特伯爵的夫人，大家都习惯用她的日本名字称呼她紫夫人。"塞尔奇说道。和警察说话对于他来说是需要一点勇气的。

"紫夫人，我想和您还有您的侄子都单独聊聊。"

"对您的工作我很尊敬，但是恐怕您说的那种情况是不可能的，督察。"紫夫人说。

"哦，夫人，这是完全可能的。"波皮尔督察说。

"欢迎您到我家来，也完全欢迎您和我们一起谈。"

汉尼拔站在楼梯上说道："晚上好啊，督察。"

督察转向汉尼拔。"小伙子，我希望你能跟我走一趟。"

"当然可以，督察。"

紫夫人对塞尔奇说："把我的外衣拿来好吗？"

"没有这个必要，夫人，"波皮尔说道，"您不用一起来。明天我到这儿来和您谈，夫人。我不会伤害您侄子的。"

"没事，亲爱的夫人。"汉尼拔说。

紫夫人松了口气，袖子里紧紧抓着手腕的手也放松了一点。

25

漆黑的尸体防腐室里一片安静，只听得见水慢慢滴在水池里的声音。督察和汉尼拔站在门口，雨点落在他们的肩膀和鞋子上。

莫蒙特就躺在里面。汉尼拔能闻出他的味道。他等着波皮尔开灯，很想看看这个警察所说的巨大差别是个什么情形。

“如果再看到保罗，你觉得你还认得出他吗？”

“我尽量，督察。”

波皮尔打开了灯。按照吩咐，殡葬礼仪师已经把保罗的衣服脱去，装到了纸袋里。此前他已把屠夫的尸体放在一件橡胶雨衣上，用粗糙的针法缝上了他的肚子，又拿毛巾盖住他被割断的脖子。

“你还记得屠夫的刺青吗？”

汉尼拔绕着尸体走着。“记得。我没看懂是什么意思。”

汉尼拔看着站在尸体另一侧的督察，看见了他眼里那充满智慧而又迷离的眼神。

“写的是什么？”督察问。

“这是我的，你的在哪儿呢？”

“或许应该这么写：这是你的，我的在哪儿呢？这是你第一次杀人，我的头在哪儿呢？你觉得怎么样？”

“我觉得您不太应该说这样的话。我希望如此。您是不是巴望着他的伤口在我面前能流出血来？”

“屠夫对紫夫人说了什么话让你失去理智？”

“他的话没让我失去理智，督察。每一个听到他说话的人都感到厌恶，包括我。他的话太难听了。”

“他究竟说了什么，汉尼拔？”

“他问日本女人底下那玩意儿是不是真的横着长的，督察。他当时说：‘嘿，日本婊子！’”

“横着。”督察沿着保罗·莫蒙特肚子上缝针留下的痕迹比量着，手几乎碰到了尸体。“这么个横法吗？”他扫了一眼汉尼拔，想从他脸上找到点什么，但是失败了。督察从汉尼拔的脸上什么也没读出来，所以又问了一个问题：

“看到他死了，你有什么感觉？”

汉尼拔把屠夫脖子上的毛巾掀起来看了一眼。“无所谓。”他说。

警局装上了测谎仪，村子里的警察是第一次看到这东西，都感到相当好奇。操作员是和波皮尔督察一起从巴黎来的，他对仪器做了一系列的调试，有些纯属显摆。显像管慢慢热起来，隔热材料给本来就充满汗臭和烟味的空气增添了一股热棉花的味道。督察见汉尼拔正盯着仪器看，便让其他人都出去，只留下汉尼拔、他自己，还有测谎仪操作员。操作员把仪器连到汉尼拔身上。

“说出你的名字。”操作员说。

“汉尼拔·莱克特。”他的声音嘶哑。

“年龄？”

"十三岁。"

测谎仪的描画针在记录纸上平缓地走着。

"在法国住多久了?"

"六个月。"

"你认识屠夫保罗·莫蒙特吗?"

"我们从没互相介绍过自己。"

描画针没有任何颤动。

"但你知道他是谁。"

"是的。"

"在周四的集市上,你有没有和保罗·莫蒙特发生过争执,也就是打架?"

"打了。"

"你上学吗?"

"上。"

"学校要求穿统一的服装吗?"

"不要求。"

"对于保罗·莫蒙特的死,你有愧疚感吗?"

"愧疚感?"

"你只能回答有或者没有。"

"没有。"

描画针描出的曲线波峰和波谷一直没什么变化。没有血压升高的迹象,没有心跳加速的迹象,呼吸均匀平稳。

"你知道屠夫死了?"

"是的。"

操作员对测谎仪的旋钮做了些调整。

"你学过数学吗?"

"学过。"

"学过地理吗？"

"学过。"

"你见过保罗·莫蒙特的尸体吗？"

"见过。"

"是你杀了保罗·莫蒙特吗？"

"不是。"

仪器描出的线没有任何急剧的波动。操作员摘下手套，示意波皮尔督察结束测试。

一个从奥尔良来的盗窃惯犯坐到了汉尼拔刚才坐的椅子上，这人有一长串的前科。督察和测谎仪操作员在外面的过道里商议时，盗窃犯坐在里面等着。

波皮尔把纸带绕下来。

"没什么特别之处。"

"这孩子对什么都没反应。"操作员说。"要么他是战争留下的孤儿，感觉已经麻木了，要么他就是有着非凡的自控能力。"

"非凡……"波皮尔说。

"您要不要先测盗窃犯？"

"我对他没兴趣，但是我想让你来测他。因为我可能会当着那孩子的面狠狠揍他几次。你懂我的意思吗？"

在通往村子的下坡路上，一辆摩托车滑行着，车灯和引擎都没开。骑车人穿着黑色的连衫裤，戴着黑色的巴拉克拉瓦头盔。广场上冷冷清清的，摩托车悄然拐过它远侧的拐角，短暂地消失在邮局前停着的邮车后面，之后继续朝前方驶去。骑车人用力地蹬着踏板，直到驶上了离开村子的上坡路才发动引擎。

波皮尔督察和汉尼拔坐在当地警官的办公室里。督察读着贴在警官胃药瓶子上的标签，考虑着要不要吃一点。

之后他把那一卷测谎仪的纸带放在桌子上，用手指轻轻一推。纸带展开来，上面是一条有许多小波峰的曲线。这些波峰在督察看来就像是山上被云彩遮住的小丘。"是不是你把屠夫杀了，汉尼拔？"

"我能问您一个问题吗？"

"问吧。"

"巴黎离这里很远，您远道而来是不是因为擅长调查屠夫死亡的案件呢？"

"我的专长是调查战争犯罪，保罗·莫蒙特涉嫌好几起这类案件。战争犯罪并不会随着战争的结束而结束，汉尼拔。"波皮尔停下来挨个看烟灰缸各个面上贴的广告。"也许我比你想象的更了解你的情况。"

"我是什么情况，督察？"

"你在战争时成了孤儿。你住在孤儿院里，把自我封闭起来，你的家人都死了。后来……后来你美丽的继母弥补了你失去的一切。"波皮尔努力地拉近和汉尼拔的距离，他把手放在汉尼拔的肩膀上。"她的香气驱走了那弥漫在集中营里的味道。但是屠夫却对她出言不逊。如果你把他杀了，我可以理解。告诉我，我们可以一起向法官解释……"

汉尼拔把椅子往后挪了挪，不想让波皮尔碰自己。

"她的香气驱走了那弥漫在集中营里的味道？我想问一下您是不是喜欢作诗，督察？"

"你是不是杀了屠夫？"

"保罗·莫蒙特是自杀的。他死于自己的愚蠢和无礼。"

波皮尔督察对各种怪人甚是了解，对付他们也有着大把的经验，但是汉尼拔的声音却是他从来没听到过的，里面带着一种稍稍与众不同的音质。而且让他惊奇的是，这声音竟出自一个小孩子之口。

波皮尔以前从没听过有这种独特波长的声音，但是他承认这声音属于另一个自我。他已经很久没有感受过那种捕猎的刺激，还有属于另一个大脑中的洞察力。这种感觉就在他的头皮上，在他的前臂上。这正是他所追求的。

他身体的一部分希望外面的盗窃犯就是杀了屠夫的凶手，另外一部分在思考着眼前这孩子在孤儿院时是多么孤独，紫夫人的陪伴对他又是怎样一种抚慰。

"当时屠夫在钓鱼。他的刀上有血，还有鱼鳞，但是他死的时候身边没有鱼。厨师告诉我你带回去一条大鱼当晚餐。你从哪儿弄来的鱼？"

"钓的，督察。我们在浴室后面的河里放了条带饵的鱼线。如果您想看的话我可以带您去。督察，调查战争犯罪是您自己选的吗？"

"是的。"

"因为您在战争中失去了家人？"

"对。"

"我可以问问他们是怎么死的吗？"

"有些是战死的，有些被用船送到东边去了。"

"您抓住了把他们送走的人吗？"

"没有。"

"是维希人干的——像屠夫一样的维希人。"

"没错。"

"我们可以彼此坦诚相对吗？"

"完全可以。"

"看到保罗·莫蒙特死了您觉得难过吗？"

在广场的远侧，村里的理发师M.鲁宾从一条林荫小路走出来，牵着他的小猎狗到广场上进行每晚一次的例行散步。M.鲁宾和他的客人说了一整天的话，晚上接着对自己的狗说个不停。他把狗从邮局前面的绿化带拉走。

“你真应该到费利佩草坪去执行任务，在那儿没人会看见你。”M.鲁宾说。“在这儿你会惹来罚款的。你又没钱，还不是我掏腰包。”

邮局前的电线杆上挂着个信箱。猎狗扯着狗链奋力朝那里扑去，腿都抬了起来。

鲁宾看到信箱上方有一张脸，便说道：“晚上好，先生。”然后又冲着自己的狗说：“听着，你可别弄脏了先生的衣服。”小猎狗发出了哼哼声，鲁宾注意到信箱下方根本就没有腿。

摩托车在单车道的马路上飞驰，恨不得比前灯射出的昏暗光线跑得还要快。半途中，一辆车从另一条路上开过来。骑车人马上躲进了路边的树林里，直到汽车的尾灯消失在视线里才出来。

在庄园漆黑的储物棚里，摩托车的前灯熄灭了，渐渐冷却的摩托车滴答作响。紫夫人摘下巴拉克拉瓦头盔，用手梳理了一下头发。

警察的几支手电筒一齐照在信箱上放着的保罗·莫蒙特的头颅上。在他额头上发际线的下方，写着德国佬几个字。晚上出来喝酒的人和下夜班的人都聚过来围观。

波皮尔督察带着汉尼拔走上前去，借着手电筒的光观察屠夫的脸。他发现汉尼拔的表情没有丝毫变化。

“原来是抵抗运动[①]的人把莫蒙特给杀了。”理发师说道，接着又对大家解释自己是怎么发现的，说的时候小心翼翼地把小猎狗犯下的错误给省略了。

---

① 抵抗运动：第二次世界大战期间，欧洲各国人民反对德国、意大利法西斯占领和奴役的斗争的统称。

人群中有些人认为这场面汉尼拔不该看。其中有个上了点年纪的妇女，是个护士，刚下了夜班回家。她大声说出了人们的这一想法。

波皮尔用警车把汉尼拔送回家，到达时已是破晓时分。在玫瑰色的曙光中，汉尼拔采了几支花之后才走进房子。他在手里把花的高度调整好，然后把下端的茎剪齐，剪的时候想好了用哪首诗来搭配这些花。在画室里，他发现了紫夫人还有些湿润的毛笔，便拿起笔来写道：

夜鹭的身姿展现
在荻月之光中——
哪一个更美好呢？

晚些时候，汉尼拔安适地睡下了。他梦见了妹妹。那是战前的夏天，南尼把米莎的浴盆放在小屋的花园里，让阳光把水晒暖。米莎坐在水里，菜粉蝶绕着她飞舞。汉尼拔给她摘了只茄子，她抱着紫色的茄子，晒着暖烘烘的太阳。

醒来时，汉尼拔发现房门下有张便条，还有一支紫藤花。便条上写着：即使周围满是丑陋的青蛙，也该选择做只高贵的鹭。

26

千代准备回日本了，走之前她一直在教汉尼拔说最基本的日语，希望他能不时和紫夫人用日语交谈，免得夫人总说英语会觉得无聊。

在日本的平安时代[①]，有通过诗歌交谈的传统。千代发现汉尼拔对此很是擅长，便常和他用诗歌交流，还向他吐露说自己未来新郎的一个很大的缺点就是这方面有欠缺。她叫汉尼拔发誓将悉心照料紫夫人，用上了各式各样的她觉得在西方人眼中很是神圣的物件起誓。她还要求汉尼拔去阁楼上的祭坛前发誓，甚至还用针把自己和汉尼拔的手指刺破，来一次血誓。

即便希望，他们也无法阻止时间的流逝。紫夫人和汉尼拔收拾好行李准备去巴黎的时候，千代也整理好行囊要回日本了。在里昂车站，塞尔奇和汉尼拔把千代的大箱子搬上了配合船期的火车，紫夫人在车厢里陪千代坐着，握着她的手直到最后一刻。分别之际，她们互相鞠了一躬。这种告别方式若是在外人看来，也许会觉得她们是无情无义之人。

回家的路上，汉尼拔和紫夫人都强烈地感受到千代离开带来的那种空落落的感觉。现在只剩下他们两个相依为命了。

① 平安时代：日本从8世纪末至12世纪末以平安（今京都）为京城的时代。

巴黎的房子是战前紫夫人的父亲留下的，因此在室内光影和漆饰巧妙的相互映衬中显出浓郁的日本风格。家具都用布蒙着，紫夫人觉得看到这些家具就会想起父亲，所以并没有把布揭开。

她和汉尼拔把厚重的窗帘布扎起来，让阳光照进房间。汉尼拔望着下面的孚日广场[①]。宽阔的广场灯火辉煌，铺满了暖红色的砖。虽然其中有个花园被战争摧残得满目疮痍，这仍然是巴黎最美丽的广场之一。

就在下面的那片开阔地上，痴迷黛安娜·普瓦捷的国王亨利二世曾经与人比武，在眼睛被致命的一剑刺中后倒下了，就连召到病榻边的医师维萨里[②]也没能救活他。

汉尼拔闭上一只眼睛，推测着亨利二世倒下的确切位置——可能就在督察波皮尔现在站着的地方。督察手拿一株盆栽植物，抬着头朝窗子这边望。汉尼拔没有挥手。

“我觉得有人来探望您了，亲爱的夫人。”他扭头说道。

紫夫人没有问是谁。敲门声响起来，她等那人敲了一阵子才去开门。

波皮尔拿着他的植物走进来，还带着一包从馥颂[③]买来的甜品。想要摘下帽子时他稍稍有些不知所措，因为两只手里都拿了东西。紫夫人帮他把帽子摘了下来。

“欢迎到巴黎来，紫夫人。卖花的人跟我发誓说这盆植物很适合摆

---

① 孚日广场：法国巴黎最古老的广场，由亨利四世兴建于1605年到1612年。

② 维萨里（1514—1564）：著名的医生和解剖学家，近代人体解剖学的创始人。与哥白尼齐名，是科学革命的两大代表人物之一。

③ 馥颂：法国的餐饮名店。

在您的阳台上。”

“阳台？我怀疑您是在调查我，督察——您已经知道了我住的地方有阳台。”

“不止这个——我还确定了您这儿有间门厅，并且我强烈怀疑还有间厨房。”

“这么说您是一个房间接一个房间地调查？”

“对，这就是我的方法，一间一间地进行。”

“到哪间结束？”她发现督察的脸有些红了，便放过了他。“我们是不是该把这植物放到阳光下？”

他们见到汉尼拔时，他正把铠甲往外拿。他站在柳条箱旁边，手里拿着那只武士面具。汉尼拔没有转身，只是像只猫头鹰一样转过头来看着波皮尔督察。他看见紫夫人手里拿着的波皮尔的帽子，便估计出他的头大概有十九点五厘米高，六公斤重。

“你戴过吗，这面具？”波皮尔督察问。

“我还不够格。”

“我也有点怀疑。”

“您戴过您的那些勋章吗，督察？”

“出席典礼的时候要戴。”

“馥颂的巧克力，您想得可真周到，波皮尔督察。它们会驱走那弥漫在集中营里的味道。”紫夫人说。

“但是赶不走丁香油的气味。紫夫人，我需要和您讨论一下居住权的问题。”

波皮尔和紫夫人在阳台上交谈。汉尼拔从窗子后面看着他们，把他刚才估计的督察头颅的高度改成了二十厘米。两个人在谈话时不断挪动植物的位置，改变它朝阳的部位。他们似乎总得找点事做。

汉尼拔没有继续从箱子里往外拿铠甲，而是跪在柳条箱旁边，把手放在短剑那锃亮的剑柄上。他透过面具的眼洞看着督察。

汉尼拔看见紫夫人在笑。他猜测，一定是波皮尔督察在作什么拙劣的尝试以显示自己的幽默，而紫夫人也只是出于善意而笑一下。他们回到房间里后，紫夫人便离开了，留下汉尼拔和督察单独相处。

“汉尼拔，你叔叔去世之前一直试着想弄清在立陶宛时，你妹妹身上到底发生了什么。我也可以试着调查一下。现在在波罗的海那边调查不大容易——有时候苏联人会配合，但是多数情况下不会，但我可以紧追他们不放。”

“谢谢。”

“你都记得些什么？”

“我们当时住在小屋里。后来发生了爆炸。最后我记得士兵们让我骑在坦克上，把我带到了一个村子里。这之间的事我记不得了。我试着去回忆，还是想不起来。”

“我和鲁芬医生谈过了。”

汉尼拔没什么反应。

“他不想和我讨论任何与你谈话的细节。”

汉尼拔仍然没反应。

“但是他说你非常爱你妹妹，这是当然的。他说随着时间的推移你的记忆可能会恢复。如果你想起了什么，不管是什么时候，请告诉我。”

汉尼拔平静地看着督察。“我没有理由不告诉您啊。”他希望这时能听到钟表的声音，那会让他感到舒坦。

“我们讨论……保罗·莫蒙特事件的时候，我告诉过你我在战争中失去了亲人。回忆那些对于我来说并不是件易事。你知道为什么吗？”

“告诉我吧，督察。”

“因为我觉得自己本可以救他们的。当我发现有些事本该做却没有做时，我会感到恐惧。如果你和我有一样的恐惧，别让它逼走那些可能对寻找米莎有帮助的记忆。你可以和我讲任何事。”

紫夫人走进房间。波皮尔站起来，换了个话题。“加诺中学是所不错的学校，你凭自己的努力考上了。要是我可以帮上什么忙，我一定尽力。我会经常去学校看你的。”

“但是您更愿意到这儿来吧？”汉尼拔说。

“欢迎您到这儿来，督察。”紫夫人说。

“再见，督察。”汉尼拔说。

紫夫人把波皮尔送走，回来时有些生气。

“波皮尔督察喜欢您，从他的脸上我就能看出来。”汉尼拔说。

“从你的脸上他能看到些什么？招惹他是很危险的。”

“你会发现他是个无聊的人。”

“我发现你很无礼。这不像你。如果你想要对客人无礼，在你自己的房间做吧。”紫夫人说。

“紫夫人，我想在这儿和您住在一起。”

她的怒气消了。“不行。放假的时候、周末的时候我们都可以在一起，但是你必须按照规定住在学校。你知道我的手会一直牵着你的心。”她把手放在汉尼拔的胸前。

牵着他的心。那只帮忙拿着督察帽子的手牵着他的心。那只拿刀架在莫蒙特兄弟喉咙上的手；那只抓着屠夫的头发，把他的头扔进袋子里的手；那只把袋子放在信箱上的手。她的手掌感觉到汉尼拔心脏的跳动，她的表情深不可测。

27

学校里的青蛙标本自战前就保存在甲醛里，它们的各种器官曾经有过的不同颜色早就退掉了。在学校气味难闻的实验室里，每六个学生分到了一只。青蛙小小的尸体躺在盘子里，每只盘子周围都围着一圈学生。他们画素描的时候，弄了一桌子脏兮兮的橡皮屑。教室里很冷，煤依然短缺，有些男孩子戴上了露指手套。

汉尼拔走上前来看了看青蛙，然后返回自己的课桌上画画，回去的时候还被人绊了两下。边维尔老师和其他老师一样，对选择坐在教室后面的学生都持一种怀疑态度。他从侧面走到汉尼拔身边，发现自己的怀疑得到了证实，汉尼拔并没有画青蛙，而是在画一个人的脸。

“汉尼拔·莱克特，你怎么不画标本？”

“我画完了，老师。”汉尼拔把画纸正面举给老师看。上面画的真是那只青蛙标本，而且惟妙惟肖。青蛙保持着解剖时的姿势，轮廓线的描画和莱昂纳多的人物素描风格类似，内脏部分涂着影线和阴影。

老师仔细看了看汉尼拔的脸。他用舌头调整了一下假牙，说道：“我要把你的画拿走，有个人应该看看。你会得到表扬的。”老师把汉尼拔的画纸翻过来，看着他画的那张人脸。“这人是谁？”

“我也不太清楚，老师。就是我在什么地方见过的一张脸。”

实际上，汉尼拔画的是弗拉迪斯·格鲁塔斯，他只是不知道他的名字。这就是他以前凝视月亮和午夜的天花板时看到的那张脸。

整整一年，学生们只能借着从窗子透进来的灰暗光线上课。好在光线足够分散，可以画画。老师给汉尼拔升了一个年级，所以教室也就跟着换了。接着他又连升了两个年级。

假期终于来了。

这是伯爵去世和千代离开后的第一个秋天，那种失去亲人的痛楚又向紫夫人袭来。丈夫活着的时候，每到秋天，她就会在庄园附近的草坪上安排室外晚餐，和莱克特伯爵、汉尼拔还有千代一起欣赏获月，聆听秋虫的鸣叫。

此刻，在巴黎住处的阳台上，紫夫人给汉尼拔读了千代关于自己婚礼布置情况的来信。两个人一起看着那渐渐丰盈的月亮，但是却听不到蟋蟀的鸣叫。

一大早，汉尼拔把起居室里自己的简易床折好，之后便骑着自行车跨过塞纳河来到植物园。那附近有个动物园，他经常到兽笼旁边打听事情。今天又有新消息，有人递给他一张纸条，上面潦草地写着一个地址……

十分钟之后，在蒙日广场和雪鸮街道的南边，汉尼拔找到了纸上写的商店：热带鱼，小鸟和异域动物。

他从挎包里拿出一个文件夹，走了进去。

小店里摆着一排排的鱼缸和笼子，不时可以听见鸟和虫唧唧喳喳的叫声，还有仓鼠跑轮的嗡嗡声。空气里有各种气味：谷子的味道、带着体温的羽毛的味道，还有鱼食的味道。

收银台旁边的笼子里有只大鹦鹉用日语和汉尼拔打招呼。一个上了年纪的日本人从商店的后部走过来，面容和气，他刚才在做饭。

"可以进来吗，先生？"汉尼拔用日语问道。

"请进，先生。"店主用日语回答。

"请进，先生。"鹦鹉跟着说。

"您这里卖金钟蟋蟀吗，先生？"

"没有，不好意思，先生。"店主用法语说。

"没有，不好意思，先生。"鹦鹉又跟着学。

店主皱着眉看了鹦鹉一眼，改用英语说话，这烦人的鸟没辙了。"我这儿有各种厉害的斗蟋，打起架来很凶猛，而且经常赢，凡是蟋蟀聚集的地方，它们总是焦点。"

"我想买金钟蟋蟀送给一位日本女士做礼物，她每年的这个时候都很想听金钟蟋蟀的叫声，"汉尼拔说，"所以普通的蟋蟀恐怕不合适。"

"我不会给你推荐法国蟋蟀的，它们的叫声只有在交配季节才最好听。但是我这里不卖金钟蟋蟀。这儿有只会讲很多日语单词的鹦鹉，而且它说的话可是从各行各业的人那里学来的。你说的这位女士说不定会喜欢呢。"

"那您自己养金钟蟋蟀吗？"

店主朝远处看了一会儿。在这个年轻的共和国里，关于进口昆虫和虫卵的法律还不甚明晰。"你想听听它的叫声吗？"

"不胜荣幸。"汉尼拔说。

店主消失在商店后部的窗帘后面，出来时手里提着一只小蟋蟀笼，还拿着一根黄瓜和一把刀。他把笼子放在柜台上，在鹦鹉渴求的注视下，切了一小片黄瓜塞进蟋蟀笼里。不一会儿，金钟蟋蟀雪橇铃般清脆的叫声便传了出来。接着叫声再一次响起，店主的脸上洋溢着欢乐。

鹦鹉扯开了嗓子模仿，响亮地，一遍又一遍地叫着。见自己什么也得不到，便语无伦次地乱叫了一阵子。这让汉尼拔想起了艾尔加大叔。店主拿块布把鸟笼盖上了。

“他妈的。”布下面传来鹦鹉的声音。

“我想暂时借用，也就是租这只金钟蟋蟀，每周付一次钱，您觉得怎么样？”

“那你觉得租金多少合适呢？”店主问。

“我想拿东西交换。”汉尼拔说着，从文件夹里抽出一小幅钢笔画，画的是只甲壳虫趴在压弯了的草茎上。

店主小心翼翼地拿着画的边缘，对着光看了看，然后将它靠收款机立着。“我会和同事商量一下的。你午饭后再来好吗？”

汉尼拔到处闲逛，在街市上买了只李子吃。他看见一家运动器材商店橱窗里挂着两个猎物头，一个是大角羊的，另一个是北山羊的。橱窗角落里斜竖着一支雅致的霍兰德[①]双管步枪。枪柄设计得妙极了，上面的木头看起来就像是长在金属周围，而两者结合起来就像条漂亮的蛇一样有种曲线美。

这支枪在某个方面有种紫夫人的优雅与美丽。在那两个猎物头的眼睛的注视下产生这种想法让汉尼拔觉得有点别扭。

到卖鱼鸟的那家小店时店主拿着蟋蟀在等他。“过了十月把笼子还回来好吗？”

“这蟋蟀是不是活不过秋天？”

“注意保暖的话没准能活到冬天。你可以在……适当的时候把笼子给我拿回来。”他把那根黄瓜递给汉尼拔。“喂金钟蟋蟀的时候，不要一次都给它。”店主说。

紫夫人做完祷告后来到阳台上，秋日的愁绪还挂在她脸上。

她和汉尼拔借着绚烂的暮色在阳台的矮桌旁吃晚饭，吃的是面条。

---

① 霍兰德：英国一家著名的猎枪生产公司，总部设在伦敦。

很久之后，闻到了黄瓜味的蟋蟀发出了清脆的叫声。声音从花下面黑暗的隐蔽处传来，把紫夫人吓了一跳。她似乎怀疑自己是在做梦。叫声又响起来，那是雪橇铃般清脆的金钟蟋蟀的叫声。

紫夫人的眼睛亮了起来，自己不是在做梦。她对汉尼拔微笑着。“看见你，我的心就会和蟋蟀一块儿唱起来。”

“看见您，我的心就会跳起舞来，您还教会我的心如何歌唱。”

在金钟蟋蟀的叫声中，月亮爬上了天际。阳台似乎也随着升起来，慢慢升进那皎洁的月光里，带他们远远离开这魔鬼遍地的尘世，去一个没有纷扰的地方。在那里，只要两个人在一起就足够了。

到时候汉尼拔会告诉紫夫人这蟋蟀是借的，在月亏之时就要还回去。最好还是不要把它留到深秋。

28

紫夫人对生活比较讲究，这是在过去的岁月里慢慢培养起来的，也和她个人的品位有关。卖掉庄园交了遗产税之后，她用剩下的钱竭力维持这样的生活。只要汉尼拔开口，她就会满足他的一切要求，但是汉尼拔从没要过什么。

罗伯特·莱克特为侄子准备的钱只够他上学，一点儿余钱也剩不下。

汉尼拔的开销里最重要的一笔要算是找人给他写封信并签名的付酬。信的署名是贾米尔·卓立帕里博士，过敏症专科医生，这封信向学校说明了汉尼拔对粉笔灰有严重的过敏反应，座位应该安排在尽量远离黑板的地方。

汉尼拔知道，因为自己的年纪特殊，老师们其实并不在意他到底在干什么，只要其他的孩子看不见他，不学他的坏样子就行。

独自坐在教室的最后面，汉尼拔觉得自由了。他可以一边用墨水笔和水彩笔依着宫本武藏[①]的风格画小鸟，一边心不在焉地听老师讲课。

在巴黎，日本的东西很是风靡。日本画都不大，很适合挂在巴黎公

① 宫本武藏：日本战国末期与德川幕府前期的剑术家、兵法家。退出江湖之后，留下一幅禅画——《布袋观斗鸡图》。

寓里面积有限的墙上，而且便于装在旅行箱里。汉尼拔把自己的画都盖上图章，标志就是**永字八法**。

这种日本画在巴黎很有市场，圣父街和雅各布街的小画廊都有卖。但是有些画廊主人让汉尼拔关门以后再把画送来，以免客人发现这些画都出自一个孩子之手。

夏末，汉尼拔放学后就到卢森堡花园里去，趁着阳光还能照到那里的时候，画池塘里玩具帆船的素描，一直画到花园关门。之后他会步行去圣日耳曼大街，到那里的画廊卖画——紫夫人的生日快到了，他看中了福斯垣堡广场的一块玉。

汉尼拔把那幅画着帆船的素描卖给了雅各布街上的一个油漆匠，但是把他那些日式素描留给了圣父街上一家常卖赝画的小画廊。在那里，他的画可以装裱得更漂亮，而且他找到了一个很好的裱画师，能让他的画增色不少。

汉尼拔走在圣日耳曼大街上，背包里装着那些画。咖啡馆摆在外面的桌子旁都坐满了人，人行道上还有小丑在逗弄着行人，以此博得花神咖啡馆里客人的一笑。在靠近河边的圣伯努瓦街和修道院街上，爵士俱乐部还大门紧闭，但是餐馆已经开始营业了。

汉尼拔在路过这家餐馆的时候努力要忘掉在学校里吃过的午饭，而现在这家餐馆里有一道菜叫做“忠烈遗骨”，他于是饶有兴味地看起菜单来。汉尼拔希望自己很快就能挣到足够的钱办一个生日宴会。他在菜单上搜索着，想知道海胆多少钱。

汉尼拔按响门铃时，利特画廊的老板利特先生正在刮胡子，他晚上要去赴约。虽然窗帘已经拉上了，画廊里的灯并没熄。利特是比利时人，对法国人没什么耐心，但是遇到美国人就会像饿虎扑食似的狠劲儿敲一笔，因为他觉得美国人什么都会买。画廊的特色在于它拥有一些顶尖的具象派画家的作品、小雕像，还有古董。此外，它还以海景画而闻名。

“晚上好，莱克特先生，”利特说，“见到你真高兴，相信你一定过得不错。不得不让你等一下了，我得画完那幅画，今天晚上就要送走，运到美国费城去。”

以汉尼拔的经验，这样热情的寒暄背后通常都隐藏着一些狡猾的把戏。他把带来的画和明确写着价钱的单子交给利特先生。“我能到处看看吗？”

“请便吧。”

可以离开学校来欣赏一下优秀的画作是件惬意的事。画了一下午池塘上的船之后，汉尼拔满脑子想的都是水，还有画水的时候遇到的那些问题。他思考着透纳[①] 画的雾霭，还有色彩的运用，觉得那简直是无与伦比。他一幅接一幅地看着，观察着画上的水，还有水面上方的空气。偶然间，他看见了一幅放在画架上的小画，画的是明媚阳光下的运河，背景是安康圣母教堂。

这像是以前莱克特城堡里的一幅瓜尔迪[②] 的作品，汉尼拔还不太记事时就认得。他的脑海里闪过一丝记忆，现在这幅熟悉的画和画框就放在他面前。也许是件复制品，汉尼拔把画拿起来仔细看了看，发现画框的左上角有几个棕色的圆点状污迹。他小时候听父母说这像是“狐狸干的好事”，自己还曾经盯着这污迹看了好几分钟，竭力地想象着狐狸或者狐狸爪印的样子。这不是复制品，汉尼拔感觉画框在自己的手里有些发烫。

利特先生走进来，皱起了眉。“除非准备买，否则是不能碰的。这是给你的支票。”利特大笑起来。“这可是一大笔钱，但是比起这幅瓜尔迪

---

① 透纳（1775—1851）：英国最为著名、技艺最为精湛的艺术家之一，19世纪上半叶英国学院派画家的代表。

② 瓜尔迪（1712—1793）：意大利画家，印象主义的先导。

的画来，还不算什么。”

“不，今天先别给，下次吧，利特先生。”

29

波皮尔督察来到圣父街上的利特画廊门前，他受不了门铃那似乎拿腔拿调的声音，便砰砰地敲起门来。画廊主人开门让他进去之后，他便直奔主题。

“瓜尔迪的画你从哪儿弄来的？”

“从科普尼克那儿买的。当时我们要分开单干。”利特说着，露出愁眉苦脸的表情，他在想，眼前这位用法国夹克把自己裹得严严实实的法国佬波皮尔看上去真是惹人烦。“他说他是从一个芬兰人手里买的，但没说叫什么名字。”

“发票给我看看，”波皮尔说，“你这画廊还应该有失窃艺术品与文物的登记簿，也拿来给我看看。”

利特拿着清单和自己的登记簿比对了一下。“看，看这儿，被盗的瓜尔迪的画和我这幅不是一个名字。罗伯特·莱克特列出的那幅失窃的画叫做《安康圣母教堂》，而我买的这幅叫《大运河》。”

“我得到法院的命令前来没收这幅画，不管它叫什么名字。我会给你收据的。把那个叫科普尼克的人给我找来，利特先生，这样会给你自己免去不少麻烦的。”

“科普尼克死了，督察。他是我在这间画廊的合伙人。我们曾经把它叫做‘科普尼克与利特画廊’。可能叫‘利特与科普尼克画廊’听起来更顺耳一些。”

“他的档案你有吗？”

“他律师那儿可能有。”

“找一找，利特先生，好好找一找，”波皮尔说，“我想知道这幅画是怎么从莱克特城堡到了利特画廊的。”

“莱克特，”利特说，“那孩子自己画的这些画吗？”

“没错。”

“了不起啊。”利特说。

“确实，很了不起。”波皮尔说。“请把那幅画给我包起来。”

两天之后利特带着些文件来到巴黎警察局。波皮尔安排他在走廊上靠近写着审讯室2的房间的地方坐下。里面正在审一个强奸嫌疑犯，不时传出打人和喊叫的声音。波皮尔让利特在这样的气氛中煎熬了十五分钟，然后带他去了自己的办公室。

利特递过去一张收据，上面显示科普尼克从一个叫恩普·马基宁的人手中花八千英镑买下了瓜尔迪的那幅画。

“你觉得这可信吗？”波皮尔问道，“我可不觉得。”

利特清了清嗓子，然后看着地板，沉默了足足二十秒。

“政府的检察官非常想对你提起刑事诉讼，利特先生。他是个加尔文主义者，而且是最为虔诚的那一种。这一点你清楚吗？”

“这幅画是——”

波皮尔抬起手来，打断了利特。“我希望你暂时不要考虑自己的事。你就权当是我能帮你说情，如果我愿意的话。所以你要帮我个忙。你看看这个。”他递给利特一本合着的正规长度的簿本。“艺术委员会要从慕尼黑收藏站带一批艺术品到巴黎，都是被盗过的。这是清单。”

“要在巴黎网球场美术馆展览？”

“对，提出所有权申请的人都可以去看。看第二页中间，我圈出来的那部分。”

“《叹息桥》，贝尔纳多·贝洛托[①]，三十六厘米乘三十厘米，木板油画。”

“你知道这幅画吗？”波皮尔问。

“当然，我听说过。”

“如果是真品的话，它就是从莱克特城堡里偷出来的。你知道，这画之所以很出名是因为还有另外一幅叫《叹息桥》的画和它配对。”

“对，那幅是卡纳莱托[②]画的，而且两个人是在同一天画的。”

“那幅也是莱克特城堡的，可能两幅画是同一个人同一时间偷走的。”波皮尔说。“两幅画一起卖比单独卖能多挣多少？”

“四倍吧。正常人是不会把它们分开卖的。”

“所以要么是偷画的人不知情，要么就是发生了什么意外，两幅画才分开的。两幅《叹息桥》，若是偷画的人有其中的一幅，他会不会想拿到另外一幅呢？”波皮尔问。

“肯定非常想。”

“这幅画在网球场美术馆展出的时候，肯定有关于它的报道。你和我一起去看展览，我们看看谁会到它周围转悠。”

---

① 贝尔纳多·贝洛托（1720—1780）：是卡纳莱托（见注②）的侄子和弟子，威尼斯风景画家。

② 卡纳莱托（1697—1768）：意大利风景画家，尤以准确描绘威尼斯风光而闻名。

30

紫夫人收到的请柬可以让她提前进入美术馆。大批的参观者此时都挤在杜乐丽花园里，唧唧喳喳地谈论着，不耐烦地等着看那五百多件失窃的艺术品。它们都是文物，是美术以及历史档案联合委员会从慕尼黑收藏站带来的，为的是找到合法的所有人。

这些艺术品当中，有几件已经是第三次往返于法国和德国之间了。先是拿破仑把它们从德国弄走带到法国，之后德国人又从法国把它们抢走带回家，最后同盟国军队又一次把它们带到法国。

紫夫人在美术馆的底层看到了一大批出色的西方画作。大厅的一端摆满了仿佛血淋淋的宗教画，许多是耶稣受难的画面。

紫夫人想看些能让人放松心情的画，于是把目光转向了那幅《肉宴》。这幅画风格轻松，画的是一次丰盛的自助午宴。没有出席的人，只有一条史宾格猎犬正要去够桌上的火腿。除此之外还有一些较大的帆布油画，都是属于“鲁本斯派”的作品，画的是身材丰腴、肤色红润的女子，她们周围围绕着一些长着双翼的胖乎乎的小孩。

波皮尔督察看见紫夫人站在这些画前，这是他在美术馆里第一次看到她。紫夫人戴着仿造的香奈儿饰品，在鲁本斯画的那些粉红色裸像旁显得苗条而优雅。

很快，波皮尔就看到了从楼下沿楼梯走上来的汉尼拔。他没有上前打招呼，只是看着他们。

嗯，那个美丽的日本女士和在她监护下的侄子相互看见了。波皮尔颇有兴致地看着他们打招呼。他们在相隔几英尺的地方停下了，但是没有鞠躬，只是微笑致意，然后走到一起拥抱了一下。紫夫人亲吻了汉尼拔的额头，又摸摸他的脸蛋，接着两个人立刻交谈起来。

在他们的上方，挂着一幅卡拉瓦乔[①]的《朱蒂丝斩首赫洛斐尼斯》，是摹本，但品质很高。若是在战前，波皮尔可能真的会被这幅假画给糊弄了。此刻，他感到脖子后面一阵刺痛。

波皮尔发现汉尼拔看到自己了，便朝他点点头，示意他去入口处旁边的一间小办公室里，利特在那里等着。

“慕尼黑收藏站的人说那幅画是一年半以前在波兰边境从一个走私贩那里收缴的。”波皮尔说。

“他交代了吗？说了从哪里弄到的吗？”利特问。

波皮尔摇了摇头。“在美国设在慕尼黑的军事监狱里，这个走私贩被一个德国模范犯人给勒死了。德国犯人当天晚上就消失了，我们认为可能是逃进了德拉古蒂诺维奇梯绳区，那是死路一条。

“那幅画挂在靠近拐角处的八十八号展位。利特先生说看起来像是真品。汉尼拔，如果这是你家的那幅，你能认出来吗？”

“可以。”

“如果是你家的画，汉尼拔，你就摸摸下巴。如果有人走近你，你就表现出看到画很高兴的样子，假装你对谁偷了它并不是很好奇。你要摆出贪婪的样子，你想尽快收回这幅画然后卖掉，还想要和它成对的另

---

① 卡拉瓦乔：即米开朗琪罗·梅里西·德·卡拉瓦乔，意大利16世纪末至17世纪初的著名画家。

一幅。

“表现得难缠一些，汉尼拔，装出自私和任性的样子。”波皮尔说，口气里带着一些和气氛不符的兴奋。“你觉得自己能行吗？和你婶婶吵上几句。那个人会想办法和你接触的，而不是你想办法找他。如果你和婶婶意见不合，他会觉得安全些。一定要问他的联系方式。我和利特先出去，几分钟之后就可以开始你的表演了。

“走，”波皮尔对身边的利特说道，“我们现在做的是合法的事，伙计，你不用鬼鬼祟祟的。”

汉尼拔和紫夫人沿着一排小画看着，寻找着。

在那边，和视线齐平的地方，汉尼拔看到了那幅《叹息桥》。见到这幅画比发现瓜尔迪那幅带给他的触动更大。母亲的脸庞似乎浮现在他眼前。

其他的人开始拥进来了，手里拿着艺术品清单，腋下夹着一沓一沓的所有权申请文件。在他们中间有个高个子男人，穿的西装透着十足的英国味，看起来就像飞机的副翼一样。

这个人把清单拿在眼前，站近了听着汉尼拔讲述。

“这幅画以前放在我母亲的缝纫室里，还有另外一幅和它是一对。”汉尼拔说。“我们最后离开城堡的时候，她把这幅画交给我，让我拿给厨师库克。她还说不要把背面抹脏了。”

汉尼拔把画从墙上拿下来翻转过去。泪光开始在他的眼里闪烁。在画的背面，有块用粉笔勾出的婴儿的手印，大部分都被蹭掉了，只剩下大拇指和食指，上面用玻璃纸保护了起来。

汉尼拔盯着它看了良久。在这个百感交集的时刻，他觉得画背后的这两根手指好像动了起来，在朝他挥舞。

他竭力控制住情绪，想起了波皮尔的话，如果是你家的画，你就摸摸下巴。

他深吸一口气，做出了这个动作。

“这是米莎的手。”他对紫夫人说。“我八岁的时候，他们在楼上粉刷墙壁，就把这幅画还有和它配对的那幅挪到了我妈妈房间的长沙发上，用单子盖上了。我和米莎一起钻到单子下面。那成了我们的帐篷，我俩就像是沙漠上流浪的人。我从口袋里拿出一支粉笔在米莎手掌周围描了一圈，这样，魔鬼就看不见我们了。父母很生气，但是画完好无损啊，我想最后他们还是觉得很好笑。”

一个戴着霍姆堡毡帽的男人走了过来，匆匆忙忙的，挂在脖子上的身份证来回摇晃。

文物委员会的人会过来盘问，你要马上和他吵起来，波皮尔这样告诉过汉尼拔。

“请不要那样，请不要触摸展品。”官员说。

“如果它不是我的，我不会动的。”汉尼拔说道。

“在证明它归你所有之前不要动它，否则我会叫人把你请出去。我先去登记处找人给你登记一下。”

官员一离开，穿着英国西装的人就来到汉尼拔和紫夫人身边。“我叫亚历克·得莱比卢克斯，”他说，“我可以帮你们。”

波皮尔督察和利特在二十米之外看着。

“你认识他吗？”波皮尔问。

“不认识。”利特说。

得莱比卢克斯把汉尼拔和紫夫人请到较僻静的一扇玻璃窗旁。他大概五十几岁，光秃秃的头和他的手一样被太阳晒得黝黑。窗边的光线明亮，他眉毛上的点点斑白清晰可见。汉尼拔从没见过这个人。

大多数男人见到紫夫人都会相当高兴，但得莱比卢克斯却不是这样的。尽管他一直虚情假意地奉承，紫夫人很快就察觉到了实情。

“非常高兴见到您，夫人。在监护权方面您有什么问题吗？”

“夫人只是我尊敬的顾问，”汉尼拔说，“有事跟我讲吧。”

你要摆出贪婪的样子。波皮尔刚才这样告诉过汉尼拔。紫夫人扮演从中调和的角色。

“确实有关于监护权的问题，先生。”紫夫人说。

“但那是我的画。”汉尼拔说道。

“你得在听证会上当着委员们的面提出所有权申请，而且需要提前整整一年半就预约这些委员。在那之前，这幅画会一直被扣留着。”

“我现在要上学，得莱比卢克斯先生，我希望能——”

“我可以帮你。”得莱比卢克斯说。

“告诉我怎么个帮法，先生。”

“三周后我有一场听证会，是关于另一件物品的。”

“您是卖艺术品的，先生？”紫夫人问。

“要是可以的话我倒是想当个收藏者，夫人。但是我总得先卖点什么，然后才买得起我想要的东西。能让美丽的东西在我手里停留哪怕是一小会儿也是件乐事。您家在莱克特城堡的藏品虽然都不是大件，但都非常精致。”

“您知道那些藏品？”紫夫人问。

“莱克特城堡丢失的藏品都由您去世的莱克特伯爵列在文物、美术及历史档案联合委员会的清单上了，据我所知是这样的。”

“您可以在您的听证会上把我的情况作一下说明吗？”汉尼拔问。

“我可以依据1907年的《海牙公约》为你提出所有权申请，我来给你解释一下吧——”

“是的，依据的是第五十六条，这个我和夫人已经讨论过了。”汉尼拔说着，瞥了一眼紫夫人，然后舔了舔嘴唇，显出贪得无厌的样子。

“但是我们还讨论了很多别的方法，汉尼拔。”紫夫人说。

“如果我不想卖呢，得莱比卢克斯先生？”汉尼拔问。

“那你就要等着委员会的听证会了。轮到你的时候你说不定都成年了。”

“还有一幅画和这幅是一对，我丈夫跟我说过。”紫夫人说。“两幅在一起就值钱多了。您不会是知道另外一幅在哪儿吧？卡纳莱托的那幅。”

“不知道，夫人。”

“这幅画非常值得您去找，得莱比卢克斯先生。”她看着得莱比卢克斯的眼睛。“可不可以问一下我怎样才能找到您？”她说道，在“我”字上面稍稍加重了一点语气。

得莱比卢克斯告诉他们一家小旅店的名字，就在埃斯特火车站附近。之后连眼皮也没抬，和汉尼拔握了一下手便消失在人群中了。

汉尼拔去做了所有权申请人登记，接着便和紫夫人在一大堆艺术品中闲逛。看到米莎的手掌轮廓让他感到浑身麻木，唯独脸没有麻，因为他似乎还能感受到米莎拍他的脸颊时那轻柔的触碰。

他停在一块叫做《艾萨克献祭》的挂毯前，盯着它看了许久。“我家楼上的走廊里挂了好几块挂毯，”他说，“我踮起脚尖来也只能够到它们最下面的边。”他把挂毯一角翻起来，看着背面。“我一直都比较喜欢挂毯的这一面。喜欢那些能织出画来的线和细绳。”

“就像是纠结的思绪。”紫夫人说。

汉尼拔把挂毯的一角放下。画上的亚伯拉罕跟着颤动起来，他紧紧掐着儿子的喉咙，天使伸出一只手来阻止了他落下的刀。

“您觉得上帝真的想吃艾萨克，所以才让亚伯拉罕杀掉他吗？”汉尼拔问。

“不是，汉尼拔。当然不是。天使还是及时阻止了亚伯拉罕。”

“不会总是这样的。”汉尼拔说。

得莱比卢克斯见他们离开了美术馆，便到洗手间里把手绢打湿，又返回那幅画前。他迅速环顾了一下四周，发现没有负责展览的官员对着自己，于是略带紧张地取下那幅画，把背面的玻璃纸揭下来，用湿手绢把米莎的手掌轮廓擦去。别人会以为这是在交给第三方保管的时候装卸不当造成的，而且这样一来，这幅画的情感价值也就没了。

31

身着便衣的警官雷内·亚丁等在得莱比卢克斯住的旅馆外面，直到看见三楼房间的灯熄灭了才离开。他到火车站迅速吃了点东西，赶回去还算及时，恰好看到得莱比卢克斯拎着一只运动包从旅馆里出来。

得莱比卢克斯从埃斯特火车站外的马路上叫了辆出租车，穿过塞纳河来到了巴比伦大街上的一家蒸汽浴室，下车后走了进去。亚丁把他没有警标的车停在防火区内，数了五十下，然后走进大厅。室内空气污浊，充斥着各种擦剂的味道。穿着浴袍的男人们读着不同语言的报纸。

亚丁没脱衣服，一直跟着得莱比卢克斯走进浴室。他并不是优柔寡断之人，但父亲是得了战壕足[①] 死的，所以在这种地方不想脱鞋。他从报纸架的木板上取了份报纸，找了把椅子坐下了。

得莱比卢克斯踩着的木屐对于他来说太小了。他脚下橐橐响着穿过一间接一间的蒸汽室，每间里的瓦凳上都坐着懒洋洋的人，任热气把他们包围。

单独的桑拿室租用一次时间为十五分钟。得莱比卢克斯走进了第

① 战壕足：又称“堑壕足”。打仗时长时间站立于潮湿寒冷的战壕内而造成的一种足部损伤。

二间，钱已经有人给他付过了。里面蒸汽缭绕，他用毛巾擦了擦眼镜。

“你干吗啦，怎么这么慢？”被蒸汽包围的利特问道。“我都快化了。”

“我都上床了，旅馆服务员才把消息告诉我。”得莱比卢克斯说。

“今天在网球场美术馆有警察监视你；他们知道你卖给我的那幅瓜尔迪的画很有来头。”

“谁向他们把我供出来的？你？”

“不是。他们认为你知道莱克特城堡里那些画在谁的手里。你知道吗？”

“不知道。我的客户有可能知道。”

“要是你找到另外一幅《叹息桥》，我可以把它们一起卖掉。”利特说道。

“卖给谁？”

“那就是我的事了。美国的一个大买家，算是个社会机构吧。关于那幅画你知道点什么吗，还是说我在这儿的汗都白流了？”

“找到画以后我会来找你的。”得莱比卢克斯说。

第二天下午，得莱比卢克斯在埃斯特火车站买了一张去卢森堡的车票。亚丁警官看见他带着旅行箱上了火车。脚夫似乎对得到的小费不大满意。

亚丁给巴黎警局迅速打了一个电话，在火车马上就要开动时跳了上去，手里攥着要出示给列车员的警徽。

火车到摩城站的时候已经是晚上了。得莱比卢克斯拿着刮脸用具去了卫生间，直到火车快开时才下车，行李箱落在了车上。

他从车站出来，过了一条街，一辆轿车在那儿等着他。

“为什么在这儿见面？”得莱比卢克斯一上车就问，他坐到了司机身边。“我可以到枫丹白露你住的地方去。”

“我们要在这里做生意，”开车的人说，“大生意。”得莱比卢克斯认识的这个人名叫克利斯朵夫·克莱伯。

克莱伯把车开到了火车站附近的一家咖啡馆前，在那里吃了顿丰盛的晚餐。他端起碗来喝着维希冷汤[①]。得莱比卢克斯则摆弄着尼斯色拉，用刀豆在盘子边上摆出了自己名字的首字母。

“警察把那幅瓜尔迪的画没收了。”得莱比卢克斯说。这时，服务员把克莱伯的烤小牛肉端了上来。

“所以你就告诉赫丘勒了？你不该在电话里讲那些事的。为什么会被没收？”

“警察跟利特说那画是从东边偷的。是真的吗？”

“当然不是了。谁说的？”

“一个督察，他手里有艺术与文物委员会[②]的清单，他说画是偷的。是吗？”

“你看没看过画上的印章？”

“是俄国人民教育委员会的章。那个有什么用？”得莱比卢克斯说。

“那个警察有没有说在东边的时候这幅画是谁的？要是犹太人的那就没关系。同盟国不会把从犹太人手里抢来的画再送回去的，因为犹太人都死了。苏联政府会自己留下的。”

---

① 维希冷汤：一种用奶油、土豆、韭葱等烹制的冷汤。

② 艺术与文物委员会：这里是口语中对“文物、美术及历史档案联合委员会”的简单说法。

“他不是个普通的警察，是个督察。”得莱比卢克斯说道。

“你们瑞士人说话都这种口气。他叫什么名字？”

“波皮尔，什么什么波皮尔。”

“啊，”克莱伯说着，用餐巾擦了擦嘴，“我一猜就是。那就没什么难的了，我雇他给我办事已经好多年了。他就是想敲一笔。利特都跟他说什么了？”

“还没说什么，但是听得出来利特有些紧张。他暂时会推到科普尼克身上，就是他死去的同事。”得莱比卢克斯说。

“关于你从哪儿搞到的这幅画，利特是一点都不知道了？”

“利特以为我是从洛桑弄来的，这个是咱们以前商量好这么说的。他吵嚷着要拿回他的钱，我跟他说我得和客户核实一下。”

“波皮尔是我的人，我来搞定他，这件事你不用管了。我有更重要的事和你商量。你能不能去趟美国？”

“我送货不走海关的。”

“海关你不用担心，你想好到了那边怎么和对方洽谈就可以了。走前你要验一遍货，到了那边再验一遍，货会放在一家银行会议室的桌子上。你可以坐飞机走，给你一周时间吧。”

“是什么东西？”

“一些小古董。有画像，还有一只盐碟子。我们先去看一下，到时候你告诉我你的想法。”

“其他的事情呢？”

“绝对保证你的安全。”克莱伯说。

克莱伯只是他在法国的名字，这个人的真名叫佩特拉斯·科纳斯。他听说过波皮尔督察这个人，但并不是因为波皮尔受雇于他。

32

只系着一根缆绳的运河船克丽斯塔贝尔号停靠在巴黎东边马恩河的码头上。得莱比卢克斯上去之后，船立刻就开动了。这是一条荷兰产的黑色双头船，舱面船室很低，便于穿过桥洞。甲板上有个容器花园，还有一些开着花的灌木。

船主是个瘦小的男人，长着淡蓝色的眼睛，面露喜色。他站在甲板一侧的过道处等着，准备迎接得莱比卢克斯，再请他到下面去。“见到您很高兴。”船主说着，伸出手来。他手上的汗毛是倒着长的，都朝向手腕。这让瑞士人得莱比卢克斯觉得毛骨悚然。“跟着米尔克先生走吧。我已经把东西摆在下面了。”

船主和科纳斯留在甲板上。他们在许多赤陶花盆当中溜达了一阵，最后停在了这个整洁的花园里唯一一件丑陋的东西旁边。这是一只五十加仑容量的油桶，上面有许多足以钻过一条鱼的大洞。被吹管[①] 切开的桶盖用金属丝勉强地绑了回去。桶下面铺着一块防水帆布。船主用力拍了拍这只金属桶，它当当地响起来。

“过来。”他说。

---

① 吹管：以压缩的氧气和其他可燃气体为燃料，能喷出高温火焰的管状金属装置。可用来焊接金属或切割金属板。

在下层甲板上，他打开了一只高橱。里面有各式各样的武器：一支德拉贡诺夫狙击步枪、一支美国汤姆生冲锋枪、几支德国施迈瑟冲锋枪、五个用来对付其他船只的反坦克掷弹筒，还有各种手枪。船主拿起一支尖齿上的倒钩已经锉平的三齿鱼叉，递给了科纳斯。

“不用扎他太多下，”船主用轻松的语气说道，“伊娃不在，没人收拾。我们问出他都交代了些什么之后，你就在甲板上干掉他。扎得干净利落一点，免得他的血把油桶给弄漂起来。”

“米尔克可以——”科纳斯开口说话了。

“主意是你想的，烂摊子你自己收拾。你不是每天都切肉吗？等你扎够了，米尔克可以帮你把他的尸体抬起来放进桶里。留着他的钥匙，把他的住处搜一搜。必要的话我们把利特也解决掉，不留一点后患。暂时先不要卖艺术品了。”船主说道。他在法国的名字叫维克多·古斯塔夫森。

他是个事业有成的商人，主要倒卖党卫军留下的吗啡，还给一些新入行的娼妓拉皮条，大多数都是女人。他的真名叫做弗拉迪斯·格鲁塔斯。

利特还活着，但是没得到那些画里的任何一幅。法院在克罗地亚的赔款协议是否适用于立陶宛这个问题上一直没有取得进展，因此画就在政府的储藏室里放了好几年。得莱比卢克斯的尸体装在桶里沉入了马恩河底。他双眼圆睁，但是再也看不见周围的一切了。他的头也不再显得秃了，上面“长”满了随着水流漂动的水藻和大叶藻，就像他年轻时的头发。

数年之内，莱克特城堡里其他的画是不会出现了。

在波皮尔督察的全力帮助下，汉尼拔·莱克特在接下来的几年里可以常去看看那些被扣留着的画。但是他不喜欢坐在死气沉沉的储藏室里，在别人的监视下看画，他甚至能听见看守呼哧呼哧的喘气声。

汉尼拔看着他当初从母亲手里接过的那幅画，知道过去根本没有成为往事；那个曾经朝他和米莎喷着臭气的禽兽活了下来，一直活到了现在。他把那幅《叹息桥》翻转过去，盯着背面看了足有几分钟——米莎的手掌轮廓被擦掉了，只留下一块空白。在那里，他仿佛又看到了那些让他焦灼不安的梦。

汉尼拔一天天长大，一天天发生着变化。或许他从来就没有改变，只是本性开始慢慢浮现了。

第二部

我曾经说在树林深处
也会有慈悲驻足，
我指的是那仁慈的野兽，
挥着利爪，张着血盆大口。
——劳伦斯·斯平加恩

33

巴黎歌剧院正在上演一出戏剧。舞台中央，浮士德博士和魔鬼签订的契约就要到期了，此时，他正祈求魔鬼收回已经蹿到了嘉尼尔大剧院防火屋顶上的火苗。汉尼拔·莱克特和紫夫人正坐在舞台左侧的小包厢里观剧。

十八岁的汉尼拔为魔鬼靡菲斯特叫着好，心里十分鄙视浮士德。他并不是全神贯注地在欣赏戏剧的高潮部分，而是同时在看着盛装打扮的紫夫人，呼吸着她散发出来的气息。对面的许多包厢不时有亮光闪烁，因为绅士们会把看戏用的望远镜转向这边。他们也在看紫夫人。

借着舞台上的灯光，汉尼拔看到紫夫人的侧影，就和他儿时第一次在庄园见到她的情形一样。当时的情景又一幕幕依次出现在他脑海里：一只从排水管喝水的漂亮乌鸦的光亮的羽毛，紫夫人亮丽的秀发。先是她的侧影，接着是她打开窗后，霞光映照下的脸庞。

汉尼拔在梦想之桥上已经走出很远。他长大了，可以穿上叔叔生前穿的晚礼服了。但是紫夫人的样子却一点儿也没变。

她的手放在裙子上，手指屈拢。虽然舞台上乐声阵阵，汉尼拔还是能听见她的衣服发出的窸窣声。意识到紫夫人可能会感觉到他的凝视，汉尼拔把目光移开，环顾起整个包厢来。

包厢很有特色。在其座位区后面，有把模样十分俏皮的小躺椅，椅子腿像山羊脚一样。躺椅前面有道帘子，以免侧面相对的包厢里的人一览无遗。下面的管弦乐队演奏曲子时，情侣们可以到躺椅上休息——在上个戏剧季，一位上了年纪的绅士心脏衰竭死在躺椅上，当时乐队演奏的是《野蜂飞舞》，已经快结束了。这是汉尼拔偶然从急救中心听说的。

包厢里并不是只有汉尼拔和紫夫人两个人。

在他们前边的一对椅子上，坐着巴黎警察局长及其夫人。这样一来，紫夫人是从哪里弄来的票就显而易见了，当然是波皮尔督察给的了。督察自己没能来，这是多么令人愉快啊——可能是因为调查一宗谋杀案而耽搁了吧。最好是件既费时又危险的案子，需要在恶劣的天气里出门调查，还有被闪电击中的危险。

剧场里的灯光亮了起来。男高音贝尼亚米诺·吉利精湛的技艺征服了挑剔的观众，大家纷纷为他起立鼓掌。包厢里，警察局长和夫人转过身来，和其他人握手。由于一直鼓掌，大家的手还有些麻木。

局长夫人长着一双明亮的眼睛，眼神里透着好奇。她盯着汉尼拔，觉得他穿上伯爵的晚礼服简直帅气极了，于是忍不住问了个问题。“年轻人，我丈夫和我说你是法国迄今为止考进医学院的学生中年纪最小的。”

“有关记录是不完全的，夫人。可能还有一些人是跟着医师学徒的……”

“听说你能一口气把课本全部读完，一周之内把书还回去，让书店把钱都退给你。是真的吗？”

汉尼拔笑了。“哦，不，夫人，不完全是这样的。”他说。*这消息是从哪里来的呢？肯定和戏票是同一个来源。*他斜了一下身子，靠近局长夫人，一边随着人流往出口处走，一边朝局长骨碌碌地转着眼珠。他弯下腰，对局长夫人大声地“耳语”道：“那对于我来说就像犯罪一样。”

局长此时心情不错，因为刚才看到浮士德因为自己的罪孽受到了惩罚。“年轻人，你要是赶快对我的夫人坦白，我可以放你一马。”

“事实上是这样的，夫人。书店并不是把书钱全退给我。他们要扣下两百法郎的进货费，作为我给他们带来麻烦的补偿。”

之后，汉尼拔和紫夫人便离开了。他们疾步走下两侧摆着落地灯的楼梯，把人群远远地甩在后面，速度甚至比浮士德还要快。他们的头顶上是皮尔斯彩绘天花板，翅膀随处可见，有绘制的，也有石料做的。歌剧院广场上停着些出租车，小贩的炭火盆给周围的气氛增添了些许浮士德噩梦的气息。汉尼拔挥手叫来一辆出租车。

“我很吃惊您把我买书的事情告诉波皮尔督察了。”汉尼拔坐在车里说。

“他自己发现的。”紫夫人说。“他告诉了局长，局长又讲给夫人听，他夫人要卖弄一下。看来你并不是天生迟钝的人，汉尼拔。”

和我待在封闭的空间里，夫人现在有些不自在；她表现出来的是愠怒。

“对不起。”

出租车路过一盏街灯时，紫夫人迅速扫了汉尼拔一眼。“你的敌意影响了你的判断力。波皮尔督察之所以一直关注你，是因为他对你很好奇。”

“不是的，亲爱的夫人，是他对您很好奇。我想他一定是用自己的诗来纠缠您……”

紫夫人的回答并没有满足汉尼拔的好奇心。“他知道你在班上是第一名。”她说。“他为此感到很骄傲，他对你的兴趣大体上是善意的。”

“大体呈良性，这在医学上是个不怎么乐观的诊断结果。”

孚日广场上的树都抽芽了，在这春日的夜晚里散发着阵阵芬芳。汉尼拔把出租车打发走了。即使在黑暗的凉廊里，他也能感觉到紫夫人那迅速的一瞥。他不是个孩子了，不会再留在家里过夜。

“学校还有一个小时关门，我想散散步。”他说。

34

“你可以来喝点茶。”紫夫人说。

她立刻把汉尼拔带到了阳台上，很显然，她愿意和他一起待在室外。汉尼拔不知道自己对此是什么感觉。他变了，但她没有。一阵清风吹来，油灯的火焰蹿高了。紫夫人沏绿茶的时候，汉尼拔能看见她手腕上跳动的脉搏。从她衣袖里散发出的淡淡芳香飘进汉尼拔的鼻孔，就像是他自己思想的一部分。

“千代来信了，”紫夫人说，“她解除了婚约。外交上的东西不再适合她了。”

“她过得幸福吗？”

“我觉得是。按传统观念来说他们还是很般配的。她在信里说自己现在要走我的路——追随心灵的指引，但是我怎么能说不呢？”

“追随到哪儿去？”

“一个在京都大学工程学院读书的年轻人。”

“我希望看到她幸福。”

“我希望看到你幸福。你现在睡得着觉吗，汉尼拔？”

“有时间就睡。要是在宿舍睡不着，我就找张轮床小睡一下。”

“你知道我指的是什么。”

“我做不做梦吗？做。您不会做重回广岛的梦了吗？”

“我不会刻意地去做梦。”

“我需要记起一些事情，不管用什么方式。”

在门口，紫夫人递给汉尼拔一只餐盒，里面是夜宵。然后又给了他几小包甘菊茶。“有助于睡眠的。”她说。

汉尼拔亲吻了紫夫人的手，不是那种法国人礼节性的轻吻，而是深深地吻她的手背，这样他才能感受到那种味道。

他又念起了很久以前，屠夫刚死不久那个晚上他写给紫夫人的短诗。

夜鹭的身姿展现
在荻月之光中——
哪一个更美好呢？

“今天不是荻月。”紫夫人微笑着说道，把自己的手放在汉尼拔胸前。从汉尼拔十三岁起，她就一直这样做。接着，她把手拿开了。汉尼拔感到她的手放过的地方一阵冰冷。

“你真的把那些书还回去了吗？”

“是的。”

“这么说你把书上写的一切都记住了。”

“所有重要的都记住了。”

“那么你还要记住，不要去招惹波皮尔督察，这也是很重要的。不被激怒的话，他是不会伤害你的，也不会伤害我。”

她生气的时候就像穿上了冬天厚厚的和服。但是这样我就不会去想很久以前她在庄园里沐浴的样子了吗？不会去想她那如河塘上漂着的粉白色睡莲一般美丽的脸庞和乳房了吗？我能吗？我不能。

汉尼拔走进了夜色中。走过前两个街区时，迈步有些不自然。他从玛莱区狭窄的街道走出来，踏上了路易·菲力普桥。月光洒在桥上，桥下是塞纳河潺潺的流水。

从东边看，巴黎圣母院就像只巨大的蜘蛛。那些飞拱就是它的腿，许多圆形的窗户则像一只只眼睛。汉尼拔仿佛可以看见这座石头砌成的蜘蛛形教堂趁着夜色在城市上方疾步而行，抓起一辆从奥塞火车站驶出的火车把玩，就像捏起只小虫一样。或者更有趣一点，发现一个营养充足的督察从巴黎警察局出来，然后轻而易举地把他抓走。

他走过步行桥来到西堤岛[①]，又绕到巴黎圣母院前。唱诗班的歌声从教堂里传来。

汉尼拔在圣母院中间的拱门处停下来，看着门拱和过梁上的浮雕：**最后的审判**。他想把这浮雕放在记忆大殿里做一件陈列品，它展示的是一幅复杂的喉咙解剖图：在上侧的过梁上，圣·米迦勒拿着一副天平，就好像他亲自在做尸体解剖一样。他的天平和舌骨有几分相像。呈拱形横跨在圣·米迦勒上方的圣徒们就像是乳突[②]。较低的过梁上雕的是被罚入地狱的人被链子捆绑着在前进，这一部分应该是锁骨。而那一连串的拱形便是喉咙的结构层。总结成一句口诀就容易记了，*胸舌骨肌、肩胛舌骨肌、甲状舌骨肌，咽——喉，阿门*。

不，这样不行，问题出在光线上。记忆大殿里的陈列品必须被照得通亮，而且彼此间应该有足够的间隔。况且这块脏兮兮的石头只有一种颜色，实在太单调了。汉尼拔曾经有一道试题没答上来，就是因为答案部分是暗的，而且在脑海里，他把这个答案放在了黑色的背景前。下个星期就要做复杂的颈前三角解剖了，这需要一些清晰的、彼此有足够间

① 西堤岛：巴黎的地理中心，巴黎圣母院就坐落在那里。

② 乳突：位于耳朵后面的一个结构。

隔的陈列品。

今晚的最后一个唱诗班解散了，成员们走出教堂，胳膊上搭着唱诗时穿的服装。汉尼拔走了进去。要不是点着一些祈祷蜡烛，巴黎圣母院里就会显得十分昏暗。他朝靠近南边出口处的圣贞德大理石雕像走去。雕像前面摆着一排排蜡烛，烛焰在从门口吹来的风中摇曳。黑暗中，汉尼拔倚着一根柱子，透过烛火看着雕像的脸。*母亲的衣服着了火。*烛光映在他的眼里，红彤彤的。

摇摆不定的烛光洒在圣贞德身上，让她的脸呈现出各种表情，就像风铃随意奏出的曲子。*记忆啊，记忆。*汉尼拔在想，若是圣贞德也有记忆，她会不会更喜欢祈祷的人们摆上些物品，而不是点上蜡烛呢？他知道母亲是这样的。

教堂里传来司事的脚步声。他手中钥匙碰撞的丁当声先是撞到近处的墙壁，然后返回来，接着又被教堂高高的屋顶弹回来。司事每走一步就会两次传出声响，一次是脚踏在地板上的声音，另一次是从头顶上无边的黑暗中传下来的回声。

司事先看到的是汉尼拔的眼睛，它们在烛火的另一侧闪着红光。他本能地警觉起来，感到脖子后面一阵刺痛，赶忙用手里的钥匙画了一个十字形。啊，原来是个人，而且还是个年轻人。司事像个学监一样把钥匙在自己面前晃了晃。“到时间了。”他说，抬起下巴示意汉尼拔离开。

“是的，到时间了，都过去了。”汉尼拔说着，从侧门走出教堂，再一次走进夜色里。

35

汉尼拔走过横跨在塞纳河上的双倍桥，来到柴堆街上。他听见了一家地下爵士乐俱乐部里传出来的萨克斯管声和笑声。一男一女站在门口抽烟，似乎有些迷离恍惚。女孩踮起脚尖去亲吻那个年轻男人的脸，汉尼拔感觉那吻分明是落在了自己的脸上。零零碎碎的音乐片段和盘旋在他脑海里的乐曲交织在一起，慢慢地，慢慢地融合。时间不多了。

他在月光下一路走过但丁街，穿过圣日耳曼大街宽敞的街道，来到克鲁尼博物馆后面的医学院街，走到学院夜间使用的门前。那门口点着一盏昏暗的油灯，汉尼拔打开门锁，走了进去。

楼里只有汉尼拔一个人。他换上一身白衣，拿起夹着作业表的夹板。汉尼拔在医学院的导师是才华横溢的解剖学家杜马斯教授。他不愿在活物身上做实验，所以选择搞教学。杜马斯医术高超，但总有些心不在焉，缺少医生身上的那种灵气。他要求自己的每个学生都要给待解剖的无名尸体写封信，感谢主人的捐赠使他们有幸能够对其身体进行研究。信上还要他们保证会对尸体给予尊重，除了进行研究时，在其他任何时间都会用布覆盖尸体。

为了明天的课，汉尼拔要在记忆大殿里准备两件陈列品：一件是记录胸腔结构的，需要把心包完整地展示出来；另一件是精细解剖的头颅。

夜色笼罩着大体解剖学[①] 实验室。偌大的房间装着高高的窗户和大排气扇，保证那二十张桌子上用甲醛液保存的、盖着布的尸体不会在一夜间腐烂。若是在夏季，一天的工作结束后，尸体就会被放回到尸缸里。盖尸布下面那些没人认领的尸体都是些可怜的人。他们活着时食不果腹，挤在巷子里，在严寒中蜷作一团死去，直到和同伴们一起躺在盛满甲醛液的尸缸里时，他们才松开紧抱的双臂。这些虚弱瘦小的人就像冻死后落在雪地上的小鸟，被饥饿的人用牙齿撕去了皮。

战争期间的死亡人数有四十万之多。但医学院的学生使用的尸体都在尸缸里储存了很久，颜色都被甲醛液消掉了。汉尼拔对此感到很奇怪。

足够幸运的话，学校偶尔会弄来一具犯人的尸体。这个人要么是死在蒙胡热或弗雷纳要塞的绞刑架上或者行刑队的枪口下，要么是死在桑德监狱的断头台上。汉尼拔做头颅解剖要用的人头恰好来自一个死在桑德监狱的犯人。此刻，这颗头正待在水池里看着汉尼拔，脸上粘着血和稻草。

实验室的尸体锯早该换马达了。学校几个月前就订了货，但厂家因为没货一直推迟着。汉尼拔改装了一把美国电钻，用铜将一只小旋转刀片焊在电钻头上以便解剖。电钻上有个面包盒大小的换流器，工作起来发出的嗡嗡声丝毫不亚于尸体锯。

刚刚完成胸腔解剖就停电了，这是常有的事，实验室里的灯都灭了。汉尼拔点了盏煤油灯，站在水池边继续干活。他把实验用的头颅上粘着的血和稻草用水冲掉，等着来电。

电灯重新亮起来之后，汉尼拔立即把那颗头颅的头皮翻起，取下颅

① 大体解剖学：以肉眼观察的解剖之学。

盖，又切下额骨，使大脑完全暴露。他往几条主要的血管里注射了带颜色的凝胶，尽量避免刺破覆盖在大脑表面的硬脑膜。这是相当困难的，但是教授喜欢夸张地表演，总爱当着学生的面亲自除去硬脑膜，揭开大脑的这层屏障。所以汉尼拔要尽量保持它的完整。

汉尼拔把戴着手套的手轻搭在那颗头颅上。他被回忆困扰着，被脑海里那几块空白搅得心神不宁。他希望通过触摸就能读出一个死人的梦，通过意志力就可以去探究自己的梦。

夜晚的实验室是个供人思考的好地方。这里十分安静，只是偶尔听见器械碰撞的丁当声。然而在极少数的情况下，刚刚开始解剖的尸体会发出呻吟声，因为他们的器官里可能还留有一些气体。

汉尼拔小心翼翼地完成了左侧脸的局部解剖，之后便开始画这颗头颅的素描，既要画解剖过的左脸，又要画完好无损的右脸。他要用这幅画作解剖图示，这也属于奖学金要求的一部分。

他想把这张脸的肌肉、神经和静脉结构永远地留在脑海里。他坐下来，戴着手套的手依然放在那颗头上。汉尼拔来到自己大脑的中央地带，走进了记忆大殿的门厅，在走廊里选了一曲巴赫的弦乐四重奏，之后快速地穿过了数学之厅和化学之厅，来到最近才从卡纳瓦博物馆照搬过来并且改名为颅骨之厅的房间。他把那些解剖中的细节和摆好的卡纳瓦博物馆的展品一一联系起来，特别注意把面部蓝色的静脉部分和挂毯上的蓝色错开。只花了几分钟的时间，汉尼拔便把想留下的东西都储存在那里了。

完成了在颅骨之厅的工作后，他在靠近入口处的数学之厅停留了片刻。那是他的记忆大殿里最古老的部分之一。汉尼拔想起七岁那年，雅科夫先生讲完数学证明方法后自己终于弄明白时的情形，他真想重温那种感觉。所有雅科夫先生在城堡里给他上过的辅导课都保存在这个房间里，但他们在狩猎小屋的对话却丝毫没能留下。

关于狩猎小屋的一切都不在记忆大殿里面。它们并非无处可觅，只是留在了他梦中那些像小屋一般被烧得焦黑的棚屋里。若想到那儿去，他要走出大殿，要穿过雪地。雪地上是雅科夫先生那流了一地的、和雪冻在一起的脑浆和鲜血，周围是惠更斯《光论》的四散的书页。

在大殿的走廊里，他可以按自己的意愿挑选音乐。但是在棚屋中，他根本无法控制那里的声响，那种可以置他于死地的、特殊的声响。

汉尼拔从记忆大殿走出来，把思绪重新拉到大脑中，拉到双眼后部，又拉回到自己十八岁的身体上。他坐在解剖实验室的桌子旁，手放在一颗头颅上。

他又画了一个小时。在画好的图上，经过解剖的那半边脸的血管和神经与桌上的头颅简直一模一样，但没动过的那半边脸却完全不像。那是他在梦中的棚屋里见到的脸，是弗拉迪斯·格鲁塔斯的脸，虽然汉尼拔对他的印象只是蓝眼睛。

他上了五段狭窄的楼梯来到自己在医学院的寝室，然后睡下了。

寝室在顶楼，房顶是倾斜的。较低的一端摆着张矮床，看上去整洁、协调，有种日式风格。他的书桌摆在较高的一端，书桌周围和上方的墙壁贴满了各种画像、剖视图和没画完的解剖图示。每张图上，器官和血管都是按照尸体原样忠实地描摹下来的，而尸体的脸却全是他在梦里见到的那些脸。墙壁上部的隔板上摆着一个长臂猿头骨，它长着又尖又长的牙，俯视着房间里的一切。

汉尼拔可以把手上的甲醛味洗掉，实验室里化学药剂的味道在这老旧通风的楼里也根本到不了他房间这么高的地方。在睡梦中，他不会看到可怖的死人，不会看到部分解剖后的畸形尸体，也不会看到那些他偶尔从监狱里挑出来的、被砍了头或者绞死的罪犯。只有一个形象，一种声音会闯进他的梦里，把他惊醒，而且来得毫无征兆。

月落时分，月光透过窗户上起伏的、满是气泡的玻璃射进房间，爬过汉尼拔的脸，悄然挪上墙壁。它来到床头上方的那幅画上轻抚米莎的小手，然后拂过剖视图上那些残缺的脸庞，接着又滑过汉尼拔梦中出现的面孔，最后照到长臂猿的头骨上，先是照亮了那雪白的獠牙，然后又掠过深陷的眼窝一路爬上额头。从漆黑一片的头骨内部，长臂猿窥视着熟睡的汉尼拔。汉尼拔的脸就像孩子一般，他在睡梦中哼了一声，又侧过身去边挥动手臂，就像要摆脱一只无形的手。

他站在小屋旁的谷仓里，紧紧搂着身边咳嗽不止的米莎。端碗的人一边摸弄他们胳膊上的肉一边说着什么，但是嘴巴没发出任何声音，只是朝冰冷的空气里喷着污秽的气。为了躲开这臭气，米莎把头埋在他胸前。“蓝眼睛”说了些什么，之后他们便开始唱起歌来哄骗米莎。他看见了斧头和碗。他朝“蓝眼睛”扑去。他的嘴里有血的味道还有胡楂。一伙人带走了米莎，拿着斧头和碗。他挣开抓住他的手，追着他们往门口跑去，但脚却抬得太……慢……“蓝眼睛”和端碗的人抓着米莎的手腕把她悬空拎着。米莎扭过头来，惊恐的目光越过血迹斑斑的雪地朝他投来。她大声地呼喊……

汉尼拔开始慢慢清醒，他拼命地阻止自己醒过来，想把这个梦的最后一点做完。他双眼紧闭，试图强迫自己跨过这道坎以重新回到梦中去。他咬住枕套的一角，在脑海中回忆着刚才的梦。那些人彼此怎么称呼？他们叫什么名字？自己是什么时候开始听不到声音的？但他想不起来声音是何时消失的。他想回忆起那些人彼此怎么称呼。他必须做完这个梦。汉尼拔来到记忆大殿里，试着穿过雪地，跨过和雪混杂在一起的雅科夫先生的脑浆，走到黑暗的棚屋里去，但是他做不到。他可以忍受看到母亲着火的衣服，看到死在院子里的爸爸妈妈、贝恩特还有雅科夫先生。他可以看到在楼下走动的强盗，看到狩猎小屋里的米莎。但是面对着悬在空中、回头望着他的妹妹，他却再也无法迈出一步。那之后的事情汉尼拔一点也记不起来了，只能回忆起很久以后，一些士兵发现了脖子上绕着锁链的他，让他骑在坦克上。他想要记起中间的事，他必须记起来。粪坑里的牙齿。这个不常出现的图景在汉尼拔的脑子里闪过。他坐了起来，抬头看着月光中的长臂猿头骨。比它的要小得多，是小孩子的牙齿，看起来一点不可怕，就和自己的牙齿差不多。我必须听到那些伴着恶臭的呼吸发出的声音，我记得他们说话的口气。我必须记起他们的名字，必须找到那些人。我一定会的。怎样才能让自己回忆起来呢？

36

杜马斯教授给汉尼拔写了张便条，他的字迹柔和圆润，在医生中并不常见。便条写道：汉尼拔，可否请你去一下桑德监狱，看看从犯人路易·费哈那里能争取到什么？

教授还附上了一份关于费哈刑期的简报，上面有一些此人的详细信息。费哈，里昂人，曾是一名维希小官员。德军占领法国期间，担任小协调员，之后因伪造和出售粮票被德军逮捕。战后，他被指控在战争期间犯有通敌罪，但由于证据不足而被释放。一家法国法院判定其在1949年至1950年间因个人恩怨杀害两名女性。按照判决，他将在三天之后被执行死刑。

桑德监狱位于巴黎的第十四区，离医学院不远。汉尼拔走了十五分钟便到了。

监狱的院子里，工人们弄来一大堆管子在修理排水沟。建国以来一直使用的断头处决场从1939年起就禁止公众参观了。门口的守卫看汉尼拔面熟，便没有拦他。签访客登记簿的时候，他看见这一页的上方赫然写着波皮尔督察的名字。

离主过道不远的地方有个很大的空房间，里面传来锤击的声音。路过的时候，汉尼拔看到了一张他认识的面孔。这个人是国家刽子手阿纳托尔·图尔诺，人称“巴黎先生”。他亲自将断头机从伊索尔墓地街的车库里搬过来，要装在监狱里。他正摆弄着刀架上的小轮子，一种叫做落锤的东西，可以防止刀在下落的过程中被卡住。

巴黎先生是个完美主义者，他总会用一块布罩住断头机立柱的顶端，这样行刑时犯人就看不到刀了。人们因此对他赞扬有加。

路易·费哈关在桑德监狱1号楼的二层。他住的是死囚牢房，和其他牢房隔着条过道。人满为患的监狱里传出的嘈杂声向他的牢房涌来，其中既有低声的抱怨，又有哭号叫喊和金属撞击的声音。但他仍然能听见巴黎先生在楼下装断头机时砸锤子的声响。

路易·费哈是个身材细长的男人。他头发乌黑，脖子和后脑勺上的部分毛发最近剃掉了，只在头顶上留了些较长的头发，为的是砍头的时候好让巴黎先生的助手抓住，这比抓路易的两只小耳朵要方便得多。

费哈身穿连体内衣坐在自己的简易床上，手指揉擦着用链子拴在脖子上的十字架。他的衬衣和裤子整齐地摆放在一把椅子上，就好像刚才坐在那里的人挥发了，只剩下衣服。在裤脚下面，并排放着一双鞋。斜铺在椅子上的衣服呈现出等待解剖的姿势。费哈听见汉尼拔走到了牢房外，但并没有抬头。

“路易·费哈先生，下午好。”汉尼拔说。

“费哈先生现在不在，”费哈说，“我可以代表他。你有什么事？”

汉尼拔没有把眼睛从费哈身上移开，用余光看到了椅子上的衣服。“我想请求他把尸体捐给医学院作科学研究。我们会对尸体给予极大的尊重。”

“反正不管怎样你们也会把他的尸体弄走。拖走吧。”

“未经他的允许我不能研究，也不会取走他的尸体，更不要说拖走了。”

“啊，我的委托人回来了。”费哈说着，转过身去和衣服小声地商量着什么，就好像衣服刚刚走进去坐在椅子上。他返回铁栏前。

“他想知道凭什么要把尸体给你。”

“他的亲属可以得到一万五千法郎。”

费哈转向衣服，接着又转回来对着汉尼拔。“费哈先生说，去他妈的我亲属，他们要是伸出手我就在上面拉屎。”费哈把声音压低。“请原谅刚才的粗话——他现在烦着呢。鉴于事情的严重性，我需要照搬他的原话。”

“我完全理解。”汉尼拔说。“那你觉得他会不会想用那笔钱干一件家人鄙视的事，那样他会感到满意吗……请问怎么称呼？”

“你可以叫我路易——费哈先生，我和他名字一样。不会的，我相信他是个固执的人。费哈先生有点儿游离于自己之外。他说他自我支配的力量非常有限。”

“我明白了。并不是只有他一个人是那样的。”

“我实在看不出你是怎么明白的，你自己也不过就是个孩……不过就是个学生而已。”

“那么你可以帮我。每个医学院的学生都会以个人的名义写一封感谢信，感谢自己将要解剖的尸体的捐赠人。你既然认识费哈先生，可不可以帮我写封感谢信呢？万一他答应了我的请求就用得上了。”

费哈抹了把脸。他的手指似乎有两组指关节，因为它们几年前断过，之后被拙劣地接上了。

“除了费哈先生本人，谁会读这封信？”

“如果他愿意，信会张贴在学校里。所有的教职员都能看到，他们都是些了不起的、有影响力的人。也可以把信投到《鸭鸣报》[1]上

---

① 《鸭鸣报》：为讽刺性刊物。1916年创办，创办人莫里斯·马雷夏尔起这样的刊名，意在使它成为一份敢讲大实话的刊物。该刊多年来惯于以辛辣的讽刺、诙谐调侃的语气评论时弊、揭露丑闻，很受读者的支持和欢迎。

发表。”

“你想在信里写些什么？”

“我会赞扬他的无私。他为科学、为法国人民、为医学事业的进步作出了贡献，这将造福于下一代的孩子。”

“孩子就别管了。把孩子省略了吧。”

汉尼拔在笔记本上快速写了一个称呼语。“你觉得这样称呼他足够尊敬吗？”他把笔记本举高了，好让路易·费哈抬起头来看，这样更便于估计他脖子的长度。

脖子不算长。除非巴黎先生用力抓住他的头发，否则舌骨以下的部分恐怕所剩无几，对于颈前三角解剖来说没什么用处。

“我们不能不提他的爱国之心。”费哈说。“伟大的夏尔[①]在伦敦发表电视讲话的时候，是谁积极响应的？是街垒旁的费哈啊！法兰西万岁！”

汉尼拔看着眼前的卖国贼费哈。后者的脑门因为涌上来的爱国热情而青筋暴起，脖子上的静脉和动脉都突了出来——*是颗非常适合注射的头。*

“对，法兰西万岁！”汉尼拔说。接着，他顺水推舟道：“我们的信中应该强调一下，虽然大家叫他维希人，但其实他是抵抗运动中的英雄，对吗？”

“当然。”

“他救过溺水的飞行员，我猜得对吗？”

“救过好多次呢。”

“按照惯例执行过对敌人进行暗中破坏的任务？”

“经常的事，而且不顾个人安危。”

---

① 夏尔：即夏尔·戴高乐（1890—1970），法国将军、政治家，第二次世界大战期间领导自由法国运动，战后成立法兰西第五共和国，并担任其第一任总统。

“设法保护了犹太人？”

费哈停了四分之一秒。“从没考虑过自己的危险。”

“或许还受过酷刑，他是不是为了法兰西的利益断过手指？”

“伟大的夏尔回国时，他还是可以用那些手指骄傲地敬礼的。”费哈说。

汉尼拔停下笔。“我刚刚把重点都列在这儿了，你觉得可以拿给他看看吗？”

费哈仔细地看着汉尼拔写过的这一页，用食指点着逐条阅读，一边点头一边自顾自地小声嘟囔。“你可以再加进去一些朋友对他的赞扬，都是他在抵抗运动中结交的。这个我可以提供给你。请稍等一下。”费哈转过身去背对着汉尼拔，斜身靠近椅子上的衣服，转回来时，带来一个指示。

“我的委托人是这样说的，他妈的，告诉那个小混蛋我要先看到麻醉剂，然后把它抹在牙床上，这样我才会签字。不好意思，这都是他的原话，一字不差。”费哈变得小心翼翼起来，他靠近铁栏。“这层上的其他人告诉他说可以得到足够的鸦片酒——足够让他对刀没有任何感觉。‘让犯人进入梦境而不是痛苦地尖叫’，要是在法庭上，我会这么说。圣皮埃尔医学院会用鸦片酒来交换……犯人的许可。你们给鸦片酒吗？”

“我去给他问问，有了结果再回来找你。”

“我可等不了太久，”费哈说，“圣皮埃尔医学院也会来问的。”他提高了嗓音，抓着连体内衣的领口，就好像作讲演时抓紧西装背心一样。“我受了他的委托，也会代表他和圣皮埃尔谈的，”接着他靠近铁栏，轻声说道，“还有三天，可怜的费哈就死了，我会感到悲痛的，而且我失去了一个客户。你是搞医学的，你觉得砍头会疼吗？费哈先生会感到痛苦吗？当他们……”

"绝对不会。最难熬的是现在，是行刑之前。而砍头本身，不会痛苦。哪怕是一瞬间都不会。"汉尼拔动身离开，听到费哈叫他，又回到铁栏前。

"学生们不会嘲笑他吧，他的老二？"

"当然不会了。尸体一般情况下都是盖着的，除非是在研究场所。"

"即便他……有点特殊也不会？"

"怎么个特殊法？"

"即便他的，嗯，老二像小孩子的一样？"

"这很正常，绝对不会拿来取笑的。"汉尼拔说。*又一个要放进解剖展览馆的人，这些捐赠人总归是不会受到赞扬的。*

路易·费哈坐在床上，手放在他的同伴、也就是椅子上那套衣服的袖子上。刽子手锤子的敲击声让他的眼角抽动了一下。汉尼拔看着费哈，"看"见了他正在脑子里想象的断头机的样子。立柱高高竖起，刀刃上包着一条切开的花园水管，刀下面是个容器。

看到这个容器出现在费哈脑海里时，汉尼拔一惊，突然明白了它是什么。是*一只小孩子的浴盆*。接着，汉尼拔的思绪就像被一把落下的刀切断了。在之后的沉默中，他察觉出了路易的痛苦，这种痛苦对于汉尼拔来说就像对眼前这个人脸部的静脉、自己脸部的动脉一样熟悉。

"我会给他弄来鸦片酒的。"汉尼拔说。弄不到的话，他可以想办法买一丸鸦片。

"把同意书给我。拿来麻醉剂的时候交给你。"

汉尼拔盯着路易·费哈，就像之前研究他的脖子那样仔细地观察他的脸，觉察到了他的恐惧。"路易，还有些事要让你的委托人考虑一下。想想所有的战争，所有在他出世之前，在他生命开始之前的几个世纪里人们遭受的灾难和痛苦，那些会困扰他吗？"

"一点儿都不会。"

“那为什么他会担心死后的事呢？那只是进入了宁静的梦乡。唯一不同的就是他不会醒来。”

37

解剖图集《人体构造》是维萨里的著作，它的原始木刻版本在二战期间毁于慕尼黑。对于杜马斯博士来说，那些木刻图就如圣徒的遗物一般。他把悲伤和气愤化为力量，想要编纂一本新的解剖图集，并且希望它能成为从维萨里的《人体构造》诞生至今的四百年中首屈一指的解剖图集。

杜马斯发现，用手绘的图画阐释解剖学比用照片好。在解释较为模糊的X光片时，手绘图更是必不可少。杜马斯博士是杰出的解剖学家，但并不是艺术家。非常幸运的是，他自从看了汉尼拔小时候画的青蛙起，就一直关注他的发展，并且为他作保，使他获得了医学奖学金。

傍晚时分，汉尼拔待在实验室里。白天，杜马斯教授在课上做了内耳解剖，让他把解剖图画下来。此时他正在黑板上画耳蜗骨的五倍放大图。

汉尼拔等待着弗雷纳行刑队送尸体来。夜铃响起，他找了张轮床，一路沿着长长的走廊推到夜间使用的门前。轮床的一只轮子在石头地板上发出咔哒咔哒的声音，汉尼拔在心里哼着曲子应和。

站在尸体旁边的是波皮尔督察。两名救护车随员把软塌塌的、流着尿的尸体从担架上转移到轮床上，之后把车开走了。

紫夫人有一次说波皮尔长得像英俊的男演员路易斯·乔丹，这让汉尼拔很是恼火。

“晚上好，督察。”

“我想和你谈谈。”波皮尔督察说。汉尼拔觉得他无论怎么看都不像路易斯·乔丹。

“您介意我一边干活儿一边和您谈吗？”

“不介意。”

“那就过来吧。”汉尼拔推着轮床走在走廊里。咔嗒声更响了，可能是轮子的轴承发出来的。

波皮尔拉开实验室的双开式弹簧门。

正如汉尼拔预料的那样，弗雷纳行刑队在犯人胸部留下的大面积枪伤使其体内的血都流干了，尸体已经可以直接放进尸缸。本来这项工作可以缓一缓再做，但汉尼拔很想看看波皮尔在尸缸房里看起来会不会更加不像路易斯·乔丹，还有他红润的面色会不会受到那里环境的影响。

尸缸房是间光秃秃的水泥房，就在实验室隔壁。他们推开装着橡胶垫的双开门走了进去。地上固定着一只直径十二英尺的圆缸，里面盛着甲醛液，缸口用锌质的盖子盖住。盖子上有一组固定在钢琴用铰链上的小门。房间的一角，焚化炉里焚烧着白天解剖过的器官，此时烧的是一些耳朵。

一台链式起重机悬在尸缸上方。每具尸体都贴着标签，编好了号，用吊链绑着固定在尸缸内壁的条状物上。墙上装着一只大风扇，扇片上落满了灰尘。汉尼拔打开风扇，又掀开尸缸沉重的金属门。他把刚送来的尸体贴上标签，又绑在一根吊链上。起重机提起尸体，旋转着慢慢放进甲醛液中。

“您是和这尸体一起从弗雷纳来的吗？”汉尼拔问道。甲醛液开始冒泡。

“是的。”

“您去处决现场看了？”

“对。”

“为什么呢，督察？”

“是我逮捕他的，是我把他送到那里去的，所以我就要在处决现场。”

“是出于良心吗，督察？”

“是我所做的事造成了他的死。我是个相信因果的人。你有没有向路易·费哈保证过给他鸦片酒？”

“是通过合法途径得到的鸦片酒。”

“但并没有合法的处方。”

“这是和死刑犯之间常有的交易，为了换得许可，我敢肯定您知道。”

“我是知道，但别给他。”

“费哈是您抓捕的吗？您希望他死的时候保持清醒？”

“对。”

“您希望他完全感受到后果的严重性，督察？那您会不会让巴黎先生把断头机上的布拿掉？这样费哈临死的时候就会看见刀了，而且他是清醒的，所以能看得一清二楚。”

“我为什么这样做那是我的事。你要做的就是不要给他鸦片酒。要是让我发现他被鸦片酒麻醉了的话，你永远也别想拿到在巴黎的行医资格证。你最好能把这事看得一清二楚。”

汉尼拔发现，这个房间并没给波皮尔带来任何不安。他看到了督察心中涌起的责任感。

波皮尔转过头去。“那样就不光彩了，因为你很有出息。恭喜你取得那么好的成绩。”波皮尔说。“你没有辜负……你的家人——不论是去世的还是活着的——都会为你感到骄傲的。晚安。”

“晚安，督察。谢谢您给的戏票。”

38

夜晚时分，巴黎下起绵绵细雨，鹅卵石路面亮闪闪的。店主们准备关门了，他们把排水沟里的雨水引走，好把卷起的毯子放进去。

医学院车上的小雨刮器是靠歧管真空[①] 助动的，因此在开往桑德监狱的并不远的一段路上，汉尼拔不得不经常松开油门，让雨刷把挡风玻璃刮干净。

他把车倒着开进监狱大门，开到院子里。岗亭里的警卫并没有出来指挥，汉尼拔只得把头伸出车窗看路，微凉的雨水落在他的后脖子上。

在桑德监狱的主过道里，巴黎先生的助手示意汉尼拔到行刑室去。他围着油布围裙，因为要给人砍头，所以把新买的礼帽也用一块油布盖上了，还在断头机前自己站的地方竖起了一块防溅挡板，以便更好地保护鞋子和裤脚。

断头机旁边放着一只长形柳条篮，内壁包着锌皮。这样，砍完头之后，就可以把尸体直接翻进去。

"这里没有麻袋，是监狱长的命令。"他说。"你得用这种篮子，用完再拿回来。你要把它装上车拉走吗？"

---

① 歧管真空：指进气歧管内的真空，即汽缸在进气过程中所产生的真空。

“是的。”

“那你不先量一下看看带走尸体的哪部分吗？”

“不用。”

“那你就是要都带走了。我们会把他的脑袋夹在他胳膊下面。其他人现在在隔壁。”

这是一间用白石灰粉刷的房间，高处装着带铁栏的窗户。路易·费哈被捆绑着躺在一张轮床上，头顶上的电灯发出刺眼的光。

费哈的身下是一块可倾斜的木板，也就是断头机上的活动桁架。他的胳膊上画着一个IV。

波皮尔督察站在轮床边上。低头和路易·费哈轻声说着什么。他伸出手来遮在费哈的眼睛上，给他挡住电灯发出的亮光。监狱的医生往那个IV上面插了一支皮下注射器，之后注射了少量澄清的液体。

汉尼拔进去的时候，波皮尔没有抬头。

“记起来，路易，”波皮尔说，“我要你记起来。”

路易斯转动着眼珠，一下子就看到了汉尼拔。

见汉尼拔来了，波皮尔抬起一只手示意他不要过去，然后弯下腰，靠近路易·费哈流着汗的脸。“告诉我。”

“我把森德琳的尸体装在两只袋子里，然后用犁耙压在上面，之后我就想起别人为了嘲笑我编的那些顺口溜——”

“不是问你森德琳，路易。回忆起来。克劳斯·巴比把孩子们用船运到了东边，是谁告诉他孩子们藏在那儿的？我要你回忆这个。”

“我请求过森德琳，我说‘你摸一下’——但是她嘲笑我，之后那些顺口溜就开始往我脑子里涌——”

“不！不是问你森德琳。”波皮尔说。“是谁告诉纳粹分子孩子们藏在那里的？”

“我没法忍受回忆这件事。”

“你只需要再忍受一次就够了。这个能帮你回忆起来。”

医生又往路易的静脉里推了一点药，之后揉着他的胳膊，让药尽快地溶进血液里。

“路易，你必须记起来。克劳斯·巴比把孩子们用船送到了奥斯维辛集中营，是谁告诉他孩子们藏在那儿的？是你吗？”

路易面色苍白。“我伪造粮票被盖世太保[①] 抓住了，”他说，“他们弄断了我的手指，我就把帕尔多交代出来了，帕尔多知道孤儿们都藏在哪儿。他带着纳粹分子找到不少孩子，所以保住了手指。现在帕尔多是特兰特森林的长官。我当时看见了，但是我没去救孩子。他们从卡车的后车厢里看着我。”

“帕尔多。”波皮尔点了点头。“谢谢，路易。”

波皮尔正要转身离开时，路易说：“督察？”

“什么事，路易？”

“纳粹把孩子们扔上卡车的时候，警察在哪儿？”

波皮尔闭上了眼睛。片刻之后，他朝一名警卫点了下头，警卫打开了行刑室的门。汉尼拔看见一名祭师和巴黎先生站在机器旁。巴黎先生的助手把路易脖子上的链子和十字架取下来，放到他被绑在身体一侧的手上。路易看着汉尼拔，抬起头来张开了嘴。汉尼拔走到他身边，波皮尔没有阻拦。

“那笔钱怎么处理，路易？”

“到圣叙尔皮斯教堂买口棺材。不要买普通的，要那种可以把灵魂从炼狱中拯救出来的棺材。麻药呢？”

“我一定照办。”汉尼拔从夹克口袋里拿出一小瓶稀释的鸦片酒。警卫和巴黎先生的助手都程式化地把头转向一边，但波皮尔没有。汉尼拔

---

① 盖世太保：纳粹德国的秘密警察。

把小瓶子举到路易的唇边，路易喝下鸦片酒之后朝自己的手点了点头，又张开了嘴。汉尼拔把十字架和链子放到他嘴里。行刑的人把木板上的路易翻转过来，抬到断头机的刀下。

汉尼拔看着他的脑袋滚下来，知道路易心头的重负也就此卸下了。轮床颠簸着经过行刑室的门槛，警卫关上了门。

"他希望十字架跟随着自己的头而不是心。"波皮尔说。"你知道他想要什么，对吗？除此之外你和路易还有什么相同的想法？"

"我们都很好奇纳粹把孩子们扔上卡车时，警察在哪儿。在这一点上我们也是相同的。"

波皮尔本想挥拳打汉尼拔，但这个念头只是一闪而过。他合上笔记本走出了房间。

汉尼拔立刻走到医生身边。

"医生，刚才用的是什么药？"

"是硫喷妥钠和其他两种催眠剂的混合物，保安局审讯时用的。有时它可以帮助释放犯人压抑在脑子中的记忆。"

"我们要考虑一下可否把它用于实验室的血液研究。可以给我点样本吗？"

医生把装药的小瓶递给他。"配方和用量都写在标签上。"

隔壁房间传来一声闷响。

"我要是你的话，我会等几分钟，"医生说，"等路易彻底安定下来。"

39

汉尼拔躺在自己顶楼寝室的矮床上。摇曳的烛光照着画中那些出现在他梦里的面孔，长臂猿头骨上方的天花板上是晃动的影子。汉尼拔盯着长臂猿空空如也的眼窝，把下嘴唇放在牙齿后面，似乎在和那尖牙较量。一台装着百合形扬声筒的发条留声机放在旁边。他的胳膊上插着和皮下注射器相连的针头，注射器里装满了审问路易·费哈时用的催眠剂混合物。

“米莎，米莎。我来了。”母亲着火的衣服，圣贞德像前燃烧的还愿蜡烛。司事说：“到时间了。”

汉尼拔拧动发条，唱盘转起来。他将粗唱针臂放下来，放到儿童歌曲唱片上。唱片发出沙沙的杂音，歌声微弱而尖细，却深深地刺在他心上。

> 猜猜他是谁。
> 站在树林里……

汉尼拔把注射器的活塞推进了四分之一英寸，开始感觉到药液在血管里发热。他用手揉擦着胳膊，以加快药液的吸收。在烛光中，他目不转睛地盯着画上那些出现在梦中的脸，想让他们的嘴动起来，想象着他们或许会先唱歌，然后说出自己的名字。汉尼拔自己唱了起来，想带动他们一起唱。

就像无法激怒长臂猿一样，他也没法让那些脸动起来。但是长臂猿笑了，咧着它无唇的嘴，露出长长的尖牙，下颌骨弯成了弧形。之后“蓝眼睛”也笑了，他那茫然的表情在汉尼拔的脑海里燃烧。接着是小屋里烧木柴的味道，冰冷的屋子里层层烟雾的味道，火炉边围着他和米莎的那些人的呼吸里死尸般的味道。他们把他和米莎带出去，关进谷仓。谷仓里散落着孩子的衣服，沾着血迹的，他从没见过的衣服。他听不见那些人在说什么，听不见他们彼此怎么称呼，但他听见了端碗的人变态的声音：“把她带走吧，反正她也快死了。这男孩还能新——鲜上一阵子。”他挣扎着，撕咬着，接着是他不忍目睹的画面。米莎被抓着胳膊拎起来，双脚悬在血迹斑斑的雪地上方，扭动着身子，**回头望着他**。

“**阿尼拔！！**”妹妹喊道。

汉尼拔从床上坐起来。他弯起胳膊，把针管的活塞一直推到底。

他感到一阵眩晕，谷仓旋转起来了。

“**阿尼拔！！**”

汉尼拔挣开拉住他的手，追着他们朝门口跑去，谷仓的门被用力地关上，夹住了他的胳膊，他听到骨头断裂的声音。“蓝眼睛”转回来，举起木棒猛打他的头，院子里传来斧头的声响。然后，又是那如期而至的黑暗。

汉尼拔在床上喘着粗气，视线时而清晰，时而模糊，那些面孔开始绕着墙壁旋转起来。

越过去。越过那些他不能看，不能听，也不能忍受的一切。他在小屋里醒来，头两侧的血已经凝固，上臂一阵阵剧痛。他被人用链子拴在楼梯上端的扶栏上，身上裹着条小地毯。传来了雷声，不，那是树林里炮弹的爆炸声。那些人拿着厨师的皮袋子挤在火炉前，摘下身份牌，连同他们从钱包里倒出来的证件一起扔进袋子，又戴上红十字组织的袖章。一声尖啸，一道耀眼的亮光，一枚磷弹击中了停在外面的坦克。小屋慢慢地、慢慢地，被烈火吞噬。那些强盗跑进夜色中，跑向他们的半履带式卡车。在门口处，厨师停住了。他举起挎包放在脸的一侧，挡开那灼人的热气，从口袋里掏出一把钥匙扔给汉尼拔。又一发炮弹落下来，之前他们没有听见尖啸声。小屋剧烈地摇晃起来，楼梯间倾斜了，汉尼拔沿着扶栏滑下去。楼梯间坍塌了，把厨师压在下面。汉尼拔能听见自己的头发被火舌烤焦的声音。他逃出了小屋。那辆半履带式卡车轰响着开进树林里。他身上的毯子边缘闷燃着，爆炸的炮弹摇撼着地面，弹片尖叫着从他身边飞过。汉尼拔用雪扑灭毯子上的阴火，艰难地走着、走着，被夹断的手臂无力地摇晃着。

破晓时分，巴黎的天空灰蒙蒙的。顶楼的宿舍里，留声机慢慢地停了下来，蜡烛的火焰压低了。汉尼拔睁开双眼。墙上的那些面孔是静止的，它们又变回了原来的粉笔素描形态，平薄的画纸随风飘动。长臂猿也恢复了惯有的表情。黑夜过去了，到处都是升起的曙光，新一天的光芒洒向万物。

40

在立陶宛维尔纽斯[1]阴暗低沉的天空下，一辆斯柯达警车拐弯离开热闹的斯温塔拉吉尔大街，拐进大学附近的一条狭窄街道。司机不停地按着喇叭，行人们一边让路，一边小声咒骂着。车停在一幢新建的公寓楼前。这楼是苏联人建的，在周围一片年久失修的楼房中显得格外扎眼。一个穿着苏联警服的高个子男人走下车，用手指在一排按钮上滑过，最后在一个写着多特里奇的门铃按钮上按了一下。

三楼的一间公寓里响起了门铃声。一个老人躺在床上，身边的桌子上堆满了药瓶。床上方挂着个瑞士摆钟，上面系了条绳子，绳子的另一端放在老人枕边。老人十分坚强，但是在夜晚，恐惧还是会向他袭来。每当这时，他就会在黑暗中拉动绳子，让钟报点，听到钟鸣他就知道自己还活着。分针一跳一跳地走着。老人觉得钟摆在思量他死去的时间。

他把门铃声误当成了自己粗糙刺耳的喘气声。保姆在门厅里应了一声，风风火火地推开门，把戴着头巾的头探进来。

"您儿子来了，先生。"

多特里奇警官从她身边一擦而过，走进了房间。

---

① 维尔纽斯：立陶宛共和国首都。

"嗨，爸爸。"

"我还没死。你现在就来抢东西也太早了吧？"老人感到很奇怪，他不明白为什么怒气只是在脑子里闪过，却再也不会触碰到内心。

"我给你带了点巧克力。"

"走的时候给贝尔吉德吧。别把她强奸了。再见，多特里奇警官。"

"都这个时候了你还这样。你的日子不多了，我来看看除了提供这间公寓之外，我还能为你做点什么。"

"你可以改名字了。你改过多少次立场了？"

"那都是为了活命。"

多特里奇穿着带暗绿色滚边的苏联边防部队制服。他摘下一只手套走到床边，用手指摸找着父亲的脉搏，想去握他的手。但父亲把他伤痕累累的手推开了。看到这只手，老人的眼里闪出点点泪光。多特里奇俯身在床边，胸前的勋章摇晃着。老人用力抬起手去抚摸它们。优秀内务部警察勋章、战俘营与监狱管理高级培训机构奖章，还有苏联优秀浮桥建设者奖章。最后一枚是假的，多特里奇确实参与建造过一些浮桥，但那都是在劳动营时为纳粹建的。不过，这枚涂着珐琅的奖章很漂亮，若是有人问起，多特里奇会滔滔不绝地讲个没完。

"这些都是他们从纸板箱里掏出来扔给你的吗？"

"我来这儿不是想得到你的祝福。我就是来看看你还需要什么，再跟你道个别。"

"看你穿着苏联制服就够让我闹心了。"

"这是第二十七步枪队的制服。"多特里奇说。

"不过比你穿纳粹的制服好一点。纳粹杀了你妈妈。"

"像我这样的人多的是，不光我一个。我有我的生活。你可以死在床上而不是路边的沟里，你还能用煤取暖，这些都是我给你的。去西伯利亚的火车挤得水泄不通，乘客都是你踩我、我踩你的，连大便都要拉在帽子里。你就在这干净的床单上好好享福吧。”

“格鲁塔斯比你还要坏，你很清楚。”老人停下来喘着气。“你为什么还要跟着他？你跟着那些罪犯和流氓抢人家的房子，还从死人的身上扒东西。”

多特里奇就像没听见父亲的话一样，他说：“我小的时候，有一次烧伤了。你坐在床旁边给我削陀螺。你把陀螺送给我。我能拿起鞭子的时候，你教我怎么让它转起来。那陀螺很漂亮，上面有各种各样的动物图案。我现在还留着呢。谢谢！”他把巧克力放在靠近床脚的地方，那里老人够不到，没法把它们推到地上。

“回你的警察局去，把我的档案抽出来，写上无亲属。”老人说道。

多特里奇从衣服口袋里拿出一张纸。“如果你想让我在你死后把你送回家乡去，就在这个上面签字，把它留给我。贝尔吉德会帮你的，她会看着你签字。”

在车里，多特里奇沉默不语，直到来到车流如织的拉德维拉提斯大街。

开车的小队长斯温卡递给他一根烟，说：“见到他你很难过吧？”

“很高兴要死的人不是我。”多特里奇说。“他那个该死的保姆——我应该趁贝尔吉德去教堂的时候过去。教堂——她冒着进监狱的危险去教堂，还以为我不知道。再有一个月我父亲就要死了，我要用船把他送回瑞典的老家去。我们需要大概三立方米的地方放尸体，长度三米，这样才足够大。”

多特里奇少尉还没有单独的办公室，但在警局的公共休息室里有张办公桌。在那里，越靠近取暖器就代表官衔越大。现在是春天，取暖器没开。许多文件堆在上面。多特里奇办公桌上的文件中有一半是官话满篇的胡扯，而这一半的文件中又有一半可以放心大胆地扔掉。

立陶宛与邻国拉脱维亚、波兰的警局和内务部之间几乎没有什么横向沟通。苏联周边小国的警察都听从设在莫斯科的苏联中央的指挥，就像一个有辐条却没轮圈的车轮。

多特里奇要看一份官方电报，内容是持有立陶宛签证的外籍人员名单。他把这份名单和冗长的通缉犯与政治嫌疑犯名单比对了一下，发现正数第八个签证持有者是刚刚加入法国某党青年团的汉尼拔·莱克特。

多特里奇开着自己的二冲程瓦特堡轿车来到国家电话局，他大约每个月要到这里办一次事。他在外面等着，直到看见斯温卡进去接了班。很快，斯温卡就坐到了交换台前。多特里奇独自待在一间小电话室里。电话连着一条接到法国的长途电话线，听起来劈啪作响。他把一个信号强度计放在电话上，时刻注意着指针，以防有人窃听。

法国枫丹白露附近一家餐馆的地下室里，电话铃声在黑暗中骤然响起，五分钟之后才有人来接。

“说话。”

“就不能快点接电话是不是？我坐在这个一丁点儿大的地方打电话，屁股还得露到外面。我们得在瑞典安排一下，让那儿的朋友接收一具尸体。”多特里奇说。“还有，莱克特城堡的那个孩子要回来了。拿的是通过法国某党青年团办的学生签证。”

“谁？”

“好好想想。上次我们一起吃饭的时候还讨论过的。”多特里奇说。他扫了一眼名单。“来的目的是：为方便人民，将莱克特城堡图书馆的书籍编目分类——这简直是开玩笑，苏联人早就用那些书的书页擦屁股了。你那边得采取点行动。你知道应该告诉谁。”

41

在维尔纽斯西北部靠近内里斯河的地方有一片废墟，之前是座老发电厂，是这个地区的头一家企业。在较为太平的年代里，它给这座城市提供适量的电能，同时还负责河流沿岸几家锯木厂和一个机械车间的电力供应。不论刮风下雨，发电厂都照常运行，因为煤会通过和它相连的窄轨铁路支线或者内河驳船从波兰运过来。

德国入侵后的前五天，德国空军就把这里炸成了平地。后来，苏联制造出了新型输电线，电厂就再也没能得到重建。

通往电厂的路设了路障，一条锁链横在路中央，两端锁在混凝土桩子上。锁的外面锈迹斑斑，但是里面却做了良好的润滑。一块告示牌用俄语、立陶宛语和波兰语写着：**装载军火，禁止入内**。

多特里奇从卡车上下来，把锁链打开扔在地上，小队长斯温卡开车从上面压了过去。砾石地面上长着一簇簇野草，卡车开过的时候，野草擦着车底发出沙沙的声音。

斯温卡说："这里就是所有发电厂的工人——"

"是的。"多特里奇打断了他。

"您觉得这里真的有地雷吗？"

"没有。要是我错了，你不要告诉别人。"多特里奇说。他骨子里不是个会随便吐露秘密的人，但他需要斯温卡的帮助，所以有些急躁。

在发电厂碎裂焦黑的喷水池旁边，是一间根据租借法案[①]建造的尼森式铁皮房，一侧已经被烧焦了。

“把车停到那堆树枝边上，从后车厢里把链子拿出来。”多特里奇说。

他把链子的一端系在卡车拖杆上，抖了抖刚刚打的结让它系得更牢些，之后又在那堆树枝里翻找，找到了最下面的木托盘，把刚才链子的另一端系上去。多特里奇挥手示意司机把卡车往前开，拖动托盘和堆在上面的树枝，直到地面上露出几扇防空洞的金属门。

“最后一次空袭结束后，德军往地面上派了一些伞兵来控制内里斯河的渡口。”多特里奇说。“发电厂的工人们当时就躲在这个防空洞里。一个伞兵过来敲门，他们就把门打开了，然后伞兵就扔下去一枚磷榴弹。下面很难打扫。得过上一会儿才能适应。”多特里奇说着，取下了门上的三把锁。

他把门拉开，一股带着焦煳味的污浊空气喷到了斯温卡脸上。多特里奇打开电手提灯，沿着陡斜的金属台阶走了下去。斯温卡深吸一口气，跟在后面。防空洞是用白石灰粉刷的，里面有几排简易木架，上面放着艺术品。有用破布包着的雕像，还有一排排编着号的铝塑管地图盒，线织的盒盖用蜡封着。防空洞的后部是叠放在一起的空画框，有些上面的钉子给拔掉了，有些还带着画布被匆忙割下后留下的破损的布边。

“带上那个架子上的所有东西，还有后面那些架子上的也带走。”多特里奇说。他用油布打了好几个包裹，之后带着斯温卡来到尼森式铁皮房。里面的锯木架上放着一口雅致的橡木棺材，上面刻着克莱佩达海洋与河流工作者协会的标志，周围还装有一圈装饰性的防擦条。棺材的下

---

① 租借法案：美国国会在第二次世界大战初期通过的一项法案，目的是使美国在不卷入战争的情况下，为盟国提供战争物资。

半段颜色较深，看上去就像船身上画了吃水线，可谓设计精巧。

“我父亲的灵魂之船。”多特里奇说。“把那箱废棉花给我搬过来。要紧的是不让它咯吱咯吱地响。”

“要是响的话别人会以为是他骨头发出的声音。”斯温卡说。

多特里奇甩了斯温卡一记耳光。“说话注意点！把螺丝刀给我拿来。”

42

汉尼拔·莱克特把火车上那脏兮兮的窗户放低，朝窗外望着。火车弯弯曲曲地前进，铁轨两旁是高大的次生椴树和松树林。走着走着，就在离火车不到一英里远的地方，他看见了莱克特城堡的塔楼。火车继续往前行驶了两英里，之后喷着气，尖叫着停在都布伦斯特水站。一些士兵和几个劳工爬下火车，在路基上撒尿。售票员大声骂了一句，他们才转过身去背对着车上的乘客。汉尼拔背着背包，和他们一起下了车。售票员返回车厢上时，他走进了树林，边走边撕下一页报纸。这样，万一第二乘务员从水箱顶上看见了他，也好解释。汉尼拔等在树林里，听着机车嚓嚓的排气声，直到这声音慢慢远去。他独自走在安静的树林里，脚步疲惫却坚定。

汉尼拔六岁的时候，贝恩特曾经抱着他走上水箱旁弯弯曲曲的楼梯，让他从水箱长满青苔的边上往里看，看那一片倒映在水面上的圆形天空。水箱里有架梯子，贝恩特以前一有机会就和村里的一个女孩子爬下去游泳。贝恩特死了，死在那片树林的深处。那个女孩或许也死了。

汉尼拔在水箱里迅速洗了个澡，又把衣服洗了。他想象着紫夫人在水里的样子，想象着自己和紫夫人一起在水箱里游泳的情形。

他沿着铁路往回走，听见有人推着手推车沿铁轨走来，便躲进旁边的树林里。推车的是两个强壮的马扎尔人，他们的衬衫系在腰间。

离城堡一英里的铁轨处，横架着一根新式的苏联输电线。推土机已经在树林里给它开出了一条路。从粗粗的电线下走过时，汉尼拔可以感觉到静电，胳膊上的汗毛都竖起来了。他尽量远离电线和铁轨走，好让父亲那双筒望远镜上的罗盘指针稳定下来。如果小屋还在的话，有两条路可以通往那里。输电线一直延伸到视线不可及的地方，若是它保持那个走向，就会从离狩猎小屋几千米以内的地方通过。

他从背包里拿出一份美军剩余的C口粮[①]，把发黄的卷烟扔掉，边吃肉罐头边思考着什么。楼梯间坍塌了，把厨师压在下面，房子的木料砸了下来。

小屋可能已经不在了。如果它还在，如果里面还有东西，那只能说明强盗们搬不动那些沉重的残骸。要做强盗们做不到的事，他需要力气。汉尼拔决定先去城堡。

黄昏的时候，他穿过树林，来到了莱克特城堡。看着自己曾经的家，汉尼拔出奇地平静；见到儿时的家园并不会给你带来些许安慰，但会帮你看清自己的心是不是已经碎了，怎样碎的，为什么会碎，假如你想知道的话。

在西边落日渐渐退去的余晖中，眼前的城堡一片漆黑，就像米莎的纸娃娃住的纸城堡一样扁平。在汉尼拔的心里，那个从纸板上剪下来的城堡比这座石头城堡还要高大。纸娃娃燃烧的时候会卷曲起来。母亲的衣服着了火。

在马厩后面的树丛里，他能听见吃晚饭时餐具碰撞的哐啷声，还有孤儿们唱《国际歌》的声音。一只狐狸在他身后的树林里叫着。

---

① C口粮：二战以来美军的主要口粮，是随身携带的可以不经加热即可食用的野战（快餐）食品。通常被制成多个罐头以便携带（每个罐头净重二百二十七克）。这种食品有几十种不同的菜肴配方。

一个男人穿着粘满烂泥的靴子走出马厩，手里拿着一把铲子和一只桶穿过菜园。他坐在乌鸦岩上，脱掉靴子，走进了厨房。

库克当时就坐在乌鸦岩上，贝恩特说。因为是犹太人，所以被枪毙了。他还冲着朝他开枪的希维人身上吐唾沫。贝恩特从没提到过那个希维人的名字。“战后我会去解决这件事的，你还是不知道为好。”他说着，两只手紧紧地攥在一起。

天色完全暗了下来。莱克特城堡里的一部分房间现在已经通上电了。校长办公室的电灯亮起来之后，汉尼拔举起了他的双筒望远镜。透过窗子，他能看见母亲房间里的意式天花板已经装上了斯大林式的白石灰装饰，为的是盖住上面那些资本主义宗教神话里的人物。不一会儿，校长来到了窗前，手里拿着一只杯子。他胖了，背也驼了。第一监管员走到他身后，伸出一只手放在他肩上。校长转身离开窗户，过了一会儿，灯熄了。

几丝残破的云围绕在月亮周围，它们的影子爬上城垛，滑过房顶。汉尼拔又等了半小时，之后借着一片云影绕进了马厩。黑暗中，他能听见那匹高大的马在睡梦中的粗重的呼吸。

汉尼拔走进去的时候，塞萨尔醒了。它清了清嗓子，把耳朵转向后面听着动静。汉尼拔一边往它鼻子里吹气一边摩挲着它的脖子。

“醒醒，塞萨尔。”汉尼拔对着马耳朵说。马耳朵在他脸上甩来甩去，汉尼拔不得不把手指放在鼻子下面以免打出喷嚏来。他用手圈住手电筒的光，仔细地看着这匹马。它的毛刷得干干净净，蹄子看起来也不错。塞萨尔是汉尼拔五岁那年出生的，所以现在应该有十三岁了。“你走过的路还不到一百公里呢。”汉尼拔说。塞萨尔用鼻子友好地拱了他一下，汉尼拔一个趔趄，不得不扶住马厩的一侧保持平衡。他把马笼头、带衬垫的颈圈，还有一个双带的挽具套在马身上，系紧绳子。又在挽具上拴了一只盛着谷物的饲料袋。塞萨尔扭过头来，迫不及待地试着把饲料袋套上。

汉尼拔走进小时候曾因为调皮被锁在里面的货棚，拿了一卷绳子、一些工具，还有一盏提灯。城堡里没有一丝光亮。他牵着马走过砾石路，又踏着松软的土地，朝树林、朝那一轮弯月走去。

城堡里没有响起警报。斯温卡小队长一直在锯齿状的西侧塔楼上监视，经过两百个台阶拖上来的无线电放在一边。他拿起了话筒。

43

在树林旁边，有一棵大树横在路上，旁边有标牌，上面用俄语写着：**危险，未爆军火**。

汉尼拔只好牵着马，绕过大树，进入他孩提时代熟悉的森林。惨淡的月光透过树林的华盖，在杂草丛生的林间小径上投下一块块灰斑。塞萨尔在黑暗中每迈一步都很谨慎。在汉尼拔点灯之前，他们已进入了森林深处。汉尼拔走在前面，塞萨尔盘子般大小的马蹄踏着灯光的边缘跟在后面。在小路旁，有一块人腿骨的球形关节直立在地上，像长出的蘑菇一样。

有时候他会跟马说："塞萨尔，你拉着我们坐的大车沿这条路走过多少回了？米莎、我、南尼，还有雅科夫先生？"

在齐胸高的杂草中行走了三个小时后，他们到了林中开阔地带的边缘处。

小屋到了，很好。在他看来，小屋看起来没有变小。它不像城堡那样变得"扁平"，而是和他多少次在梦里隐约看见的屋子一般大小。汉尼拔在树林边停住脚，凝视着。这里，纸娃娃在火堆中烧过，还蜷着身子；打猎用的小屋被火烧了一半，部分屋顶已经塌落；墙是石头砌的，所以整座屋子才没有全部垮掉；空地上长满了高度及腰的野草和一人多高的灌木。

在小屋前面，有一辆烧焦的坦克，上面爬满了葡萄藤，有一根正开着花的葡萄藤悬挂在炮架上；一架坠毁的斯图卡轰炸机尾巴朝上，从高高的草丛中冒出，像一片帆。草丛中没有路，支撑豆藤的竿子从园子里伸出来，直立在高高的杂草上面。

就在这儿，就是这个菜园里。南尼把米莎的澡盆放在这里。太阳把水晒热了，米莎就坐在澡盆里，朝她周围白色的菜粉蝶挥着手。有一回，他摘了只茄子，递给澡盆里的米莎，因为米莎喜欢紫色，阳光下的紫色，然后她就一直抱着那只暖洋洋的紫色茄子。

门前的草没有人踏过。台阶上堆满了树叶。汉尼拔望着小屋的那会儿，月亮移了一指宽的距离。

时间，到时间了。汉尼拔从树丛中走出，带着塞萨尔在月光下行进。走到压水井前，先从水袋中取出一杯水引泵，然后压水泵直到它吱呀吱呀地从地下抽出凉水来。他先闻了闻，尝过之后再给塞萨尔。塞萨尔喝了足有一加仑多，还吃了两把饲料袋里的谷子。水泵的吱呀吱呀声一直传到树林里。一只猫头鹰在叫，塞萨尔侧耳倾听着这叫声。

在树林里走了百米地，多特里奇听到了水泵吱呀吱呀的出水声，便循着声音往前走。他本可以在推开高高的蕨草时做到悄无声息，但脚底的橡实却发出嘎嚓嘎嚓的声响。他止住脚步，于是树林空旷处便陷入一片寂静。不一会儿，他又听到从他和小屋之间的某个地方传出鸟叫声。随后这只鸟飞走了，从他头顶上经过的时候，遮住了一块天空；鸟的翅膀展开到了极限，在丛林中无声地飞翔。

多特里奇打了一个激灵，把衣领竖起来，坐在蕨草里等待。

汉尼拔看着小屋，小屋也看着他。所有的玻璃都炸没了，黑洞洞的窗户望着他，好像长臂猿骷髅头上的眼窝。屋子的外形因为垮塌变了样，屋子的高度也因为周边的高大杂草改变了，他童年时代的猎人小屋变成了他梦里的漆黑茅棚。现在他走进了杂草丛生的花园。

他母亲就躺在那里，衣服烧着。后来，在雪中，他把头放在母亲的胸前，她的胸已经冻得僵硬。贝恩特也在，还有雅科夫先生的脑浆，溅落在七零八落的纸片中，冻结在雪上。他父亲躺在台阶旁，头朝下，他因为自己的决定而死亡。

地上再没有其他东西了。

小屋的前门已裂开，悬在一只铰链上。汉尼拔爬上台阶，推开门，迎来一片黑暗。里面有什么小动物吱吱叫着拼命躲。他提着灯，走了进去。

屋子的一部分已被烧焦，向天空半敞着。楼梯散了架，坍在平台上；屋顶落下的木料堆在楼梯上面。桌子已被砸垮，屋子角落里有一架小钢琴，侧身躺着，象牙色的琴键在灯光下看起来像一排牙齿。墙上胡乱涂着几句俄语：**滚你妈的五年计划！操你妈，大屁眼格兰科上校！**两只小动物跳出窗外。

这屋子的氛围强逼着汉尼拔平静。可他却不理会，用撬杠将大火炉的盖子撬开，发出咔嗒一声巨响，然后他把灯放在火炉盖上。烤箱敞开着，烤箱架已不见了，可能连锅一起被贼拿到营火上用了。

借着灯光，汉尼拔把楼梯周围能清理的稀稀落落的碎片都清理了，剩余的地方被落下的屋顶木料给挡住了，屋顶木料就像一堆放大又烧焦的拨棍子游戏用的细棍。

在他清理碎片的时候，黎明的曙光从空荡荡的窗户照进来，墙上挂着一个烧焦的猎物脑袋，它的双眼被升起的太阳的红色光芒照着。汉尼拔打量了木料堆几分钟，从靠近当中的一块木料中猛地拽出了一根双股绳，在退到门口的时候慢慢松开手中的绳子。

汉尼拔唤醒塞萨尔，塞萨尔一晚上除了打瞌睡就是吃草。他牵着马在周围走了几分钟，好让它放松肌肉。露水很重，打湿了他的裤腿，露滴在草叶上闪着光，像是俯冲式轰炸机铝制外壳上冒出的“冷汗”。在阳光下，他可以看到一株葡萄因为斯图卡轰炸机遮盖所形成的温室而早早地生长了，现在已长出大片的叶子和新的蔓卷儿。飞行员还坐在里面，身后是机枪手。葡萄藤已经缠着他的肋骨，穿过他的头骨，在他的周围和体内生长着。

汉尼拔把绳子拴到了缰绳上，然后带着塞萨尔朝前走，直到塞萨尔的肩和胸都感觉到阻力。他在塞萨尔耳朵边上发出“咔哒”的声音，这是它打小就熟悉的声音。塞萨尔的身体朝负重的方向倾斜了，它绷紧肌肉，继续向前。小屋里传来了倒塌的声音，烟灰从窗户里喷出，飞进树林，像正在逃离的黑暗幽灵。

汉尼拔拍了拍马。等不及灰尘落定，他就把手帕往头上一扎，走进小屋，爬到一堆废墟上，一边咳嗽一边把绳子抽出来，重新用它拴住东西。他拉了两下，一块最重的碎片从楼梯坍塌处瓦砾的深处露出来。他把绳子又拴在塞萨尔身上，自己一边用撬杠和铁锹朝废墟里挖一边扔出家具的残肢断体、烧掉一半的坐垫、热水瓶的瓶胆，最后挖出一个嵌在牌匾里的烧焦的猪脑袋模型。

他想起母亲的话：对牛弹琴。

他摇了摇猪脑袋，听到嘎嘎的声音。汉尼拔抓住猪舌头，用力拉。舌头连同附带的塞子一起被拉了出来。他把猪脑袋上的鼻子朝下一斜拉，他母亲的珠宝就散落在炉盖上了。他没有停下来检查珠宝，而是马上回去继续挖。

当他看到米莎的澡盆，看到带着涡卷形把手的铜盆边时，他停下来，站起身来。屋子在眼前缓缓地旋转了一会儿，他抓住火炉冰冷的边缘，把额头倚在冰凉的铁板上。然后他走出去，抱着一大堆开着花的葡萄藤回到屋里。他没有朝澡盆里看，但在澡盆上面缠上一株株花，然后把澡盆放在炉子上，却又不忍心看到它在火炉上，就把它拿到屋外，放在坦克上。

铲子和撬杠的声响让多特里奇放下心来朝前走。他举起双筒望远镜，从黑暗的树林里往外看，只露出一只眼睛和一个镜筒。他只是在听到铲子和撬杠的声音时才偷窥一下。

汉尼拔将铲子插进去，铲出一根手骨，然后是厨师的头颅骨。在笑着的头颅骨里可以看到厨师的金牙——好讯息，这表明抢劫者做得还不算太过分——接着，他看到厨师一只袖子里的手骨还攥着他自己的皮箱。汉尼拔把皮箱从手臂里拽下，放到火炉上。他打开皮箱，倒出里面的东西。各种小玩意儿碰到炉子的铁板，发出哐啷哐啷的声音：各种铜质的军人领章、纳粹党卫军闪电铜牌和骷髅头帽徽、立陶宛警察的铝质鹰徽、救世军的铜质领章，还有六块不锈钢军籍身份牌[①]。

最上面那个是多特里奇的。

塞萨尔注意到，人拿在手里的东西可以分为两种：第一种是苹果和饲料袋，第二种是皮鞭和棍子。手里拿着棍子，那它就无法靠近，这是它小时候被恼怒的厨师从菜园里赶出时得出的经验。如果多特里奇走出森林时手里没有拿着那根铅制防暴棍，塞萨尔也许会不理他，但实际上，塞萨尔鼻子里喷着气，跑开几步，缰绳被拖到小屋的台阶上，它转过身，面对着多特里奇。

多特里奇退回树丛，消失在树林里。离开小屋约一百米，他在齐胸高的蕨草中停住，蕨草湿漉漉地沾着露水，从空窗户里已看不到他。他掏出手枪，往枪膛里上了一颗子弹。小屋后面四十米左右是一座维多利

① 军籍身份牌：挂在士兵脖子上的识别身份的金属牌。

亚时代风格的简易厕所，厕所屋檐下有花哨的装饰。林子狭窄的小路上种着百里香，它们高高的，疯长着，与将厕所和小屋隔开的树篱连成了一片。多特里奇勉强挤过树篱，树枝和树叶刺进他的衣领，擦着他的脖子；树篱很柔软，折不断。他举着警棍挡住脸，悄悄地向前推进。一手拿着警棍，一手拿着手枪，他朝小屋的侧窗刚挪了两步，冷不防脊背上挨了一下铁锹的敲击，他双腿立刻麻了。双腿瘫软时他朝地面开了一枪，接着脑后又嘣地挨了铁锹的一下平打，他还感到有青草戳到脸上，随后便眼前一黑，没了知觉。

鸟鸣，成群的嵩雀在树上唱着歌；金色的晨光洒在高高的野草上，斜照在汉尼拔和塞萨尔走过的地方。

汉尼拔闭着眼，约摸有五分钟斜靠在烧焦的坦克上，然后转向澡盆，他用手指把葡萄藤挪到刚好能看到米莎残骸的位置。当他发现米莎的乳牙还完好无缺时，感到一阵奇怪的欣慰——一个恐怖的景象驱除了。他从澡盆里捡出一片月桂树叶，扔出去。

他从火炉上的珠宝里挑出一枚胸针，他看见母亲戴过，上面有排成莫比斯带[①] 形状的钻石。他从一颗浮雕宝石上取下丝带，把胸针系在米莎头上绑丝带的地方。

在小屋上方朝东的斜坡上，他选了一处看起来舒适的地方，挖出一个坟坑，在四周摆满他所能找到的各种野花，然后把澡盆放进墓穴里，上面覆上屋顶落下的瓦片。

汉尼拔站在坟头，塞萨尔听到他说话，便抬起头，不再吃草。

“米莎，世上没有上帝，知道这一点让我们感到欣慰，这样你就不必在天堂里受奴役，不会被强求一直奉承上帝。你现在的地方比天堂要

---

① 莫比斯带：常被认为是无穷大符号“∞”的创意来源，用一条纸带旋转半圈再把两端粘上即可制成。

好。你有幸被上帝遗忘了。我每天都想你。”

汉尼拔将墓穴填好，用双手把土拍下去，又盖上松针、树叶和细枝，直到让墓和森林的地表融为一体才停手。

在离墓地不远的空地上，坐着多特里奇，他被绑在一棵树上，嘴被堵着。汉尼拔和塞萨尔朝他走过去。

汉尼拔坐在地上，开始查看多特里奇背包里的东西：一张地图、几把车钥匙、一把军用罐头开罐器、一块用油布袋装着的三明治、一个苹果、一双换洗的袜子，还有一个钱包。从钱包里，他抽出一张身份证，并将身份证跟小屋里挖出的身份牌作对比。

“先生[①]……我代表我自己和我已故的家庭成员，要感谢您今天的到来。您的到来，对我们全家以及我个人来说意义重大，我很高兴有这样的机会同您认真谈谈我妹妹是如何被吃掉的。”

他把多特里奇嘴里塞的东西拉出来，多特里奇立刻开始说话。

“我是镇上的警察，接到报告说有人丢了马，”多特里奇说，“这是我来这儿的唯一目的。这样吧，你把马还了，这件事我们一笔勾销。”

汉尼拔摇了摇头。“我记得您这张脸，我见过您很多次。记得您用您的蹼指摸我们，看谁最胖。您记得那只在火炉上、里面冒水泡的澡盆吗？”

“不记得。开战以来，我只记得冷酷。”

“多特里奇!今天您本来打算吃我的吧，多特里奇先生？您可以就在这儿吃午餐了，” 汉尼拔看了看三明治的馅儿，“这么多蛋黄酱，多特里奇先生！”

“他们很快就会来找我。”多特里奇说。

“您摸我们的胳膊，”汉尼拔摸了摸多特里奇的一只胳膊，“您摸我

---

① 原文为德语Herr，以下汉尼拔称多特里奇“先生”时均为德语。

们的脸颊，多特里奇先生，”他说着，拧了拧多特里奇的脸颊，“我叫您先生，但您不是德国人，对吗？您是立陶宛人，或者俄国人什么的，对吗？您是您自己的公民，多特里奇公民。您知道其他人在哪儿吗？您和他们保持联系吗？”

“全死了，战争中全死了。”

汉尼拔朝他笑了笑，解开自己的手帕结。里面满是蘑菇。“羊肚菌现在在巴黎一毫克都能卖上一百法郎了，而这些竟然就长在树桩上！”他站起来，朝马走过去。多特里奇趁他不注意的时候赶紧在绳结中扭动了几下。

在塞萨尔宽厚的背上有一卷绳子，汉尼拔把松的一头系在马缰上，另一头打成绞刑用的绳套。汉尼拔将绳套放松，拿到多特里奇背后。他打开多特里奇的三明治，把蛋黄酱涂在绳子上，然后又在多特里奇脖子上涂了厚厚的一层。

多特里奇从汉尼拔的手中退缩开来，说：“有一个人还活着！在加拿大——他叫格兰茨——你在那里找找他的身份牌。我要作证。”

“作什么证，多特里奇先生？”

“为你刚才说的那事儿作证。我没有干，但我愿意作证，我看见了一切。”

汉尼拔将绳套套在多特里奇脖子上，盯着他的脸。

“我好像对您感到烦了。”他回到马跟前。

“只有一个人，格兰茨——他乘一艘从不来梅港[①]来的难民船离开的——我可以发誓……”

“好的，那您愿意唱歌？”

“愿意，我唱。”

---

① 不来梅：德国北部港口城市。

“那就让我们为米莎唱歌吧，多特里奇先生。您知道这首歌的，米莎很喜欢，”他把塞萨尔的臀部掉向多特里奇，“我不想让你看到这个。”他对着马耳朵说，然后突然唱了起来：

“林中站着一个小矮人，不动也不语……”他用嘴在塞萨尔耳边发出咔嗒声，带它朝前走。“唱得轻松一点，多特里奇先生。身穿紫红小外套……”

多特里奇的脖子在油乎乎的绳套里转来转去，眼看着盘起的绳子在草上慢慢拉起。

“你没唱，多特里奇先生。”

多特里奇张开嘴巴，用不成曲调的声音喊着：“猜猜他是谁。”

然后他们一起唱：“站在树林里……”绳子从草上升起来，松弛的部分还留在草上，多特里奇尖叫起来：“波维克！他叫波维克！我们叫他‘看锅人’。他死在小屋里了，你看到的。”

汉尼拔让马停下来，走到多特里奇跟前，弯下腰，盯着他的脸。

多特里奇说：“把它绑好，把马绑好，蜜蜂会蜇它的。”

“没错，草里蜜蜂可不少。” 汉尼拔看了看身份牌。“米尔克呢？”

“我不知道，我不知道。我发誓。”

“我们现在说说格鲁塔斯。”

“我不知道，真的不知道。放我走，我可以帮你作证控告格兰茨。我们会在加拿大找到他。”

“歌还没唱完，多特里奇先生。”

汉尼拔牵马向前，露水在绳子上亮闪闪的，绳子现在几乎已经拉直了。

“站在树林里——”

多特里奇发出因窒息而产生的尖叫声：“是科纳斯！科纳斯现在跟他做交易。”

汉尼拔拍了拍马，又走回来，在多特里奇那儿弯下腰。“科纳斯在哪儿？”

“枫丹白露，在法国枫丹白露宫殿附近。他开了一家咖啡馆。我留口信给他，这是我能跟他联系的唯一方式。”多特里奇看着汉尼拔的眼睛。“我向上帝发誓，她死了，不管怎样，她已经死了。我发誓！”

汉尼拔盯着多特里奇的脸，对马发出咔嗒声。绳子拉紧，露水随着绳上的细毛竖起而飞落。多特里奇窒息的尖叫声在汉尼拔朝着他的脸号叫般地唱歌时中止了。

“站在树林里，
身穿紫红小外套的他是谁——”

嘎吱！一连串湿乎乎的东西从动脉里喷出来。多特里奇的脑袋随着绳套滚出六米开外，然后停住，呈仰望天空状。

汉尼拔吹了声口哨，马停住了，耳朵朝后转去。

“紫红小外套，的确如此。”

汉尼拔把多特里奇包里的东西倒在地上，拣出多把车钥匙和身份证。他用新鲜树枝做了一把烤肉叉，又拍了拍口袋，从中找到火柴。

在火将树枝烧成木炭的时候，汉尼拔取出多特里奇的苹果给塞萨尔吃。他把所有的马具从马背上卸下来，这样马就不会被灌木缠住，就可以与他一起沿着小路走到城堡。他抱了抱马的脖子，然后朝马屁股上拍了一下。“回家吧，塞萨尔，回家去！” 塞萨尔认得路。

44

光秃秃的小路上弥漫着雾气，小路上满是电线。斯温卡警官嘱咐司机把卡车开慢点，以防撞到树桩。他看了看地图，又看看挂着粗重变电线的电缆塔上的数字。

“这儿。”

多特里奇的车痕延续到远处，但在这里停过，地上还有滴下的油。

几条狗和警察从车后面下来，两条硕大的黑色阿尔萨斯牧羊犬[①]对进入森林感到兴奋，另外一条猎犬则表情凝重。斯温卡警官把多特里奇的法兰绒长裤的上半截拎给狗闻了闻，然后狗跑开了。在阴沉的天空下，树也是灰蒙蒙的，落下轮廓并不分明的树影。林中空地的上空挂着雾霭。

两条阿尔萨斯牧羊犬围着猎人小屋乱跑，而另一条猎犬围着四周打转，冲到树林里，又跑回来。就在此时，有个警察从树林后面大叫一声。其他人没有立即听到他的叫声，他便吹响了警笛。

多特里奇的头摆在树桩上，他的头上站着一只乌鸦。警察靠近时，乌鸦飞了，能叼的都叼走了。

---

① 阿尔萨斯牧羊犬：一种德国牧羊犬。

斯温卡警官深吸了一口气，给其他人作了指示，并朝着多特里奇的头走过去。多特里奇的脸颊已经没了，被切得很干净，从两边可以看到他的牙齿。他的嘴被他的身份牌撑开着，身份牌插在上下牙齿之间，像个楔子。

他们发现了火堆和烤肉叉，斯温卡警官在小火坑底下摸到了骨灰，冰凉的。

“一把烤肉叉、脸颊肉和羊肚菌。”他说。

45

督察波皮尔带着一只不厚的公文包，从警察局犯罪调查部[①]的总部出发朝孚日广场走，沿途在一家酒吧停住，进去要了一杯速溶浓咖啡。他闻到吧台上有苹果白兰地酒的味道，心想要是晚上就好了。

波皮尔在砾石路上踱来踱去，不时地望一望紫夫人的窗户。透明帷帘拉上了，那层薄布还不时地抖动。

白天值班的门房是个希腊老太太，她认出了波皮尔。

“夫人在等我。”波皮尔说。“小伙子来过吗？”

门房凭着她的职业直觉，感到了一丝激动，她很保险地说：“我没看见他，先生，但我休了几天假。”她按了门铃，放波皮尔进来。

紫夫人斜倚在充满香气的浴缸里，她在水里放了四朵栀子花，还有几个橙子。她母亲最喜欢的和服上就绣着栀子花。和服现在已化为灰烬了。想起这些，她把水弄成小水波，水波打破了花原来的摆放格局。她

① 即巴黎警察局的犯罪调查部门，主管重大的刑事犯罪调查，其性质与英国的苏格兰场和美国的联邦调查局颇为相似。

嫁给罗伯特·莱克特的时候，只有她母亲理解她。她父亲偶尔从日本寄来的信里还带着一丝寒意。最近他的短信里不再夹带压过的花或香草，而是换成了来自广岛的发黑的枯枝。

是门铃在响吗？她笑笑，心想是汉尼拔，便伸手去拿和服。不过汉尼拔来之前总会打电话或来个信，而且用钥匙之前会按门铃的。现在没听到钥匙声，只是门铃又在响了。

她走出浴缸，匆匆裹上棉布浴袍，从猫眼往外看。波皮尔。猫眼里看到的是波皮尔。

紫夫人跟波皮尔吃过几次午餐。第一次是在布劳涅森林的米其林三星餐厅，当时还有些拘谨，但其他几次都是在他办公室附近的保罗之家，感觉自在多了，也很放松。他在邀她共进晚餐的信中总是附上一首俳句[①]，诗里关于季节风光的句子总是用得过分。她拒绝过多次邀请，也是以写信的方式。

她开了门。束着头发，赤着脚，一副优雅的样子。

"督察先生。"

"请原谅我不宣而至，我打过电话。"

"我听到电话响过。"

"我想您当时在浴室。"

"进来吧。"

她紧随着他的眼神，看到他首先注意到的是盔甲前摆放的各式武器：匕首、短剑、长剑、战斧。

"汉尼拔呢？"

"他不在这里。"

紫夫人是个迷人而安静的猎手，她背靠在壁炉架上，双手放在袖子

---

① 俳句：一种日本抒情诗，由三句分别有五个、七个、五个音节的不押韵诗行构成，通常吟诵自然或四季风光以抒发感情。

里，让她的猎物向她靠近。波皮尔本能地想要移动，开始游戏。

他站在长沙发椅后，摸着沙发布。“我必须找到他，您上次见他是什么时候？”

“几天前吧？五天。怎么了？”

波皮尔站到盔甲旁，用力摸了摸涂有油漆的胸甲。“您知道他在哪儿吗？”

“不知道。”

“他有没有透露过他可能会去哪儿？”

“透露？”紫夫人看着波皮尔。现在他的耳朵发红了，他开始移动、提问，同时还触摸东西。他喜欢交替触摸不同质感的东西，先是光滑的，然后是毛茸茸的。她在餐桌上就发现过这一点。先是粗糙的，然后是光滑的，就像舌尖和舌底。她知道，她以当时的样子就能电倒他，让他大脑充血。

波皮尔绕着一株盆栽走，透过枝叶窥探她，她朝他微笑，打断他的节奏。

“他出门了，我不知道他到哪儿去了。”

“是的，出门了，”波皮尔说，“出门寻找战犯去了，我想。”他盯着她看。

波皮尔将两张模糊的图片放在茶几上，图片还有些潮，打着卷，是从苏联大使馆发来的热敏纸传真。“对不起，我得给你看看这个。”一张上是多特里奇被放在树桩上的头，周围站着警察、两条阿尔萨斯牧羊犬和一条猎犬。还有一张多特里奇的照片是他的苏联警察身份证上的。“他是在汉尼拔家战前所拥有的森林里被发现的。我知道汉尼拔当时就在附近——他在前一天穿过了波兰边境。”

“为什么一定是汉尼拔？这个人肯定有很多仇人，你说过他是个战犯。”

波皮尔把身份证上的照片向前推了推。“这是他活着时的样子。”波皮尔从公文包里取出一张画像，是系列中的第一张。“这是汉尼拔画的他，汉尼拔把画像挂在自己房间的墙上。”画像上的脸一半被切掉了，另一半却能清楚地辨认出是多特里奇的。

“你擅自闯进了他的房间。”

波皮尔突然动了气，“您养的这条宠物蛇杀了一个人，也许这还不是第一个，您本会比我更清楚的。这儿还有他的其他目标。”他说着，把画像都放在茶几上。“这是在他的房间里发现的，还有这个，这个，这个。这张脸，我记得，在纽伦堡[①]审判时出现过。他们是逃犯，一旦有可能，他们会杀了他。”

“那个苏联警察呢？”

“他们在法国悄悄地调查。一个像多特里奇那样的纳粹居然是人民警察，这对苏联人来说是件尴尬的事。他们刚从东德的国家安全部[②]调来了他的档案。”

“如果他们抓住汉尼拔——”

“如果他们在东边抓住汉尼拔，他们会开枪射杀他。如果他离开了东边，只要他对这件事守口如瓶，他们也会既往不咎。”

“你会既往不咎吗？”

“如果他在法国继续行动的话，会有牢狱之灾，并且会送命的。”波皮尔不再移动，他的肩膀沉下去了。

波皮尔把手放进口袋。

---

① 纽伦堡：德国东南部的一座城市，位于慕尼黑西北偏北。1050年第一次被提及，13世纪成为自由的帝国城市，并在15和16世纪成为德国文化复兴的中心。从1933年到1938年是每年度纳粹党的会议举行地点。在第二次世界大战中该城市大部分被毁坏，后成为同盟国审理战犯的审判地（1945—1946）。

② 东德国家安全部：德文简写为Stasi，也就是大名鼎鼎的情报和秘密警察机构“史塔西”。

紫夫人把手从衣袖中拿出。

“您会被驱逐出境的，”他说，“我不愿意那样，我希望能见到您。”

“您只相信您的眼睛吗，督察先生？”

“汉尼拔呢？您会为他做任何事，是吗？”

她开始说些话，出于自我保护，用了些修饰语，后来就只说“是的”，又等了一会儿后说道：

“帮帮他，也帮帮我，帕斯卡。”她以前可从来没有叫过他的名字。

“带他过来见我。”

46

平滑幽暗的埃松河，从仓库旁流过，进入泊在小绿地附近码头的黑色水上住宅①下面。船房的房间很低，大多拉着窗帘。电话线和电线通到了船上。集装箱花园里的叶子又湿又亮。

几台通风机在甲板上敞露着，从其中一台里传出一声尖叫。一个女人的脸出现在一扇较低的舷窗的边上，满是痛苦，脸颊紧压在窗玻璃上，后来，一只厚大的手把她的脸推开，猛地拉上窗帘。看不到是谁。

薄雾在码头灯光的四周形成了光晕，但是在灯的正上方，几颗星星的闪光穿透了光晕。光晕太弱了，仿佛在水里看到的一样。

马路的那头，有个看门人用手电照着一辆面包车，车身上面标有东部咖啡屋字样，待他认出了佩特拉斯·科纳斯时，便挥手示意他将车停到围有铁丝网的停车场。

科纳斯快步穿过仓库，仓库那儿有个工人正在用油漆把印在板条箱上的**美国军人福利社**② **纳伊**的钢印标记涂掉。仓库里堆满了箱子，科纳斯绕着箱子走出仓库，来到了码头上。

---

① 水上住宅：用做住所或游艇的平底船。

② 军人福利社：部队驻地中商店所用的名称。这种商店出售货物给军队人员及其家属，或特许的平民。

一个门卫坐在船的过道边一张由木箱改造成的桌子旁。他一边用折叠小刀切香肠吃，一边抽烟。他用手帕把手擦了擦，为的是对来人从上到下轻拍搜身，但当他认出科纳斯后，一摆头，便放他过去了。

科纳斯很少跟其他人见面，他过自己的日子。他只是拿着碗，在他餐馆的厨房里转悠，每样东西都尝尝。打战争以来，他长胖了。

西格马斯·米尔克，和以前一样瘦，他让科纳斯进入船舱。

弗拉迪斯·格鲁塔斯躺在皮长椅上，一个脸上有淤伤的女人在给他修脚。女人看起来胆战心惊，面色苍老，已卖不出好价钱了。格鲁塔斯抬起头，脸上带着愉悦而坦率的表情，这种表情通常是他动怒的前兆。船长正在海图桌旁跟一个名叫缪勒的地痞玩牌。缪勒大腹便便，是党卫军迭勒汪格师[①]的后期成员，他的脖子后面、双手一直到衣袖罩住的地方全是在监狱里留下的文身。当格鲁塔斯灰白的眼睛转向几个玩牌的人时，他们便收起纸牌，离开船舱。

科纳斯没有浪费时间去打招呼。

“多特里奇的身份牌被塞在他嘴里。德国产的不锈钢质量真好，化不了，烧不坏。那孩子还会搞到你的、我的、米尔克的，还有格兰茨的。”

“你四年前让多特里奇搜过那间小屋。”米尔克说。

“就拿着他的餐叉在那儿闲逛了一圈，这头懒猪！”格鲁塔斯说着。他用脚把正给他修脚的女人推开，看也不看她一眼。女人赶紧走出船舱。

“他现在在哪儿，这个杀死多特里奇的毒小子？”米尔克问。

科纳斯耸耸肩。“他在巴黎，是个学生。我不知道他怎么弄到签证的。他用这个签证进入立陶宛，还没有消息说他已经出来了。他们不知道他在哪里。”

---

① 党卫军迭勒汪格师：二战时一支党卫军部队的名称，该师师长即臭名昭著的刽子手迭勒汪格。其前身是SS“迭勒汪格”特别指挥队。

"如果他去报警呢？"科纳斯问。

"凭什么去报警呢？"格鲁塔斯问，"就凭儿时的记忆，孩提时代的噩梦，还有那些旧身份牌？"

"多特里奇可能已经告诉过那孩子他是怎么给我打电话并跟你取得联系的。"科纳斯说。

格鲁塔斯耸耸肩。"那孩子会设法成为一个讨人厌的东西的。"

米尔克哼了一声。"会是个'讨人厌的东西'？我情愿说对多特里奇而言他已经够讨厌的了。杀死多特里奇可并不容易，他可能是从后面开的枪。"

"伊万诺夫欠我的，"格鲁塔斯说，"苏联大使馆安全部门会把小汉尼拔找出来，剩下的由我们来做。所以，科纳斯，你不用担心。"

压抑的哭声和殴打声从船上的其他地方传来。这些人没一个注意到。

"斯温卡将接替多特里奇。"科纳斯说，表示他并不担心。

"我们需要他吗？"米尔克问。

科纳斯耸耸肩。"我们非得有他才行。斯温卡跟多特里奇工作过两年，他有我们的东西。他是我们从图片上找人的唯一线索。他认识被驱逐出境的人，可以为不来梅港的数据处理中心画出些像样的人。我们就可以从那里找到他们。"

慑于普利文计划[①]仍有把德国重新武装起来的潜在可能，约瑟夫·斯大林正使用大量驱逐出境的法子清洗东欧。拥挤的火车每周将死亡送入西伯利亚的劳改营，将痛苦送往西部的难民营。绝望的被驱逐者

---

① 普利文计划：法国倡导的早期西欧一体化计划之一，是法国战后初期对欧政策的重要内容，因其是在美国欲重新武装西德、法国安全受到威胁而又不能与美国抗衡的压力下提出的，所以是一个不成熟的计划，结果失败了，但其失败原因对欧洲一体化发展有启示作用。

们为格鲁塔斯提供了充足的妇女和男孩，格鲁塔斯则在幕后操纵着生意。他的吗啡是德国医用级别的。他为黑市电器商提供AC-DC变流器。为了让他们做事，他还要按照“人类商品”的需求给他们作些精神上的调整。

格鲁塔斯在沉思。“这个斯温卡在前线待过吗？”他们认为对东线不了解的人都不可能真的顶用。

科纳斯耸耸肩。“他在电话里听起来很年轻。多特里奇跟他有过一些安排。”

“我们现在要把一切搞明白。现在卖还为时尚早，但我们得先把它搞出来。他什么时候再打电话？”

“周五。”

“让他现在就打。”

“他想要出来。他需要证件。”

“我们可以带他到罗马。我不知道我们是不是需要他到这儿来。什么都答应他，知道吗？”

“艺术品现在很赚钱。”科纳斯说。

“回你的餐馆去吧，科纳斯！继续让那些警察免费吃个饱，他们就不会给你开交通罚单。下次到这里来胡扯时，别忘了带点空心饼。”

“他还行。”科纳斯出去后，格鲁塔斯跟米尔克说。

“希望如此，”米尔克说，“我可不想去开餐馆。”

“戴特！戴特在哪儿？”格鲁塔斯重重地敲了一下下层甲板的一间舱门，然后狠劲地把门推开了。

两个惊恐不已的年轻女人坐在她们的铺位上，两人的手腕都被锁在床铺的支架上。戴特二十五岁，他一把揪起其中一个女人的头发。

“你把她们的脸打伤，把她们的嘴唇打裂，就卖不出价钱了。”格鲁塔斯说。“那个现在归我了。”

戴特松开女人的头发，从鼓鼓囊囊的口袋里摸出了一把钥匙。“伊娃！”

年纪大一些的那个女人进到船舱，靠墙站着。

“把那一个洗干净，缪勒会把她带到房里去。”

格鲁塔斯和米尔克穿过仓库，来到车跟前。一堆标有**家用**字样的板条箱用一条绳子围着，摆在专门的区域。格鲁塔斯在各种电器中看到了一台英国冰箱。

“米尔克，你知道英国人为什么喝温啤酒吗？因为他们用卢卡斯冰箱。我的房间不用，我要的是凯文内特、北极、玛格纳沃克斯、科迪-马蒂斯。我要的全是美国货。”格鲁塔斯掀起一架立式钢琴的盖子，按了几个音符。“这是妓院用的钢琴，我不要。科纳斯帮我弄了架贝森朵夫的，那才是最好的。下次去巴黎干掉汉尼拔的时候顺便帮我带过来，米尔克。”

47

紫夫人知道汉尼拔如果来见她一定会事先收拾打扮的，所以她到他屋子里等他回来。他从来没邀请过她到他这里来，她也没来串过门。她看着墙上的那些画，是医用插图，占了半间屋子。她完全按照日本的“半在屋檐下”的样子，将身子在他的床上伸展开。对着床的一个小架子上摆着一幅装裱过的画像，上面盖着绣有夜鹭的丝帕。侧卧着，紫夫人伸过手来，掀起丝帕。这是她在城堡浴室里的裸体画像，很美，是用铅笔、粉笔和彩色蜡笔画的。画像盖有**永字八法**的戳，还附有草体写成但不完全正确的日语字**水中花**。

她看了很久，然后盖上丝帕，闭上眼，想起与谢野晶子[①]的诗：

我的十三弦的音符里是别样的
深沉的神秘的调子，
一个发自
我自己胸中的声音。

① 与谢野晶子（1878—1942）：日本明治、大正时期女诗人，原名凤晶子。浪漫主义诗歌流派“明星派”的代表诗人。诗风优雅、艳丽，热情赞美艺术，讴歌恋爱至上。

第二天天亮不久，她听到楼梯传来脚步声，然后是钥匙开门的声音。汉尼拔站在那里，又脏又累，手上提着背包。

紫夫人站起身。

“汉尼拔，我需要听听你的心跳。”她说。“罗伯特的心不再跳了，我还梦见你的心也不跳了。”她走到他跟前，耳朵贴在他胸前。“你身上有烟味，还有血腥味。”

“你身上有茉莉花香和绿茶味，你的味道让人感到安宁。”

“你有没有受伤？”

“没有。”

她的脸挨着汉尼拔脖子上挂着的烤焦的身份牌。她把这些身份牌从他衬衣里取出。

“你从死人身上取下来的？”

“什么死人？”

“苏联警察知道你是谁了，波皮尔督察来找过我，如果你直接去找他，他会帮助你的。”

“这些人没有死，他们还活得很好。”

“他们在法国吗？那么把他们交给波皮尔督察吧。”

“把他们交给法国警察？为什么？”他摇了摇头。“明天是星期天——我说得对吗？”

“是的，是星期天。”

“明天跟我一块去，我去接你。我要你看看一头野兽跟我在一起的样子，然后你再告诉我他应该怕法国警察。”

“波皮尔督察……”

“你见到波皮尔督察的时候，告诉他一声我有邮件给他。”汉尼拔点着头。

“你在哪儿洗澡？”

“实验室里那个‘危险的淋浴’，”他说，“我现在就去那儿。”

“你要吃点东西吗？”

“不，谢谢你。”

“那就睡觉，”她说，“我明天和你一起去，以后也一样。”

48

汉尼拔·莱克特的摩托车是宝马“拳击手双缸”型的，是德军撤退时留下的。它被重新喷上黑漆，把手很低，有后座。紫夫人坐在他后面，她的头巾和靴子让她看起来有点巴黎阿巴契人的感觉。她向前靠住汉尼拔，两手轻放在他的两肋上。

头天夜里下了雨，人行道在清晨的阳光下，既净又干。当他们斜插着穿越枫丹白露森林道路上的弧形地段时，摩托车紧贴着地面，一道道树影和阳光从他们身上掠过，下坡路段上的空气是清凉的；而他们穿过林中空地时，扑在脸上的空气又是暖暖的。

紫夫人坐在摩托车后座上，感觉倾斜角度有点夸大，汉尼拔可以感觉到她在最初几英里的时候一直在努力校正角度，不过后来她找到了感觉，知道与他身体有最低五度的倾斜是最合适的，在森林里加速的时候她和他的身体重心合为一体了。他们穿过长满忍冬的树篱，空气甜得可以在嘴唇上品尝了。热烈的柏油和忍冬。

东部咖啡屋位于塞纳河西岸，距离枫丹白露村约半英里，从咖啡屋可以看到河对岸美丽的森林。摩托车停下来，冷却时发出滴滴答答的声音。在咖啡馆露台的入口旁，有一只大鸟笼，里面关着嵩雀。嵩雀是咖啡馆的秘密特色菜。禁止食用嵩雀的条例总是朝令夕改，它们在菜单上的叫法始终是云雀。嵩雀是不错的歌手，它们现在正晒着太阳。

汉尼拔和紫夫人停下来看了看嵩雀。

“真小，真漂亮！”她说，脸色还因为刚才坐摩托车的缘故而显出潮红。汉尼拔把额头挨着鸟笼，小鸟们把头转过来看他，每次只用一只眼睛看。它们的歌声中带着波罗的海方言，这是他在家乡的森林里听过的。“他们就和我们一样，”他说，“它们能闻得到同伴们在锅里的味道，可还是要努力歌唱。嗨！”

露台上四分之三的桌子旁已经有人了，城里人、乡下人都有，穿着盛装，在这儿吃有些显早的午餐。服务员帮汉尼拔他们找了两个位子。

他们边上的一桌子男人点的全是嵩雀。当烤好的小鸟送上来时，男人们都把身子稍稍倾向盘子，把餐巾盖在鸟头上，不让一点香气跑掉。

汉尼拔使劲闻了闻旁边桌子上的酒，知道那酒是用有木塞的酒瓶装过的。他面无表情地看着他们若无其事地把酒喝完。

“您想来个圣代冰淇淋吗？”

“很好！”

汉尼拔走到餐馆里面，他在用粉笔写着特色菜单的黑板前停住，看收银台旁的餐馆营业执照。

走廊里有一扇门上面写着法语“私人”。走廊里是空的，那门也没有锁上。汉尼拔打开门，沿着地下室台阶向下走。有一只半开的板条箱里装着一台美国洗碗机。他弯下腰看船运货品的标牌。

餐馆的帮手赫丘勒拿着一筐脏兮兮的餐巾下楼。“你在这儿干吗？这是私人房间。”

汉尼拔转过身来，用英语说道：“噢，这是哪儿？门上写着厕所[①]，不是吗？我下到这里，只看到地下室。厕所，伙计，小便池，洗手间，在哪

---

① 原文为privy，“私人”的意思，另一意思为“厕所”。

儿呢？说英语。你懂厕所吗？快告诉我，我憋急了！”

“这是私人房间，私人房间！”赫丘勒指着楼上，“那是厕所。”然后在上面给汉尼拔指出正确的方向。

圣代冰淇淋送到的时候，他返回饭桌。“科纳斯现在改名叫‘克莱伯’了，营业执照上写的。克莱伯先生住在朱莉安娜大街。啊，瞧！”

佩特拉斯·科纳斯和家人一起来到露台，全家穿戴整齐，准备去教堂。

汉尼拔看着科纳斯的时候，四周的谈话声让他感到头晕，眼前涌起了黑色的尘埃。

科纳斯穿着一件新的黑色绒面呢外套，翻领上别着一枚旋转别针，他的太太和两个孩子很漂亮，一副德国人的长相。阳光下，科纳斯的红色短发和脸上的胡须像猪鬃一样微微闪着光。科纳斯朝收银台走去，他把儿子举到旁边的高脚凳上。

“科纳斯发了财，”汉尼拔说，“成了餐馆老板，还是美食家。他在去教堂的路上顺道来查查账。他穿得可真体面。”

领班把预订本从电话旁拿过来，翻开给科纳斯检查。

“祷告时记得加上我们，先生。”领班说。

科纳斯点点头，然后他用自己的宽厚身板作掩护，不让吃饭的人看到他的动作，从腰带里抽出一把韦伯利455左轮手枪，放在收银台下一个装有幕帘的架子上，最后把马甲向下捋平。他从放钱的地方挑出几枚亮闪闪的硬币，用手帕擦了擦，递给坐在高脚凳上的儿子一枚。“这是你要为教堂捐的，放到口袋里。”

他弯下腰，把另一枚硬币递给他的小女儿。“这是你要捐的，宝贝。不要放在嘴里，好好放在口袋里。”

酒吧里几个喝酒的人和科纳斯搭讪，还有些顾客跟他打招呼。他教儿子怎么样用力跟别人握手。他女儿松开他的裤腿，在桌子之间摇摇晃晃地走来走去。她穿着褶边裙子，戴一顶有花边的圆童帽，还佩戴着儿童珠宝，显得很可爱，顾客们朝她微笑着。

汉尼拔将圣代冰淇淋上的樱桃取下来，拿到桌子旁，小姑娘走过来取。她伸手过来，拇指和食指准备来拈。汉尼拔的眼睛亮起来，他的舌头也显得轻巧了，他对着小姑娘唱起歌来。

“林中站着一个小矮人，不动也不语——你会唱这首歌吗？”小姑娘吃樱桃的时候，汉尼拔把一样东西放进了她的口袋，“身穿紫红小外套……”

科纳斯突然出现在桌旁，他抱起女儿。“她不会唱那首歌。”

“您一定会唱，我听您说话不像法国人。”

“您也不像，先生，”科纳斯说，“我不想猜您和您太太是不是法国人，但我们现在都是法国人。”

汉尼拔和紫夫人看着科纳斯拥着全家走进“前驱”[1]车里。

“孩子们很可爱，”她说，“小女孩真漂亮。”

“是的，”汉尼拔说，“她还戴着米莎的手镯。”

在救赎者教堂的圣坛上面是一幅浑身是血的耶稣被钉在十字架上的画像，画像是17世纪从西西里抢劫来的战利品。在画像下面，牧师举起圣餐杯。

“喝吧！”他说，“这是我的血，为免除你们的罪恶而流，”他拿起圣饼，“这是我的身体，为你们而碎，为你们免遭灭亡、拥有来生而牺牲。喝下去这水，吃下去这饼，还要尽可能经常这样做，为怀念我而喝，为怀

---

① “前驱”：这是“雪铁龙”车型之一。在二战期间解放巴黎的过程中，为法国反法西斯武装所专用，并发挥了决定性的作用。

念我而吃。”

科纳斯抱着两个孩子，取一块圣饼放在嘴里，回到妻子旁边的座位上。整排人慢慢地移动，捐款盘在人群中传递。科纳斯对儿子耳语着。小孩便从口袋里掏出一枚硬币，放入盘子里，科纳斯又跟女儿耳语，她有时不情愿捐钱。

“卡特里娜……”

小姑娘摸了摸口袋，把烧焦了的刻有“佩特拉斯·科纳斯”的身份牌放进盘子里。科纳斯刚开始没有注意到，等端盘子的工作人员将身份牌从盘子里拿出来还给他，而且带着耐心的微笑等着他用硬币来替换时，科纳斯这才发现。

49

紫夫人家的露台上种着一株盆栽的低泣樱花树，从桌子上垂下来，汉尼拔在紫夫人对面坐下时，樱树最低的枝蔓扫过他的头发。从她的肩膀上方看过去，是泛着灯光的圣心教堂。教堂悬在夜空，像是垂下的月亮。

她在长长的十三弦古筝上优雅地演奏宫城道雄[①]的《春之江》。她长发低垂，灯光暖暖地照在她的皮肤上。她在演奏时一直看着汉尼拔。

她很难捉摸，这让汉尼拔很多时候都感到她与众不同。这些年来，他学会了认真地前进，而不是谨慎地。音乐渐渐慢下来，最后一个音符结束了，一切归于宁静。一只金钟蟋蟀在笼中回应着古筝。她把一小条黄瓜放进笼子中间，蟋蟀把黄瓜条拉进笼里。她的目光好像穿过汉尼拔，落在他身后遥远的山上，后来当她开口说话时，他又感觉到她的注意力回到了他身上。她说了他熟悉的话："我看到你和蟋蟀跟我的心一起歌唱。"

"一看到您我的心就跳跃，是您教会我的心唱歌。"他说。

"把他们交给波皮尔督察吧，科纳斯还有其他人。"

---

① 宫城道雄（1894—1956）：被日本音乐界尊称为日本传统音乐的"乐圣"，同时也是日本筝曲流派的一代宗师，世界知名的、杰出的日本民族音乐家。

汉尼拔喝完米酒，放下酒杯。“是因为科纳斯的孩子们，对吗？您因为孩子们而犹豫了。”

“我为你的灵魂而犹豫，汉尼拔。你被黑暗所吸引。”

“没有被吸引。我说不出话时，并不是为沉默所吸引，是沉默俘虏了我。”

“打破沉默，你向我敞开了胸怀，你跟我说了。我了解你，汉尼拔，这份了解不容易。你被引向黑暗，但是你也在向我靠近。”

“在梦幻之桥上。”

她按下古筝时，古筝发出微弱的声音。她把手伸给他。他站起身，樱树枝扫过他的脸颊。她牵着他走向浴室。水还冒着热气。蜡烛在水边亮着。她请他坐在榻榻米上。他们促膝而坐，脸隔着一英尺远。

“汉尼拔，跟我回日本老家吧！你可以在我父亲乡下的房子里开一家诊所。那里要做的事很多，我们可以一起在那里。”她斜过身靠近他，吻了他的额头。“在广岛，绿色植物从灰烬中拔地而起。”她摸着他的脸。“如果你是焦土，我就是暖雨。”

紫夫人从浴缸旁的碗里拿出一个橙子，把指甲嵌进去，然后把散着芳香的手按在汉尼拔的嘴唇上。

“真实的触摸远胜于梦幻之桥。”她用米酒杯压灭了身边的蜡烛，把酒杯倒扣在蜡烛上，她的手在蜡烛上的时间比该放的时间要长。

她用手指推橙子，橙子沿着瓷砖滚进浴缸。她把手放在汉尼拔头后，吻他的嘴，一朵香吻之蕾正在绽放。

她将额头抵住他的嘴，解开他的衬衣。他抱住她，看着她可爱的脸，她呢，神采奕奕。他们贴得近，可又离得远，像是一盏灯映在两面镜子里。

她的长袍脱落了。眼睛、乳房、臀部上的亮点，所有匀称的地方，让他的呼吸急促起来。

"汉尼拔，答应我。"

他将她紧紧地揽在怀里，双眼紧闭，感觉她的唇，还有她留在他喉结上、锁骨上（圣·米迦勒的天平）的呼吸。

他能看到橙子在浴缸里上下晃动。刹那间，一头小鹿的头颅在滚烫的澡盆里顶撞着，顶撞着，合上了他怦怦心跳的节拍，小鹿好像虽然死了但依然拼命挣扎着要出来。囚禁在他心底的邪恶穿过他的横膈膜，向天平下的地狱前进。胸骨舌骨、肩胛舌骨、甲状舌骨、颈静脉，阿门！

她意识到时刻到了。"汉尼拔，答应我。"

犹如挨了一次重击，他醒过来，说："我已经答应米莎了。"

她静静地坐在浴缸旁，直到听见前门关上的声音。她穿上浴袍，仔细地系好腰带。她把蜡烛从浴缸旁拿开，把它们放在祭坛上的相片旁。已逝者的脸和侍卫的铠甲在蜡烛的映照下发着光，她戴上伊达政宗[①]的面具，看到一个个逝者走过来。

---

① 伊达政宗（1567—1636年）：日本战国名将，伊达氏第十七代家督，安土桃山时代奥羽地方著名大将，江户时代仙台藩始祖。因为他小时候罹患疱疮（天花）而右眼失明，人称"独眼龙政宗"。

50

杜马斯医生把实验服挂在衣架上，用他粗胖的粉色大手将衣服最上面的纽扣扣上。他的脸颊也是粉色的，一头发脆的金发，他穿了一天的衣服也是发脆的。一整天他都带着一股神秘的高兴劲。有几个学生留在实验室里清理解剖台。

"汉尼拔，明天早上在阶梯教室里，我需要一具尸体，得是胸腔已开，看得到肋骨，肺部和心脏的主动脉都已注射好的。我从第88号的肤色猜想，他死于心肌梗塞，他的尸体观察起来比较方便。"他高兴地说着。"把左前方向下的血管和黄色的弯曲血管处理了，如果有堵塞，就从两边注射。我把笔记留给你了。这活儿工作量大。如果你愿意，我让格拉夫留下来帮你。"

"我一个人就行，杜马斯教授。"

"我也这么想。好消息——阿尔宾·米歇尔搬回他的第一尊雕塑了。我们明天就可以看到，我简直等不了了！"

几周前，汉尼拔将他的素描送到惠更斯大街的出版商那儿。街道的名字让他想起雅科夫先生，还有克里斯琴·惠更斯的《光论》。离开出版商那里后，他在卢森堡花园坐了一个钟头，看池塘里的玩具帆船，脑海里的半圈花床旋出一个涡形。新的解剖课本上的素描应该署名莱克特·雅科夫。

最后一名学生也离开了实验室，除了汉尼拔解剖室的灯还亮着，整栋楼又空又黑。他关了电锯之后，只能听到烟囱里传来的风的微弱的呜咽声、器皿中昆虫的窸窣声，还有曲颈瓶里加热注射用彩色染料的声音。

汉尼拔想着他的实验品——一个矮壮的中年男人，除了切开的胸腔外，其他地方都用消毒布盖着。他的肋骨像船的两侧一样伸展开来。这些都是杜马斯医生在他的课上要展示的部位，他自己会切最后一刀，把肺取出来。在杜马斯医生的展示课上，汉尼拔需要看一看肺的后半部分，尸体上现在还看不到。汉尼拔沿着走廊朝解剖陈列馆走去，他要查一下参考资料。他走的时候让解剖室的灯亮着。

西格马斯·米尔克坐在街对面的一辆卡车里，他能看到医学院高高的窗户，他看着汉尼拔朝大厅方向走去。米尔克在夹克衫衣袖里藏着一把短撬棍，口袋里装着一把手枪和一只消音器。汉尼拔开陈列馆的灯时，他能看得很清楚，汉尼拔身上穿的实验服口袋是瘪的，看起来好像没有武器。汉尼拔离开陈列馆时手里拿着一只广口瓶，他在返回解剖室的路上，将灯一一熄灭。现在只有解剖室是亮灯的了，结了霜的窗户和天窗发着光。

米尔克认为他不需要埋伏很长时间，只需要先抽一支烟——如果之前从大使馆来的侦探溜走的时候留下烟的话。您得这么想，一个笨蛋窃贼从没见过像样的烟。他带走了一整包吗？他妈的，至少得有十五根“好彩”[①]。先把这件事办完，然后去“小风笛舞曲”[②]享受美国香烟。“心情放松，用裤袋前面的消音器管子摩擦酒吧女郎，看看她们感觉到

① “好彩”：世界上最老的香烟品牌之一。

② “小风笛舞曲”：小酒馆名。

硬邦邦的东西的时候是什么表情。早上去取格鲁塔斯的钢琴。”

这个孩子杀了多特里奇。米尔克回想起多特里奇，又把撬棍朝衣袖上方推了推，他刚才点烟的时候撬棍碰到了牙齿。“狗娘养的，你应该跟我们其他人一起来。”他跟多特里奇说。不管他在哪儿，大概是在地狱吧。

米尔克带着一架黑色的梯子，另外还拎着一只饭桶作为掩护。他穿过街道，进到医学院旁边的树篱中。他把一只脚放在最底下的横栏上，咕哝了一句“去他妈的农场”，这是他十二岁离家之后每次行动时必说的咒语。

汉尼拔完成了蓝色静脉的注射后，用彩色铅笔在尸体旁的画板上将完成的工作画成草图，他不时地参考一下浸在广口瓶里的肺。一些夹在画板上的纸是草稿时还不断地轻轻飘动，成稿后便静止了。汉尼拔从画板上抬起眼，沿着画稿的方向朝走廊看去，然后给一条静脉画好了颜色。

米尔克将身后解剖陈列馆的窗户关上，脱掉靴子，穿着袜子在玻璃柜之间悄悄地爬行。他沿着一排消化系统陈列柜爬着，然后在浸有一双硕大的螃蟹足[①]的广口瓶旁停下来，那里的灯光只够爬行用。“我可不想在这儿开枪，让这只‘螃蟹’的液体溅得到处都是。”他将领子竖起来，头抵在脖子后面的草图上。他一点一点地将脸侧进走廊，看周围时不动头，以防暴露耳朵。

汉尼拔的鼻孔在画板上方张得很大，工作灯在他的眼睛里映出红光。

透过走廊还有实验室的门，米尔克可以看到汉尼拔拿着粗粗的染料针筒在尸体周围工作的背影。这个距离开枪有点远，因为消音器会挡住手枪的视线。米尔克不想从侧面袭击，击不中要害还得四处追他，把

---

① 螃蟹足：又叫马蹄内翻足或杵状足，脚像曲棍球杆一样往内翻，不能轻易地扳回正常的位置。

东西撞翻。鬼知道什么东西会溅到身上，这些恶心的液体！

米尔克稍微调整了一下心跳，这是杀手在动手前通常要做的事。

汉尼拔人看不到了，米尔克只能看到他在画板上的手，一直在画图，偶尔擦掉一小块。

突然，汉尼拔放下笔，向走廊走来，打开灯。米尔克急忙蹲下回到陈列馆。然后灯又灭了。米尔克沿着门框偷窥，看到汉尼拔俯身在盖着消毒布的尸体上忙着。

米尔克听到锯尸体的声音，当他再看时，汉尼拔不见了。“又去画画了！他妈的。走进去把他毙掉算了。告诉他下地狱的时候跟多特里奇问声好。”米尔克穿着袜子的脚迈着大步悄悄地沿着过道走，眼睛盯住画板上的手，他抬起手枪，打开门进屋，看到手和衣袖，还有堆在椅子上的实验服——“他人呢？”——汉尼拔从后面走近米尔克，将满满一管酒精从米尔克脖子侧面注射进去。米尔克双腿发软，眼睛上翻，同时汉尼拔把他抓牢放倒在地板上。

重要的事情先做。汉尼拔将刚才放在画板上的尸体手放回原位，又在尸体皮肤上迅速地缝了几针。“对不起，”他对着尸体说，“我会在笔记里写上对你的感谢词。”

米尔克先是身上发烫、咳嗽，等他醒过来的时候脸上发凉，房间变成了泳池，然后他才完全清醒过来。他舔了舔嘴唇，吐了口痰。水漫过了他的脸。

汉尼拔将浸尸槽旁的冷水喷头安好，坐下来，一副准备认真谈话的架势。米尔克套着给死尸穿的铁甲锁链服，福尔马林浸到他脖子以上的位置。他的身边到处挤着死尸，用浸过防腐剂的阴沉沉的眼睛看着他。他用肩膀将一只只发皱的手推开。

汉尼拔检查了米尔克的钱包。他从自己的口袋里掏出一块身份牌，把它放在池边米尔克的身份证旁。

“西格马斯·米尔克，晚上好！”

米尔克不停地咳嗽，喘气很困难。“我们商量过，我给你带了钱来。这是笔交易。我们想给你钱，我带来了。让我带你去取。”

“听起来是个不错的主意。你杀了这么多人，米尔克，比这些人还多。你能感觉到他们就在这池子里围着你吗？那儿，你脚边，是个火烧过的孩子，比我妹妹大一点，一部分都熟了。”

“我不知道你想要什么。”

汉尼拔戴上橡胶手套。“想听你说说吃我妹妹的事。”

“我没有吃。”

汉尼拔将米尔克按进防腐剂里。过了好一会，他才抓住浸尸服上的绳子将米尔克提起来，给他脸上冲水，洗眼睛。

“不许再这样说。”汉尼拔说。

“我们都感到很糟糕，太糟糕了！”米尔克尽可能快地说。

“手冻僵了，脚也烂了。无论我们做了什么，都是为了活命。格鲁塔斯动作很快，她绝没有——我们让你活下来了，我们——”

“格鲁塔斯在哪里？”

“如果我告诉你，你是不是可以让我带你去拿钱？很多钱，全是美金。还会有更多，我们可以拿我所知道的事情去敲诈他们，加上你的证据。”

“格兰茨在哪儿？”

“加拿大。”

“好的。对了一次。格鲁塔斯在哪儿？”

“他在米莉森林附近有一所房子。”

“他现在叫什么名字？”

“他以‘塞塔格公司’为名做生意。”

"他卖过我的画吗？"

"卖过一次，为了买一大批吗啡，就这些。我们可以把那些画要回来。"

"你在科纳斯的餐馆里吃过饭吗？那里的圣代不错。"

"我在卡车上有钱。"

"遗言？还是告别词？"

米尔克张开嘴要说话，汉尼拔哐当一声将盖子重重地盖上。盖子和防腐剂表面有不到一英寸的空隙。汉尼拔走出房间，米尔克像只热锅里的龙虾朝盖子上撞。汉尼拔将门带上，门上的橡胶封条跟油漆面摩擦发出刺耳的声音。

波皮尔督察站在汉尼拔的工作桌旁，看他画的草图。

汉尼拔拿来塞绳[①]，将排气扇打开。排气扇发出咔嗒咔嗒的声音。

波皮尔抬起头朝排气扇看。汉尼拔不知道他还听到了什么。米尔克的枪在尸体的两脚之间，尸体上面盖着消毒布。

"波皮尔督察，"汉尼拔拿起一管染料向尸体注射，"希望您能给我点时间，我得在它变硬前把染料注射进去。"

"你在你们家的森林里杀了多特里奇。"

汉尼拔的脸没有变化，他擦了擦针头。

"他的脸被吃了。"波皮尔说。

"我猜是乌鸦们干的。那个森林里到处都是乌鸦，只要狗一转身，就能逮住几只做美餐。"

"是会做烧烤的乌鸦。"

"你跟紫夫人说过这事吗？"

---

① 塞绳：一种绝缘的可移动电线，接有一个或多个插头。

“没有。人吃人——这事发生在东部边境。你还是个孩子的时候发生过不止一次。”波皮尔转过身背对着汉尼拔，从柜子上的玻璃里观察他。“但是你知道这件事，对吗？你当时在现场。你四天前在立陶宛。你拿着合法签证入境，又通过另一种方式出境。怎么出境的？”波皮尔没等他回答就说，“我来告诉你怎么出境的。你从弗雷纳的骗子那儿买来假证件，这是重罪。”

浸尸槽的厚盖向上稍稍抬起，盖子下面看得到米尔克的手指，他噘起嘴抵住盖子，在距离防腐剂表面只有四分之一英寸高的盖子下吸气，不时地被呛得喘不过气。

汉尼拔在解剖室里看着波皮尔的背，向尸体的肺部靠了靠，发出一声满足的叹息。“对不起，”他说，“是他们要提供假证件的。”他把曲颈瓶下的本生灯火焰拧大，加快液体的沸腾。

“那张图上画的不是这具尸体的脸，是弗拉迪斯·格鲁塔斯的脸，和你房间里的那些图一样。你把格鲁塔斯也杀了？”

“当然没有。”

“你找到他了吗？”

“如果我找到他，我发誓会把他带给你。”

“别跟我耍花招！你知道他曾经在考纳斯[①]把犹太传教士的头锯下来吗？还有他在森林里枪杀吉卜赛儿童？你知道他经过纽伦堡时往一个目击者的喉咙里灌了硫酸？每隔几年，我就能听到他的臭名，然后他就消失。如果他知道你在找他，他会杀了你。他杀了你的家人吗？”

“他杀了我的妹妹，然后吃了她。”

“你看见了吗？”

“是的。”

---

① 考纳斯：立陶宛第二大城市和旧都。位于立陶宛中部，是全境内最大的两条河流涅姆纳河和涅里斯河的交汇处。

“你要作证。”

“当然。”

波皮尔盯着汉尼拔看了很久。“如果你在法国杀人，汉尼拔，我会看到你的脑袋被装在桶里。紫夫人将被驱逐出境。你爱紫夫人吗？”

“是的。你呢？”

“纽伦堡的档案里有他的一些照片，如果苏联能找到他，照片就会传出来，安全局那儿有个人我们可以跟他做交易。如果我们抓到他，我需要你到法庭作证。还有其他证据吗？”

“骨头上的牙印。”

“如果明天你不来我办公室，我会派人逮捕你。”

“晚安，督察。”

在浸尸槽里，米尔克一只农夫才有的像铁铲一样的手滑回槽里，盖子紧紧地向下盖住了。他对着前面一张皱巴巴的脸说了他的告别词：“去他妈的农场！”

夜色笼罩着解剖室，汉尼拔一个人在工作着。他在尸体旁，差不多画完了草图。在他对面，挂着一只充满液体的橡胶手套，手套口被系着，悬在一只装有火药的烧杯上方，旁边有一个滴答响着的计时器。

汉尼拔将草图垫板用一块干净的盖板盖上，又把尸体用消毒布盖好，将它推到阶梯教室。他将米尔克的靴子从解剖陈列馆里取出，放在焚尸炉旁的担架床上，旁边是米尔克的衣服，还有他口袋里的东西——一把折叠刀、几把钥匙和一个钱包。钱包里装着钱和米尔克在黑暗里骗女人时用过的避孕套上的圈。汉尼拔把钱拿出来，打开焚尸炉。米尔克的脑袋在火焰里立了起来，它看起来就像斯图卡轰炸机里被烧死的那个飞行员的脑袋。汉尼拔将他的靴子扔进去，其中一只把那脑袋踢翻，然后落在脑袋后面看不到了。

51

一辆战后淘汰了的、换了新车篷的五吨卡车停在解剖室旁的街对面，占去一半人行道。很奇怪，挡风玻璃上到现在仍没有贴罚单。汉尼拔拿米尔克的钥匙打开驾驶座旁的门。驾驶座前的防晒板上有一只装文件的信封，他迅速地浏览了一下。

他把摩托车固定在卡车车厢里的围栏上，将卡车开到樊尚公园附近的蒙东普瓦夫门，停在铁路旁的停车场里，并将驾驶室座位下的键盘上了锁。

汉尼拔·莱克特将摩托车停在一个山坡上的果园里，他坐在车上吃早餐，吃的是他从碧西街[①] 市场上买到的非洲优质无花果，还有一小块威斯特法利亚[②] 火腿。他能看到山下的路，四分之一英里远的地方是通往弗拉迪斯·格鲁塔斯家的道路的入口。

果园里蜜蜂在很响地嗡嗡叫着，有几只在他的无花果周围打转，直到他用手巾把无花果盖上它们才飞走。加西亚·洛尔卡[③] 在享受巴黎复

① 碧西街：位于塞纳河左岸，街旁有个很大的蔬果市场。

② 威斯特法利亚：德国西北部一地区。

③ 加西亚·洛尔卡（1898—1936）：西班牙诗人、剧作家，是西班牙最杰出的作家之一。在纽约旅行时曾写下《在纽约》，批评美国对弱小者的欺压和那里资本家的贪婪。

兴过程的时候说过，“心就是果园”。汉尼拔想到这个景象和思想，也跟其他年轻人一样，想起桃和梨的形状。这时候，一辆木工车从下面开过，向格鲁塔斯家的大门开去。

汉尼拔拿起他父亲用过的双筒望远镜。

弗拉迪斯·格鲁塔斯的房子于1938年在农场上修建，是鲍豪斯风格[①]的，从那里可以看到埃松河的风景。房子在战时被废弃，屋檐有缺损，脏水曾给白色的墙面留下了点点污渍。房屋整个前部和另外一面都被重新刷得雪白，还没有刷的墙面上架着脚手架。在德国占领期间，这幢房子曾做过德军的指挥部，德国人对它加强过保护。

玻璃和混凝土建成的这所房子周围，是高悬的链条和带刺的铁丝网。入口有一间碉堡一样的混凝土警卫室，警卫室前面的弦月窗下有一只花盆箱，使弦月窗显得不那么冰冷。窗口架着一挺机关枪，可以扫射到马路对面。枪管把花压倒在一边。

两个人从警卫室走出来，一个金发，另一个黑发，后者浑身刺满文身。他们拿着一面长柄镜子在卡车下面搜查，木工们不得不从车里爬下来出示身份证。有人挥了挥手又耸耸肩。门卫放卡车进去了。

汉尼拔把摩托车骑到灌木林里，停在树丛中。他用电触点[②]后面的一小截隐线拔出了摩托车的点火器，然后在车座上留了张字条说是去找配件。他走了半个小时，来到高处的路上，搭了辆便车返回巴黎。

加布瑞器具公司的装卸区位于天堂街一家照明器材店和一家水晶维修店之间。仓库工人在这个工作日的最后一项任务就是把一架贝森朵夫儿童用三角钢琴搬到米尔克的卡车上，钢琴凳另外用板条箱打包，一起装到卡车上。汉尼拔在发票上签了“西格马斯·米尔克”，一边写还一

---

① 鲍豪斯风格：德国建筑风格之一。

② 电触点：汽车发动机的配电器上的接触点。

边默念。

一天快结束的时候，器具公司自己的卡车回来了。汉尼拔看到一个女司机从几个司机中走出来，她穿着有很多荷叶边的连衣工作服，模样看起来还不错。她走进屋子，几分钟后换上了宽松的上衣和裤子出来，胳膊下夹着卷起的工作服。她把工作服放在一辆小型摩托车的后备箱里。她感觉到汉尼拔在看她，就一脸妖冶地转向他。她拿出一支香烟，他帮她点上。

"谢谢，芝宝[1]……先生。"这女人很有法国街头女郎的派头，活力十足，眼睛四处瞟，抽烟的姿势也很夸张。

一些好事的码头清洁工聚拢来听他们说些什么，但是只能听到她的笑声。和汉尼拔说话的时候，她盯着他的脸看，渐渐地，她不再卖弄风骚，她好像被迷住了，像被他施了催眠术一样。他们一起沿着街道朝一家酒吧走去。

缪勒和一个叫加斯曼的德国人负责门卫工作，加斯曼最近刚随外籍军团旅游回来。缪勒正给他兜售文身的时候，米尔克的卡车朝上面开过来。"去叫性病医生来，米尔克从巴黎回来了。"缪勒说。加斯曼眼力好些。"那不是米尔克。"

他们走出去。

"米尔克呢？"缪勒问开车的女人。

"我怎么知道？他付了钱让我把这架钢琴送给你们。他说他要等几天才回来。借用一下你们强健的肌肉，帮我把摩托车从后面取下来。"

"谁付钱给你的？"

"芝宝先生。"

---

① 芝宝：即Zippo，美国打火机品牌。

“你是说米尔克？”

“是的，米尔克。”

一辆餐车停下来等在五吨卡车后面，送餐员很恼火，手指在方向盘上不停地敲。

加斯曼打开五吨卡车的车厢后盖，看到板条箱里有架钢琴，旁边还有一只小点的板条箱，上面贴着**窖藏，低温储存**标识。摩托车绑在卡车的侧面扶手上。卡车里斜放着一块厚板，不过小摩托车很容易抬下来。

缪勒过来帮加斯曼抬摩托车，他看了看那女人。“想来一杯吗？”

“不是在这里。”她说着，抬起一条腿向摩托车晃了晃。

“你的摩托车听起来像在放屁！”她开走摩托车的时候，缪勒朝着她喊。

“你说话文明点就能搞定她了。”另一个德国人说。

调琴师是个骨感男人，上下齿之间黑洞洞的，始终咧着嘴露出劳伦斯·威尔克[①]式的微笑。他给黑色贝森朵夫钢琴调完音后，又去打上他的古老的白领结，穿上燕尾服，格鲁塔斯的客人到来时他走出来演奏鸡尾酒钢琴曲。因为瓷砖地板和屋子里大块玻璃的缘故，钢琴声听起来发脆，钢琴旁的玻璃钢书架跟着降B调一起嗡嗡作响，他把书拿开，书架又在演奏B调的时候嗡嗡共鸣。他在调音的时候坐的是一把餐椅，但是他不想坐在餐椅上演奏。

“我坐哪儿？钢琴凳在哪儿？”他问女佣，女佣又问缪勒，缪勒给他找了把高度适中的椅子，但是有扶手。“我演奏的时候胳膊肘要伸得开。”调音师说道。

“闭上你的臭嘴，快弹美国曲子吧！”缪勒说，“他想听美国鸡尾酒

① 劳伦斯·威尔克：美国20世纪30至50年代的著名乐队名，创建人为德国移民后代。

钢琴曲，还要边弹边唱的。”

有三十名客人参加鸡尾酒自助餐，都是些战争中好事的无业游民。苏联大使馆的伊万诺夫也在，作为一名国家官员，他穿得有些过分讲究。他跟一个在纳伊福利社卖书的美国上士交谈。上士穿着便服——一套彩色的窗形方格普通西装，衣服颜色让他鼻翼上的蜘蛛痣[①]更显眼。从凡尔赛赶来的主教由一名帮他剪指甲的助手陪着。

在灯管无情的照射下，主教的黑衣有种发绿的、烤牛肉似的光泽，格鲁塔斯在吻主教的戒指时发现了这一点。他们简略地谈起在阿根廷的相识经过。房间里有很浓厚的维希气息。

钢琴师用他的“骨感”微笑和几首近似柯尔·波特[②]的歌曲取悦人们。英语是他的第四语言，他有时不得不临时抱佛脚。

日日夜夜，你都是太阳。只有你在月亮下，才是我要的人。

地下室几乎是黑的。楼梯口有一只灯泡，上面的地板那儿传来微弱的音乐声。

地下室的一面墙边堆着酒架，酒架旁边有很多板条箱，有些已经打开，里面的刨花冒了出来。地板上有个新的不锈钢水槽，旁边是洛克-奥拉豪华自动唱机[③]，唱机带有最近流行的唱片和投放用的成筒镍币。在堆酒的墙旁边，有一只标有**窖藏，低温保存**的板条箱，箱子里传出微弱

---

① 蜘蛛痣：由一条中央小动脉及许多向外发散的细小血管形成的痣，因形状如蜘蛛而得名。

② 柯尔·波特（1891—1964）：20世纪初美国伟大的作曲家。

③ 自动唱机：投币后自动播放的留声机，装有选听唱片的按钮。

的吱吱声。

钢琴师会在他不确定的歌词上提高声音：不知是我还是你离开，即使是我离开，我日日夜夜都想你，亲爱的。

格鲁塔斯在客人中穿行，跟他们一一握手。他歪歪头向伊万诺夫轻轻示意，让他去他的书房。书房里有一张搁板桌，以及钢和玻璃做的书架，还有一尊安东尼·奎恩[①]模仿毕加索雕刻的像，雕像名为“逻辑是女人的后半部”。伊万诺夫端详着雕刻。

“你喜欢雕塑？”格鲁塔斯问道。

“当圣彼得堡还叫圣彼得堡的时候，我父亲在那儿做过馆长。”

“如果你愿意，可以摸一摸。”格鲁塔斯说。

“谢谢。卖到莫斯科的东西呢？”

“目前在赫尔辛基的火车上有六十台冰箱，凯文内特公司[②]生产的。你有什么东西给我？”格鲁塔斯忍不住打起了响指。

因为响指的缘故，伊万诺夫一边研究石刻的臀部一边让格鲁塔斯等着。“大使馆没有那男孩的档案，”最后他开了口，“他从立陶宛拿到了签证，说是要去那儿做一篇有关人道的文章，研究农民在土地收归集体后如何大力发展生产，农民迁到城市去修建污水厂有多开心。一个赞赏革命的贵族。”

格鲁塔斯鼻子里喷了一口气。

伊万诺夫把一张照片放在桌子上，又把它推到格鲁塔斯跟前，照片上是紫夫人和汉尼拔在她公寓外面。

“什么时候照的？”

---

① 安东尼·奎恩（1915—2001）：奥斯卡奖获得者，兼职绘画和雕刻。小时候在洛杉矶东区靠擦皮鞋和卖报为生，父亲是爱尔兰人，母亲是墨西哥人。

② 凯文内特公司：美国著名的冰箱生产商。

“昨天早上。米尔克拍照的时候跟我的一个人在一起。这个叫莱克特的男孩是个学生，他晚上工作，就睡在医学院。我的人给米尔克看了所有的东西——我不想知道其他事。”

“他最后是什么时候见的米尔克？”

伊万诺夫猛地抬头看着格鲁塔斯。“昨天。有什么不对劲？”

格鲁塔斯耸了耸肩。“也许没什么。那个女人是谁？”

“他继母，或者类似继母之类的人。她很漂亮。”伊万诺夫摸着石刻臀部说。

“她也有那样一个屁股？”

“我不这么认为。”

“那个法国警察来过吗？”

“是个叫波皮尔的督察。”

格鲁塔斯噘起嘴，他一度忘了伊万诺夫还在屋里。

缪勒和加斯曼看着人群，他们负责拿外套，同时观察有没有客人偷东西。在衣帽间里，缪勒把加斯曼的蝴蝶领结从套着橡皮圈的领口里拽下来，转半圈，再把它弹回去。

“你能把它卷成一个小螺旋桨然后像个仙女一样飞起来吗？”缪勒问。

“再卷一次，你会认为那是地狱的门把手。”加斯曼说。“瞧瞧你，把你的衣袖卷起来。你从来就没帮过工？”

他们得帮着送餐员打包。他们抬着一张折叠宴会桌朝地下室走的时候，没有看到楼梯下面有一只鼓鼓囊囊的橡胶手套挂在盛火药的烧杯上方，手套由一根保险丝系着，保险丝与一个三公斤的装猪油的罐子连通。温度越低，化学反应速度越慢。格鲁塔斯的地下室温度比医学院低五度。

52

格鲁塔斯叫女佣再拿一些毛巾的时候，女佣正把他的丝绸睡衣铺在床上。

女佣不喜欢送毛巾到格鲁塔斯的浴室，但是她总是被使唤去送。她得进去但是不能看格鲁塔斯。浴室是用白瓷砖和不锈钢建的，有一个独立的大浴缸，一间带磨砂玻璃门的蒸汽房，蒸汽房外面是间淋浴房。

格鲁塔斯躺在浴缸里，旁边有个他从船上抓来的女俘，正拿着监狱用的安全剃刀帮他刮胸毛。剃刀刀片用钥匙上了锁。女俘的一边脸是肿的，女佣不想与她对视。

淋浴房像一间用来剥夺感觉[①]的隔离室，也是全白的，足够四个人用，发出一点点声音都会有回音。汉尼拔在淋浴房的白色地板上躺下来的时候，听得到自己的头发被脑袋和瓷砖挤压的声音。他盖上几条白毛巾，透过蒸汽房的磨砂玻璃几乎看不到他。这就像和米莎一起被裹上毯子，不过他的脸旁不是她暖暖的头发，而是手枪、机油、铜质弹药筒，以及无烟火药。

他能听到格鲁塔斯的声音，但是只能通过双筒望远镜才能看到他

---

① 剥夺感觉：一种类似为了观察身体，尤其是心理反应而长期隔离在密封的、无光的房间或箱子中的行为。

的脸。他说话的语气还没变——殴打前先是无趣的嘲弄。

"把我的绒布浴袍弄暖和，"格鲁塔斯向女佣交待道，"然后我要蒸一下，把蒸汽打开。" 她安静地走回蒸汽房门口，打开蒸汽阀。在纯白的蒸汽房里，唯一有颜色的就是计时器和温度计上的红色宝石座。宝石座看起来像轮船上的仪表盘，上面的数字很醒目，在蒸汽中很容易辨认。计时器的分针已经绕着刻度盘向红色刻度针靠近。

格鲁塔斯把手枕在脑后，他的胳膊上是纳粹党卫军的闪电徽章文身。他的肌肉猛抽了一下，闪电徽章也跟着跳起来。"加大！再湿点！"女俘缩手缩脚地躲开时，他笑起来，"不，不，不，我不会打你。我现在喜欢你。我会帮你把牙补上，就用你刚才放在床边玻璃杯里的牙齿来补。别挡道！"

汉尼拔从满是蒸汽的玻璃门后出来，拿枪对着格鲁塔斯的心脏，他的另一只手拿着一瓶酒精试剂。

格鲁塔斯从浴缸起身的时候皮肤发出吱的一声。女俘不知道汉尼拔在她身后，她遮着格鲁塔斯。

"你来这里我很高兴。"格鲁塔斯说。他看了看瓶子，希望汉尼拔喝醉了。"我一直觉得欠你些什么。"

"这我已经跟米尔克谈过了。"

"结果怎么样？"

"他有了个解决方案。"

"当然，钱嘛！我给他钱让他带去了，他给你了没？很好！"

汉尼拔跟女俘说话但没有看她："去浴缸把毛巾弄湿，到墙角去坐下，用毛巾把脸盖上。去！到浴缸把毛巾弄湿。"

女俘把毛巾浸湿后拿着毛巾回到墙角。

"杀了他。"她说。

"为了看到你的脸，我等了太久。"汉尼拔说。"我把你的脸安在每一个我收拾过的恶棍头上，我原以为它会大一点的。”

女佣拿着浴袍进到卧室，浴室的门开着，她看到枪管和加长枪的消音器。她退出房间，因为穿着拖鞋，在地毯上没有发出声响。

格鲁塔斯看着枪，那是米尔克的枪，机匣上带着方便使用消音器的后膛锁。如果小莱克特对这枪不熟悉的话，他只能开一枪，然后还得笨手笨脚地摸索。

“你看到我这所房子里的东西了吗，汉尼拔？战争提供的机会！你习惯用好东西了，这些可以归你。我们很像！我们都是新人类，汉尼拔。你，我——奶油——我们总会浮在最上面！”他举起手中的泡沫，做出漂浮的样子，想让小莱克特习惯他的动作。

“身份牌漂不起来，”汉尼拔将格鲁塔斯的身份牌扔进浴缸，它像一片树叶一样晃动着沉入水底，“酒精可以漂起来。”汉尼拔将瓶子扔过去，瓶子撞在格鲁塔斯上方的瓷砖上，刺鼻的液体喷在他头上，玻璃碎片落进他头发里。汉尼拔从口袋里掏出芝宝打火机要点着格鲁塔斯。他刚打开打火机，缪勒用枪抵住了他的耳朵下方。

加斯曼和戴特一人一边抓住汉尼拔的胳膊。缪勒将汉尼拔的枪口推向天花板，然后从他手中取下枪来，别在自己的腰带上。

“不要开枪，”格鲁塔斯说，“不要把这儿的瓷砖破坏了。我想跟他谈一谈，然后让他像他妹妹一样死在澡盆里。”格鲁塔斯走出浴缸，站在一块毛巾上。他给女俘做了个手势，女俘这时绝望地想要讨好他。他转过身，两只胳膊伸开，她给他刮过的身体喷上塞尔特札矿泉水[①]。

“你知道躺在泡沫里的感觉吗？”格鲁塔斯问，“就像重生一样。我完全变成新的人，在一个新的世界里，这个世界没有你的位置。我很难相信你一个人就把米尔克给杀了。”

---

① 塞尔特札矿泉水：德国一种矿物质含量高的、天然起泡的泉水。

“有人给我搭了把手。”汉尼拔说。

“把他带到浴缸去，听到我的命令再宰他。”

三个人将汉尼拔按到地上，把他的头和脖子架在浴缸上。缪勒拿着一把弹簧刀，他用刀尖抵着汉尼拔的喉咙。

“看我，莱克特伯爵，我的王子，头扭过来看我，把喉咙伸直，这样血流得快，不会疼那么久。”

透过蒸汽房的门，汉尼拔可以看到计时器的指针在滴答滴答地走。

“回答我，”格鲁塔斯说，“如果那个小女孩要饿死了，你会不会拿我去喂她？”

“当然。”

格鲁塔斯笑着拧了拧汉尼拔的脸。“对，你也会这么做。因为爱。我那么爱自己。我不会跟你道歉的。你在战争中失去了你妹妹，”格鲁塔斯打了个嗝，笑道，“这个嗝代我作了解释。你在寻求同情吗？你在词典里‘狗屎’和‘梅毒’之间[①]可以找到这个词。宰了他，缪勒。这是你莱克特听到的最后一件事，我来告诉你，你为了活命都做了些什么。你——”

爆炸让浴室震动起来，水槽从墙上弹出，水管中的水溅出来，灯熄了。黑暗中，缪勒、加斯曼和戴特摔在地上，他们挤在汉尼拔身上，又跟女俘缠到一起。刀子捅进加斯曼的胳膊，加斯曼尖叫着骂起来。汉尼拔用肘狠狠地撞一个人的脸，一把手枪从他的脚边开了火，有碎片扎进他的脸。滚滚浓烟从墙里冒出。手枪在地砖上滑动，戴特在找枪。格鲁塔斯捡起手枪，女俘跳到他身上，用指甲抓他的脸，他向她开了两枪。他拿着枪站起来。汉尼拔将湿毛巾拍到格鲁塔斯眼睛上。戴特从身后抱住汉

① 英文词典中，按照字母顺序，“同情”（sympathy）排在“狗屎”（shit）和“梅毒”（syphilis）之间。

尼拔，汉尼拔将自己向后撞到戴特身上，他感觉到浴缸边缘撞到戴特腰上的反弹力，随后戴特松开了手。汉尼拔还没站起来，缪勒就压到他身上来，用他两根粗壮的拇指掐住汉尼拔的下巴。汉尼拔用头撞缪勒的脸，并抽出一只手，找到缪勒腰间的手枪，在缪勒的裤子里扣动了扳机。这个大个子德国人惨叫一声从他身上滚落，汉尼拔拿起枪向外跑。卧室是黑的，他经过时不得不放慢脚步，到了过道他加快了步伐，过道里已经到处是烟。他拿起过道里女佣用的桶，拎着它穿过整座屋子，还听到身后一声枪响。

门卫从门房出来，正朝前门走。“去打水！”汉尼拔朝他喊，他冲到门卫身边时把桶递给他，“我去拿水管！”他沿着车道拼命跑，迅速地钻进了树林，还听到身后有人喊。他爬到山上的果园，迅速打着打火机，在黑暗中摸索电线。

压缩漏气，拧开一点气，反弹，反弹。反弹，反弹，阻气，反弹。宝马咆哮着醒过来，汉尼拔在树桩上碰松了一个消声器，然后一个猛冲将车子开出灌木丛，宝马沿着树林中的小路向下开到大路上，在黑暗中呼啸而去，擦着人行道的排气管留下一道火星。

消防员用消防管向格鲁塔斯的地下室里的灰烬和墙面喷水，一直干到很晚。格鲁塔斯站在花园边，望着巴黎的方向，烟混合着蒸汽从他身后腾向夜空。

53

这个护士学校的学生长着深红色的头发和栗色的眼睛，眼睛的颜色跟汉尼拔的差不多。汉尼拔站在医学院走廊的水龙头后面，好让她先喝水。她把脸凑近他，使劲闻了闻。“你什么时候开始抽烟的？”

“我正打算戒。”他说。

“你的眉毛烧焦了。”

“点火不小心弄的。”

“如果你不当心火，就不该做饭。”她舔了舔拇指，把他的眉毛捋平。“我和室友今晚打算炖牛肉，有很多，如果……”

“谢谢，真的。不过我有个约会。”

他给紫夫人去过信，问了是否可以去拜访她。随信还送了一束有点发蔫的紫藤，恰巧能表达他至诚的歉意。她回给他的邀请信里夹着一枝西瓜绸桃金娘和一根带着一颗小松果的松枝。松枝是不轻易送人的，因为它代表无边无际的恐惧和悲伤。

紫夫人的鱼贩没有让她失望，他卖给她四枚很棒的布列塔尼自产冷水海胆。隔壁屠夫卖的杂碎已经浸了牛奶，而且用两只盘子压过。她在馥颂那儿停下来买了块梨馅饼，最后还买了一长袋橙子。

她在花铺旁停了一下，两条胳膊已经抱满了东西。不用买了，汉尼拔肯定会带花来的。

汉尼拔带着郁金香和卡萨布兰卡百合，还配有蕨草，花束高高地放在他摩托车的后座上。两个正在穿越马路的年轻女人对他说，他的花看起来像公鸡的尾巴，信号灯变色的时候他朝她们挤了挤眼，带着一种轻快的心情呼啸而去。

他把车停在紫夫人房子旁的花间小径上，拿着花绕过楼角来到门口。他朝门房挥手的时候，波皮尔和两个身体结实的警察从门口走出来抓住他。波皮尔接过了花。

"不是给你的。"汉尼拔说。

"你被捕了。"波皮尔说。当汉尼拔被手铐铐上的时候，波皮尔把花夹在胳膊下。

在犯罪调查部的办公室里，波皮尔让汉尼拔独自待着，让他在像是警察局的气氛中等了半个小时。他回来时，看到这个年轻人正向他桌子上一只玻璃水瓶里插最后一支花。"你喜欢吗？"汉尼拔问。

波皮尔用橡胶短棒狠敲了他一下，汉尼拔倒了下去。"你觉得怎样？"波皮尔问。

那两个警察中的大个子跟着波皮尔挤进来，高耸在汉尼拔身边。"回答每一个问题，我刚才问你，你觉得怎样？"

"这比你的握手更诚实些，至少棍棒是清白的。"

波皮尔从信封里拿出两块用绳串起来的身份牌。"在你房间里找到的。这两个人曾被纽伦堡作缺席指控。回答我：他们在哪儿？"

"我不知道。"

"你不想看着他们被绞死吗？刽子手用的是英式下落板，不过不足以把他们的脑袋扯掉，因为刽子手不用开水煮绞绳来把绳子拉长。他们会像溜溜球一样转很多圈。这应该符合你的口味。”

“督察，你不会知道我的口味的。”

“正义无关紧要，重要的是你杀死他们。”

“你也在杀他们，不是吗，督察？你总是看着他们死，这符合你的口味。你认为我们能单独谈谈吗？”他从口袋里掏出一张用玻璃纸包着的带血的字条。“路易·费哈有邮件给你。”

波皮尔示意那名警察出去。

“我把路易的衣服从他尸体上割下来的时候，发现了这张给你的字条。” 他大声地读字条折着的上半部，“‘波皮尔督察，你为什么要用那些你自己都不愿回答的问题来折磨我？我在里昂见过你。’他还有话。”汉尼拔将字条递给波皮尔。“如果你想打开的话就打开吧，现在已经干了，没气味了。”

波皮尔打开的时候字条发出脆响，黑色的薄片从折叠处掉下来。他看完后坐下来，手里拿着字条压在太阳穴上。

“你碰到过亲人在火车上跟你挥手告别的情况吗？”汉尼拔问，“你那天在火车站指挥过交通吗？”

波皮尔把手放下来。

“你不想那样做，”汉尼拔轻声说，“如果我知道什么，我为什么要告诉你？这是个合情合理的问题，督察。也许你该给他们去阿根廷的通行证。”

波皮尔闭了一下眼睛又睁开。“贝当[1] 一直是我的英雄。我父亲和叔叔们一战时都跟着他打仗。他组建新政府的时候告诉我们，‘在我们打败德国人之前要维持和平。维希会拯救法国。’我们当时已经是警察

---

[1] 亨利·菲利普·贝当（1856—1951）：法国元帅、维希法国的首脑。

了，似乎同样担任着维护和平的职责。”

“你帮助过德国人吗？”

波皮尔耸耸肩。“我维护了和平。也许这一点帮助过他们。后来我看到德国人的一辆火车，我便逃跑，结果遇到了抵抗军，他们本来不相信我，看我杀了一个盖世太保才信了我。作为报复，德国人杀了八个村民。我感觉是我杀了他们。那是什么样的战争？我们在诺曼底的防御战壕里作战，靠敲这个来识别对方。”他从桌子上拿起一个响板。“我们协助登陆的盟军，”他敲了两下，“这表示我是朋友，别开枪。我不关心多特里奇，帮我找到他们吧。你是怎么发现格鲁塔斯的？”

“通过立陶宛的亲戚，我母亲的一些教友。”

“凭你使用假证件的事，我就可以扣留你，只要你用了假证件。如果我放你走，你愿不愿发誓你每发现一件事情都要告诉我？你愿意向上帝发誓吗？”

“向上帝？是的，我向上帝发誓。你有《圣经》吗？”波皮尔书架上有一本《思想录》[①]，汉尼拔把它拿出来，“或者我们可以用你的帕斯卡，帕斯卡。”

“你愿意以紫夫人的性命发誓吗？”

汉尼拔犹豫了一下。“是的，以紫夫人的性命发誓。”汉尼拔拿起响板，敲了两下。

波皮尔拿出身份牌，汉尼拔接了过去。

汉尼拔离开办公室后，波皮尔的助理走进来。波皮尔从窗户那儿发了个信号。汉尼拔从楼里出来的时候，便有个便衣警察跟着他了。

“他了解情况，他的眉毛烧焦了。调查一下巴黎大区最近三天的火

---

① 《思想录》：作者布莱斯·帕斯卡。

灾。” 波皮尔说。“他把我们带向格鲁塔斯的时候，我想试着让他供出他还是个孩子的时候是怎样对付那个屠夫的。”

“屠夫是怎么回事？”

“那属于青少年犯罪，艾蒂安，是冲动型犯罪。我不想指控他，我希望有人宣告他是出于疯狂。人们可以在精神病院对他作研究，以确定他是什么样的人。”

“您认为他是什么样的人？”

“小汉尼拔在1945年死了，死在试图救他妹妹时待的雪地里。他的心跟着米莎一起死了。他现在是什么人？还没有一个词能形容。没有更好的词，就叫他恶魔吧。”

54

在紫夫人孚日广场的楼里，门房的屋子是暗的，两截门[①]上的磨砂玻璃窗也关着。汉尼拔用钥匙开了门，跑上楼梯。

门房坐在屋里的椅子上，租户们的邮件堆在她面前的桌子上，一封一封地向上摞着，好像她是在玩单人纸牌游戏一样。一条自行车锁链陷在她脖子上松软的肉里，几乎看不到了，她的舌头则向外伸着。汉尼拔敲了敲紫夫人的门。他听到屋里有电话铃在响。铃声刺耳，怪兮兮的。他把钥匙插进锁眼，门开了。他跑遍所有房间，四处张望。推开她的卧室房门的时候，他有些畏惧，可是屋子里空无一人。电话铃一直在响，他拿起听筒。

在“东部咖啡屋”的厨房里，一笼子的嵩雀等着用阿马尼亚克酒淹死，然后被放入炉子上的大锅里用开水烫。格鲁塔斯抓着紫夫人的脖子，把她的脸朝开水锅里按。他的另一只手拿着电话听筒。她的双手被绑在身后。缪勒从后面拽着她的胳膊。

格鲁塔斯听到汉尼拔在电话里的声音后，便对着话筒说话。“继续

---

① 两截门：一种上下部分分开的、并可以分别开或关的门。

我们的谈话。你想让日本人活着吗？”格鲁塔斯问。

“是的。”

“听听她的声音，猜猜她的脸颊还在不在。”

格鲁塔斯后面是什么声音？开水沸腾的声音吗？汉尼拔不知道那声音是不是真实存在的；他常在梦里听到开水沸腾的声音。

“跟你的小杂种说话。”

紫夫人说：“亲爱的，别——”电话从她嘴边抽开。她试图挣脱缪勒，但和缪勒一同撞到了嵩雀笼上。嵩雀受到惊吓唧唧喳喳地叫起来。格鲁塔斯跟汉尼拔说：“亲爱的，你杀了两个人为你妹妹报仇，还烧了我的房子。我要你一命抵一命。把身份牌、‘看锅人’的小发明，每一样玩意儿都带来。我想让她尖叫。”

“你们在哪儿——”

“闭嘴！在距吉尔巴多三十六公里的路上，有一个电话亭。日出的时候赶到那儿接电话。如果你不到，就等着收邮件，里面会有她的脸。如果我看到波皮尔或任何警察，你就会收到装着她心脏的包裹。也许你可以用来做研究，刺穿心室，看看你能不能从中找到自己的脸。一命抵一命，如何？”

“一命抵一命。”汉尼拔说。电话就挂断了。

戴特和缪勒把紫夫人带到咖啡馆外面的面包车里，科纳斯给格鲁塔斯的小车换了牌照。

格鲁塔斯打开后备箱，拿出一支德拉贡诺夫狙击枪交给戴特。“科纳斯，带只广口瓶。”格鲁塔斯想让紫夫人听到。他发号施令的时候带着一种饥渴的表情看着她的脸。

“开上小车，他打电话的时候把他干掉。”格鲁塔斯吩咐戴特，并把广口瓶递给他。“把他的眼珠子带到纽莫斯下面的船上。”

汉尼拔不想朝窗外看，因为波皮尔的便衣会朝这边看。他走进卧室，闭上眼在床边站了一会儿，脑袋里回响着电话里的背景声，唧唧，唧唧。嵩雀的波罗的海方言。

紫夫人的亚麻布床单带着薰衣草的香味，他把它的一角攥在拳头里放在脸上，又把它从床上扯下来迅速地浸到浴缸里。他在客厅里拉起一根晾衣绳，挂上一件和服，地上放一台摇头风扇，打开风扇，让它轻轻地吹和服，让和服的影子投在透明的窗帘上。

他站在武士铠甲前，拿起一把日本短刀，盯着伊达政宗的面具。

"如果你能帮助她，现在就帮助吧！"

他把系刀绳[①] 缠在脖子上，将短刀滑进衣领背后。

像监狱里犯人自杀那样，汉尼拔将湿床单拧起来打上结，然后将床单绑在距人行道垂直距离十五英尺的露台栏杆上。

他从容不迫地将自己往下放，当他松开床单、在空中做最后的一跳时似乎花了很长时间，落地和翻滚的时候他的双脚感到刺痛。

他从房子后面将摩托车沿着人行道推到后街，放松离合器，点着引擎，摇晃着上路了。他首先需要取回米尔克的枪。

---

① 系刀绳：绕在脖子上用于挂物品，特别是挂小刀或哨子的短绳。

55

嵩雀在“东部咖啡屋”外面的鸟笼里扑腾着，发出低低的声音，在明亮的月光下显得烦躁不安。天井里的雨篷已经收卷起来，伞也折叠好了。餐厅里黑糊糊的，不过厨房和酒吧里还亮着灯。

汉尼拔看得到赫丘勒在酒吧里拖地。科纳斯拿着账本坐在吧台高脚凳上。汉尼拔朝黑暗处退回了几步，没开车灯，启动摩托车，骑走了。他下车步行了最后一段四分之一英里的路，来到朱莉安娜大街上的屋子旁。一辆雪铁龙2CV停在车道上，有个男人坐在驾驶座上，刚抽完最后一口香烟。汉尼拔看着香烟屁股从车里弹出来画出一条弧线，火星溅到地上。那个人坐在座位上，头朝后靠。他也许想睡觉了。

汉尼拔从厨房外的树篱中可以看到房子里面。科纳斯夫人透过一扇窗户，跟一个矮个子说话，矮个子人太矮了，看不清脸。纱窗在温暖的黑夜里拉着，厨房的纱门正对着花园。短刀很轻易地划开门纱，撬开了挂钩。汉尼拔把鞋子在垫子上蹭了蹭，走进屋子。厨房里钟的声音很响，他能听到浴室里水的流动声和泼溅声。他经过浴室的门，贴近墙，不让地板发出吱吱的声响。他能听到科纳斯夫人在浴室里跟一个孩子说话。

隔壁的门没有全开。汉尼拔可以看到玩具架，还有一个很大的毛绒大象。他朝房间里面看。有两张床。卡特里娜·科纳斯在靠外面的床上睡着了，她头侧向一边，拇指碰到了额头，汉尼拔可以看到她太阳穴上的脉搏。他听得到自己的心跳。她戴着米莎的手镯。他在温暖的灯光下眨了眨眼，似乎能听到自己眨眼睛的声音。他能听到孩子的呼吸声，听到科纳斯夫人从下面大厅里传来的声音。轻微的声音听起来胜似他心里高亢的怒号。

“来，马芬，该擦干了。”科纳斯夫人说。

格鲁塔斯的水上住宅是黑色的，一副先知先觉的样子，系泊在雾蒙蒙的码头旁。紫夫人被绑着，嘴里塞了东西，格鲁塔斯和缪勒架着她顺着舷梯往上爬，再沿着船舱后面的升降口往下走。格鲁塔斯的治疗室位于下层甲板上，他踹开门，地板中间有把椅子，下面铺着一块带血的布。

“对不起，你的房间还没怎么收拾好，”格鲁塔斯说，“我叫人打扫一下。伊娃！！”他走下扶梯来到隔壁的船舱，使劲推开门。三个被锁在铺位上的女人带着仇恨看着他。伊娃正在收拾她们的衣服。

“到这里来。”

伊娃来到治疗室，跟格鲁塔斯保持着他够不到的距离，她拿起带血的布，又在椅子下面铺上一张干净的。她正准备把带血的布拿走，格鲁塔斯说：“把它留在这儿，捆好，放在她看得到的地方。”

格鲁塔斯和缪勒把紫夫人绑在椅子上，然后格鲁塔斯让缪勒出去。他躺在一把靠墙的躺椅上，双腿伸开，挠着大腿。“你知道要是你不让我快活会怎么样吗？”格鲁塔斯问。

紫夫人闭上眼，她感觉到船在摇晃，准备启动。

赫丘勒从咖啡厅运了两趟垃圾出来，然后打开自行车锁，骑车走了。汉尼拔溜进厨房门的时候还能看到他的尾灯，他驮着满是血污的口袋，里面装着个不小的东西。科纳斯拿着账本来到厨房，打开木炭烤箱的炉膛，放进几张收据，然后把收据拨到火里。

汉尼拔在他的身后说："科纳斯先生，您成了美食家。"科纳斯迅速转过头，看到汉尼拔靠在墙上，一只手拿着一杯酒，另一只手拿着一把枪。

"你想要什么？我们这儿打烊了。"

"美食天堂里的科纳斯，四处是美食。您戴着您的身份牌吗，科纳斯先生？"

"我是克莱伯，法国公民，我要报警了。"

"我来帮你拨电话吧，"汉尼拔放下酒杯，拿起电话，"你是否介意我同时拨给战争罪行委员会？我会为这个电话付费的。"

"王八蛋，你愿意给谁打就给谁打。你打吧！我说真的。不然我就打了。我有证件，我有朋友。"

"我有孩子。你的。"

"什么意思？"

"两个孩子。我去过你在朱莉安娜大街的家里，进到那间有毛绒大象的房间，把他们带出来了。"

"你在撒谎。"

"'吃她吧，反正她早晚也会死。'这是你说的，记得吗？手里拿着碗跟在格鲁塔斯后面。

"我给你的烤箱带了些东西来。"汉尼拔从身后摸出一只带血的口袋扔到桌子上。"我们也可以一起来煮，就像过去那样。"他把米莎的手镯丢到料理台上，手镯转了好几圈才停下来。

科纳斯猛吸一口气，他一时无法用颤抖的手打开口袋，后来他把口袋扯开，撕开里面带血的纸包，看到肉和骨头。

"这是烤牛肉和甜瓜，科纳斯先生，我在雷阿勒[①]买的。不过，你看它们像什么？"

科纳斯从桌子对面朝汉尼拔扑过来，血糊糊的手要抓汉尼拔的脸，但是他没站立住，身子被按趴在桌上，汉尼拔接着将他拽倒在地，拿手枪柄击打他的后脑勺，没用太大的力，科纳斯就昏了过去。

汉尼拔脸上满是血污，看起来就像他自己梦中的恶魔。他朝科纳斯的脸上泼水，直到他睁开眼睛。

"卡特里娜在哪里？你把她怎么了？"科纳斯问。

"她很安全，粉粉嫩嫩的，完好无缺。你可以看到她太阳穴上的脉搏。把紫夫人交给我，我就把她还给你。"

"如果那样，我就死定了。"

"不，格鲁塔斯会被捕的，我将不再记得你的脸。你因为孩子得到一张免死牌。"

"我怎么知道他们还活着？"

"我以我妹妹的灵魂发誓，你会听到他们的声音。他们是安全的。帮助我一次，否则我会杀了你，然后让孩子饿死。格鲁塔斯在哪儿？紫夫人在哪儿？"

科纳斯咽了一下口水，被嘴里的血呛了一下。"格鲁塔斯有个水上住宅，是艘运河船，船的行踪不定，主要在纽莫斯南边的卢万河活动。"

"船的名字？"

"克丽斯塔贝尔。你要信守诺言，我的孩子在哪儿？"

汉尼拔让科纳斯起身，他拿起收银机旁边的电话拨了个号，把听筒递给科纳斯。

好一会儿科纳斯才听出他妻子的声音。"喂！喂！是阿斯特丽德吗？

---

① 雷阿勒：巴黎的中央肉类食品市场。

去看看孩子，让我跟卡特里娜说话！快点！”

科纳斯听到孩子从睡梦中被叫醒后的迷迷糊糊的声音，他的脸色转变了，先是松了口气，当他的手悄悄地摸到放在收银台下面架子上的手枪时，脸上是古怪的平静表情。他的肩膀沉了下去。“你要我，莱克特先生。”

“我遵守诺言，我会看在孩子的分上饶过——”

科纳斯突然转过身，手里握着一把韦伯利手枪。汉尼拔立刻出手将枪砍掉在地，然后他拿起短刀刺向科纳斯的下巴，刀尖从科纳斯脑袋的顶部穿出。

电话听筒连着线晃动着，科纳斯脸朝下扑倒在地，汉尼拔将他翻过来，坐在餐椅上看了一会儿。科纳斯眼睛睁着，但已经变得呆滞，汉尼拔将一只碗扣在他脸上。

他将嵩雀笼拎到屋外打开放生，一边嘘着一边将鸟赶出来，最后一只鸟还是他抓出来扔到月色明朗的天空里去的。嵩雀在空中聚成一堆，先是盘旋了一下，一个个小黑影拍打着翅膀飞过天井，然后飞高一点，测探着风力向北极星方向飞去。“去吧！”汉尼拔说，“去波罗的海那边，整个季节都待在那边吧！”

56

一束光透过无边的黑夜，照在巴黎郊区幽暗的田野里，汉尼拔坐在油箱上，摩托车全速前进。汉尼拔穿过纽莫斯南部的水泥路，沿着卢万河一条沥青和石砾铺的旧牵道[①]，来到两旁长满杂草的单行柏油路。他还在一群奶牛中绕行，不时地有牛尾巴扫得他发疼。从人行道转出来时，有石砾在挡泥板下咔嗒作响，车向后倒了一下，车头直晃，顿了顿，然后又飞跑起来。

纽莫斯的灯光在他身后逐渐变暗，现在到了平原，前面一片漆黑，小石子和野草“尖锐”得不可理喻，不停地打在前灯上，前面的黑暗将黄色的光束吞没。他怀疑自己是不是到了河的太过南边的地方——是不是已经超过了船？

他停下来，熄了灯，坐在黑暗中判断，摩托车在他身下发动着。

前面远处的黑暗中，好像有两座小房子一前一后地在草地里移动，从卢万河岸上只能看到甲板室。

弗拉迪斯·格鲁塔斯的水上住宅十分安静地朝南前进，向运河两边

① 牵道：沿着运河或河流的由动物来拖船拉纤的纤道。

划出细微的波纹，牛群在河两岸的田野里睡觉。缪勒坐在前甲板上的一把帆布椅子上，在大腿上缝针，旁边甲板扶梯上靠着一支霰弹猎枪。加斯曼在船尾打开一只上锁的柜子，拿出几块护舷帆布。

汉尼拔慢慢地朝后退，宝马发出咕咕的声音，野草扫着他的小腿。退了三百米，他停下来，从挂包[①] 中取出他父亲的双筒望远镜。黑暗中他看不清船上的字。

只能看到船上流动的灯光和窗帘后面透出的微光。运河在这个地方太宽，无法确定能不能从岸上一下跃到甲板上。

从岸上，他也许能用枪击中驾驶舱里的船长——他肯定能把他从船舵旁赶跑——但是整艘船就会被惊动，他一旦上船就得立刻应对他们许多人。他们可能马上就从船两头冲过来。他可以看到船尾有一个升降扶梯，船头有个黑块可能是通往下面甲板的另一个入口。

罗盘灯在靠近船尾的驾驶舱窗户里亮着，但是他看不清里面的人，他得打得过他们。牵道离水很近，田地太难走没法从那里绕。

汉尼拔沿着牵道超过运河船，身体靠船的一侧感觉到刺痛。他朝船扫了一眼，船尾的加斯曼正把护弦帆布从柜子里朝外拖，摩托车经过的时候他抬头看了看。

汉尼拔以一个适中的速度向前开，他看到前方一公里远的地方有一辆开着灯的小车从桥上穿过运河。

卢万河的船闸最多只有两条运河船那么宽，船闸和一座石头桥连为一体，上游的门设在石拱里面，船闸的围栏就像桥外面的一只箱子，并不比克丽斯塔贝尔长多少。

汉尼拔从桥边左转开出一百码远，以防船长注意他。他熄了灯，把

---

① 挂包：摩托车或自行车的鞍座或后座上挂着的袋子。

摩托车停在路旁的小树丛里，然后转回去来到桥附近，在黑暗中向前走去。

河岸上横七竖八地放着几条划艇，汉尼拔坐在划艇当中，越过艇身窥视着运河船向他靠近。还有半公里远，四周漆黑一片，他听到桥那头的小房间里传出收音机的声音，那可能是守闸人的房子。他把手枪扣好放进夹克口袋里。

运河船上微弱的灯光慢慢向他移动，红色的左舷灯正对着他，后面船舱上面的折叠桅杆上是盏白灯。在船闸处，船得停下来放低一米才能通过。他趴在四处是野草的运河旁。现在还不是蟋蟀唱歌的时节。

在等运河船慢慢靠近的时候，还有时间思考。在科纳斯咖啡馆里的一部分记忆不太让人愉快：很难放科纳斯一条生路，即使只有那么一小会儿。而且让他说话也不舒服。嗯，当短刀刀尖像只小牛角一样钻出科纳斯头顶时，他手上的感觉倒还不错。这比杀死米尔克更有快感。值得享受一番的事有：用瓷砖验证毕达哥拉斯定理，扯断多特里奇的头。还有些值得期待的事：请紫夫人去战神广场饭店吃炖兔肉。汉尼拔很冷静，脉搏每分钟七十二下。

船闸旁漆黑一片，广阔的天空中满是星星。运河船抵达船闸时，桅杆上的灯光与低处的星星融为一体。

桅杆收起时，上面的灯光与星星便分开来，像一颗流星落入桥拱。汉尼拔看得到船上的大探照灯的灯丝，探照灯聚光后从他头上扫过时，他猛地将身子蹲下，灯光照到船闸门上，运河船拉响汽笛。守闸人的屋子里亮起灯，不到一分钟，守闸人提着裤带出来了。汉尼拔将消音器旋到米尔克的手枪上。

弗拉迪斯·格鲁塔斯从前面的升降扶梯出来，站在甲板上，舒展了一下身体，将一个烟头扔进水中，他跟缪勒交代了几句，把霰弹猎枪放在甲板上守闸人看不到的花架中，然后又下去了。

加斯曼在船尾摊开护弦帆布，准备缆绳。上游的闸门被垂直打开，守闸人走进运河旁的门房，打开船闸每一边系船柱的灯。运河船从桥下滑进船闸，船长将引擎反旋后停住。听到发动机的声音后，汉尼拔蹲着身冲到桥上，守在石栏杆下。

船从他下面滑过时，他朝船里看，看到甲板，透过天窗向下，可以瞥见被绑在椅子上的紫夫人，从上面看只是一闪而过。

闸内水位降到与下游持平花了约十分钟时间，沉重的闸门轰隆响着打开了，加斯曼和缪勒一起整理绳索，守闸人朝他自己的屋子走去。船长调大节流阀①，船下面的水“沸腾”起来。

汉尼拔趴在栏杆上，在离加斯曼两英尺的地方朝他头上开了一枪，然后站在栏杆上跳到加斯曼身上，又翻身滚到甲板上。船长听到加斯曼倒下时发出的沉重声音，他先看了看船尾，发现那里没人。

汉尼拔试了试船尾升降扶梯的门，是锁着的。

船长从驾驶舱探出身子，喊道：“加斯曼？”

汉尼拔蹲在船尾的尸体旁，拍了拍尸体的腰部。加斯曼没带武器。汉尼拔必须经过驾驶舱向前，缪勒在船头。他从右边向前走，船长从左边的驾驶舱里出来，看到加斯曼趴在地上，头嵌在排水孔里。

汉尼拔弯下腰顺着下层甲板舱急速向前跑。

他感觉到船被放了空挡，他再跑时听到后面有人放枪，子弹擦着一根柱子呼啸而过，他的一个肩膀被溅起的碎片刺痛了。他回过头，看到船长一个急闪蹲到了尾舱后面。在前面升降扶梯旁，一只带文身的手臂闪了一下，正要从下面花架里抓霰弹猎枪。汉尼拔开枪，没击中。他的胳膊感到又热又湿。他在两个甲板舱之间迅速蹲下，然后来到左侧甲板上，弯下腰朝前跑，来到前甲板的前舱旁。缪勒蹲在甲板上，听到汉尼

① 节流阀：调整流体流动的阀门，如内燃机中控制蒸气燃料进入汽缸的流量的阀门。

拔靠近的声音便站起来，晃动着霰弹猎枪，枪口一度撞在扶梯的角上，猎枪再次晃动时，汉尼拔迅速扣动扳机，朝他的胸口连开了四枪。缪勒猎枪脱手，把扶梯门旁的木器砸出一个破洞。缪勒摇摇晃晃地看了一下自己的胸口，朝后倒下去，坐在扶手上，死了。扶梯门被打开，汉尼拔走下楼梯，将门锁上。

船长蹲在船尾后甲板上加斯曼的尸体旁，在口袋里摸钥匙。

汉尼拔迅速下楼，沿着船底甲板的狭窄通道跑，他朝第一间船舱望去，里面空无一人，只有几张帆布床和一些锁链。他撞开第二间屋子的房门，看到紫夫人被绑在椅子上，便向她冲过去。格鲁塔斯从门后朝汉尼拔背后开了一枪，子弹击中他肩胛之间的部位，他弯下腰，血从身上流下来。

格鲁塔斯笑着朝他走过来，用枪抵着他的下巴把他拍倒。他把汉尼拔的枪踢开，从腰间拔出一把匕首，用匕首尖刺汉尼拔的大腿，腿没有动。

"打中你脊背了，小男人[1]，"格鲁塔斯说，"腿上没感觉了吧？真糟糕。我把你的睾丸割下来你也不会感觉到的。"格鲁塔斯朝紫夫人笑了笑。"我会给你准备一只装硬币的钱包来装你的小费。"汉尼拔睁开眼睛。

"你能看到？"格鲁塔斯把长刀子在汉尼拔眼前晃了晃，"很好！看这个。"格鲁塔斯站到紫夫人跟前，用刀尖在她脸上轻轻地从上向下划，但只是留下些压痕。"我可以给她的脸上点色，"他把匕首靠近她的脑袋放入她身后的椅子后背里，"我可以找到新的地方做爱。"

紫夫人一言不发，她的眼睛注视着汉尼拔。他的手指在抽动，手朝脑袋稍稍移动了一下，他的眼睛从紫夫人身上转到格鲁塔斯身上又转回

① 小男人：此处为德语。

来。紫夫人看着格鲁塔斯，脸上带着兴奋和痛苦。她想怎么样迷人就能怎么样迷人。格鲁塔斯弯下身用力吻她，把她咬紧的双唇吻开，脸压在她脸上，他用手在她的上衣里摸索时，他那张坚硬而空洞的脸突然变白，眼睛也一眨不眨地黯淡下来。

汉尼拔将手放在脑袋后面，从衣领里拔出了短刀，短刀上沾着血，被格鲁塔斯的子弹打弯了，上面有子弹撞击形成的凹痕。

格鲁塔斯眨了眨眼，脸痛苦地抽动了一下，汉尼拔从地上抱住他的脚踝将他的后脚腱割断，他摔倒在地。紫夫人双脚被绑在一起，她用脚踢格鲁塔斯的头。他正要拔枪时，汉尼拔将枪管拽住，用力向上旋，枪在格鲁塔斯手中被松开了，汉尼拔用手朝格鲁塔斯的腰部猛砍下去，枪落在地上滑开了。格鲁塔斯用肘撑着地朝枪爬过去，然后用膝盖跪着走，摔倒后又用肘撑着爬，就像一头断了背的动物。汉尼拔将紫夫人胳膊上的绳子割断，她立刻把身后椅背里的匕首抽出来，将自己脚踝上绑着的绳子割断，然后站到门边的角落里。汉尼拔满后背是血，他把枪与格鲁塔斯分开。

格鲁塔斯不再爬，他跪在地上，脸朝着汉尼拔，显出一种可怕的平静。他抬起灰白的眼睛冷冷地看着汉尼拔。

"我们一起驶向死亡，"格鲁塔斯说，"我、你、你那个婊子继母，还有所有你杀的人。"

"他们算不上人。"

"多特里奇的味道怎么样，像不像鱼？你把米尔克也吃了吗？"

紫夫人从角落里发出声音："汉尼拔，如果把格鲁塔斯交给波皮尔，他就不会把你带走。汉尼拔，跟我一道，把他交给波皮尔。"

"他吃了我的妹妹。"

"你也吃了，"格鲁塔斯说，"你为什么不把你自己杀了？"

"不，你撒谎。"

“噢，你是吃了。好心的‘看锅人’把用她做的肉汤喂给你吃。你得把所有知道这件事的人都杀了，对不对？现在你的女人也知道了，你应该把她也杀了。”

汉尼拔用双手捂住耳朵，他手里还拿着那把血淋淋的短刀。他转向紫夫人，在她脸上搜寻，然后走向她，将她抓住。“不，汉尼拔，他在撒谎，”她说，“把他交给波皮尔。”

格鲁塔斯迅速向枪移动，嘴里不停地说着：“你吃了她，你自己并不很清楚，你的嘴在汤勺边时你是那么贪婪。”

汉尼拔朝着天花板尖叫一声：“不！！！”然后举起刀朝格鲁塔斯跑去，他用脚将枪踩住，用刀在格鲁塔斯的脸上用力划出一个M，还大声地叫着：“M为米莎！M为米莎！M为米莎！”格鲁塔斯向后倒在地板上，汉尼拔在他脸上又划了数个大大的M。

他身后传来一声惨叫，血污中他听到一声枪响。汉尼拔感觉到枪口在他上面开火，他不知道自己有没有被击中。他转过头，只见船长背对着紫夫人站在他身后，锁骨上立着匕首的刀把，刀身已穿过其大动脉。枪从船长手上滑落，他脸朝下扑倒在地。

汉尼拔双脚摇晃着，他的脸已经变成一张红色的面具。紫夫人颤抖着闭上眼睛。

“你有没有被他击中？”他问。

“没有。”

“我爱你，紫夫人。”他说着朝她走过去。

她睁开眼，将他满是鲜血的双手拿开了。

“你还能拿什么去爱？”她说着从船舱中跑出来，沿升降扶梯上来，从栏杆上跳进运河。

船轻轻地撞了一下运河岸。

汉尼拔独自和几个死人待在克丽斯塔贝尔上，死人的眼睛很快就变得呆滞了。缪勒和加斯曼在下面甲板的升降扶梯旁，格鲁塔斯浑身是血，呈倒八字躺在他被打死的船舱里，他们每个人胳膊里都塞着一只像大头洋娃娃一样的“铁拳”火箭筒[1]。汉尼拔将最后一个火箭筒从死人胳膊那里抽出，扔到下面的轮机舱里，硕大的反坦克弹距离油箱有两英尺。他从多爪锚中找出一只抓钩，将绳子绕在“铁拳”火箭筒的扳机上。他手里拿着抓钩站在甲板上，船缓缓向前，轻轻地擦在运河岸的石头边上。从甲板上，他可以看到桥上的灯闪着光，还能听到呼喊声和狗叫声。

他将抓钩放入水中，抓钩绳沿着船边蜿蜒而下，汉尼拔跳上岸向田野里走去，他没有回头。走出四百米远，他听到了爆炸声，背上感到了冲击波，一股压力随着声响从他身上滚过。一块金属片落在他身后的地里，船在运河中燃起大火，一团火星冲向天空，被大火产生的气流吹得打转。第二个“铁拳”的爆炸，引发了更多的爆炸，着了火的木材打着转冲向天空。

汉尼拔走出一英里，看到船闸附近警灯闪烁。他没有回去，而是穿过田野走了。他们在天亮时找到了他。

---

① “铁拳”火箭筒：纳粹德国在二战末期时使用的相当知名的单兵反坦克武器。

57

天气暖和的时候，巴黎警察总局的东边窗户那儿在早餐时间会聚集很多年轻的警察，等着看西蒙·西涅莱[①]拿着咖啡杯站在她位于太子广场附近住处的露台上。

波皮尔督察在伏案工作，即使有人报告说女演员的露台门打开了，他也没有抬一下头。甚至管理员出来给植物浇水，引起了一阵抱怨声，波皮尔也没有受干扰。

他的窗户是开着的，能够听得到共产主义者在警察局犯罪调查部和新桥[②]附近的示威游行，示威的人大多是学生，他们举着写有**处死法西斯**的标语牌，齐声喊着“释放汉尼拔！释放汉尼拔！”，要求立即释放汉尼拔·莱克特。汉尼拔已经成了一个小小的名人了。《人道报》[③]和《鸭鸣报》发文为他辩护，《鸭鸣报》还刊登了克丽斯塔贝尔被烧毁的一

---

① 西蒙·西涅莱（1921—1985）：法国女演员，曾获得1959年奥斯卡最佳女主角奖，是战后法国电影界的代表人物。她形象秀丽，表演细腻，善于刻画人物的内心世界，受到法国电影界的高度评价。

② 新桥：是塞纳河上年代最久，且最为有名的桥梁，建于1606年，长232米、宽22米。

③ 《人道报》：法国共产党中央委员会机关报。为法文四开日报。在巴黎出版。1904年4月18日作为社会主义报纸创刊。该报反映和维护劳动群众的社会和经济利益。读者多为党的活动分子和产业工人。

幅照片，并标着“食人者被煮”的文字。

《人道报》还发表了一篇怀念儿童时代的动人短文，表达了对农业集体化的赞美，标题那儿署着汉尼拔自己的名字。这篇东西是从监狱里偷传出来的，后来为他的支持者们提供了理论支撑点。

他本来很乐意为极端右翼出版物写文章的，但是右翼已经落伍了，不能很好地为他代言。

在波皮尔面前摆着一份公诉人的备忘录，要求提供起诉汉尼拔·莱克特的有力证据。作为一种惩罚，战后对谋杀法西斯分子和战犯的犯罪判决在政治上并不受欢迎，这类定罪必须是无懈可击的，甚至有时会判决无罪。

公诉人指出，谋杀屠夫保罗·莫蒙特是几年前的案件，证据包括丁香油的气味。能够凭借这一条拘留紫夫人吗？说她可能串通作案？公诉人提出这样的质疑。波皮尔督察也反对拘留紫夫人。

对于餐馆老板科纳斯或者如报纸上所称的“秘密法西斯餐馆老板及黑市商人科纳斯”死时的确切情况无法认定。的确，在他头颅顶部有一个不明物导致的洞，他的舌头和硬腭被不明身份者刺穿，但石蜡测试证明他曾用一把左轮手枪射击过。

运河船上的几具尸体化成了油脂和烟灰。他们过去的身份是绑匪和逼良为娼的人贩子。不是通过紫夫人提供的车牌号线索在那辆面包车上发现两个遭到囚禁的妇女了吗？

这个年轻人没有犯罪记录，他在医学院成绩优异。波皮尔督察看了看表，沿着走廊向3号审讯室走去。3号审讯室是最好的一间审讯室，因为可以晒到一点太阳，而且有涂鸦的墙面刚被厚厚的白漆刷过。一个门卫站在门口，波皮尔朝他点点头，他打开门让波皮尔进去了。汉尼拔坐在屋子当中的空桌子旁，一只脚踝铐在桌腿上，两只手被铐在桌子里面的链条上。

“把镣铐打开。” 波皮尔吩咐门卫。

“早，督察。”汉尼拔说。

“她来了。”波皮尔说。“杜马斯医生和鲁芬医生午饭后过来。”波皮尔说完离开了，让他一个人待着。

紫夫人进来的时候汉尼拔能站起来了。

门在她身后关上了，她朝后面够着，一只手平放在门上。

“你睡得好吗？”她问道。

“是的，睡得很好。”

“千代带来了好消息，她说她很幸福。”

“听到这消息，我很高兴。”

“她的男朋友毕业了，他们已经订婚了。”

“为她再高兴不过了。”

短暂沉默。

“他们现在和两个兄弟合伙开一家摩托车厂，生产小型摩托车。已经生产了六辆，她希望能畅销。”

“当然会畅销——我会买一辆。”

作为一种生存技能，女人比男人更容易察觉到被人监视，她们能立刻感觉到欲望的存在，也能感觉到欲望的消失。她感到了他身上的变化，有些东西从他眼睛里消失了。她想起她的祖上紫式部的话，并说了出来：

“波涛汹涌
瞬间凝冻。
苍穹之下
阴影月光
潮落潮涨。”

汉尼拔用《源氏物语》中王子的经典对白回答：

“久爱的记忆
聚拢如飘雪。
浓烈似鸳鸯
浮水比肩睡。”

“不，”紫夫人说，“不，现在只有冰，爱已经消失了。难道不是已经消失了吗？”

“你是我在这个世界上最爱的人。”他很真诚地说。

她把头在他身上靠了靠，离开了。

她看到鲁芬医生和杜马斯医生在波皮尔的办公室里亲密交谈。鲁芬跟她握了握手。

“你告诉过我，说他的内心可能永远冰冻起来了。”她说。

“你感觉到了吗？”鲁芬问。

“我爱他，可我也没法感觉他的心。”紫夫人说。“你能吗？”

“我从来就不能。”鲁芬说。

她离开办公室，没有看波皮尔。

汉尼拔志愿去监狱的诊疗所工作，并请求法院允许他回医学院。警察局司法实验室的新头目克莱尔·德芙瑞医生是个聪明而有魅力的女人，她发现汉尼拔在定性分析和毒素鉴定方面非常在行，他只需要很少的试剂和设备。她为他写了一封信。

杜马斯医生没心没肺的快乐情绪曾经让波皮尔十分恼火，他为汉尼拔递交了一份措辞热情的文件，说美国巴尔的摩的约翰·霍普金斯医疗中心在看了汉尼拔的解剖新作图解后，想为汉尼拔提供一个实习医生的职位。杜马斯还用确切的术语提到了道德条款。

三周后，尽管波皮尔督察反对，汉尼拔仍走出了法院大楼，回到了他位于医学院的房间。波皮尔没有跟他说再见，只有一个门卫把衣服拿给他。

他在自己的房间里睡得很香。早上他给孚日广场拨了个电话，发现紫夫人的电话已经被切断了。他去了那里，用钥匙开门进去。公寓里除了电话桌外空无一物，电话旁有一封给他的信，上面系着一根紫夫人父亲从广岛寄来的发黑的枝条。

信上写着："再见，汉尼拔。我已回家。"

在去吃饭的路上，他把烧焦的枝条扔进塞纳河。在火星广场餐厅，他用路易留给他买赎罪圣餐的钱，要了份美味的炖兔肉。热酒下肚，他决定，为了公平起见，他要为路易读一些拉丁文的祷告文，也许还要用流行调唱上一遍，以证明他自己的祷告跟那些在圣叙尔皮斯教堂买到的一样灵验。

他一个人吃饭，但他并不孤独。

他的心进入了漫长的冬季。他睡得很沉，不再被人类的梦魇所纠缠。

第三部

我愿意立刻向魔鬼屈服，

难道我曾经不是魔鬼！

——冯·歌德：《浮士德：悲剧》

58

斯温卡感觉多特里奇的父亲好像永远都死不了似的。老人一直不停地喘，喘了两年，这两年为他做好的棺材，盖着油布，安放在在锯木架上，在斯温卡狭小的公寓里静候着。棺材占去客厅的一大半，与斯温卡同居的女人常常为此抱怨，说棺材盖是圆的，所以棺材连餐具柜都当不了。几个月后，她开始用棺材来储藏斯温卡从赫尔辛基乘渡船返回的人那里敲诈得来的走私罐装货物。

在约瑟夫·斯大林实行大清洗的两年里，斯温卡有三名同事被枪杀，第四位在卢比扬卡监狱被绞死。

斯温卡意识到该离开了，那件艺术品是他的，他不打算留下它。斯温卡没有接手多特里奇的全部联系人，但他可以拿到很有效的证件；他在瑞典境内没有联系人，但来往于里加湾[1] 和瑞典之间的很多船只要在海上就能帮他带一件行李。

重要的事情先办。

星期天早上六点四十五分，女佣贝尔吉德从维尔纽斯的公寓楼里出来，那里住着多特里奇的父亲。她没戴帽子，好让别人看不出她是去教

---

① 里加湾：位于拉脱维亚北岸和爱沙尼亚西南岸之间。

堂，她用头巾包着一本很大的书，是她的《圣经》。

她离开约十分钟后，多特里奇的父亲听到一个比她脚步沉重的人朝楼上走来，公寓门传来咔嗒一声，还有刺耳的刮擦声，有人把门锁打开了。

多特里奇的父亲用劲从枕头上撑起身来。

外面的门被推开前好像被门槛阻滞了一下。他从床边的抽屉里摸出一把“鲁格尔”手枪[①]。因为虚弱乏力，他用双手握住枪，把枪放在被单底下。

房间门被打开之前他一直闭着眼睛。

“您在睡觉吗，多特里奇先生？希望我没有打搅您。”斯温卡警官说道。他穿着便服，头发梳得很光滑。

“哦，是你。”老人的表情跟平常一样让人讨厌，但看起来很虚弱，这很让人满意。

“我代表警察和海关的兄弟来看您。”斯温卡说。“我们在清理一只带锁的箱子时，又发现一些您儿子的东西。”

“我不想要，你们留着吧。”老人说。“刚才是你开的锁？”

“没有人应门，我就自己进来了。如果屋内没人，我打算把箱子留下就走。我有您儿子的钥匙。”

“他从来没有钥匙。”

“是他的万能钥匙。”

“那你出去的时候应该有办法把门锁上。”

“多特里奇中尉交代过我一些您的……情况，还有您的最终愿望。您把它写下来过吗？您这儿有没有证明文件？兄弟们认为我们有责任看到您将自己的愿望写在纸上。”

---

① “鲁格尔”手枪：一种德国造的半自动手枪。

“是的，”多特里奇的父亲说，“签过字也有人见证了。给克莱佩达[①]寄过一份，你什么都不需要做了。”

“不，我得做。就一件事。”斯温卡警官放下箱子，微笑着走向床前，从椅子上拿起一个靠垫，从床边将靠垫一下子扣在老人脸上，同时上床跨到他身上，用双膝压住他的双肩，斜过身，再用肘顶住，将整个重量压在靠垫上。要多久呢？老人终于不再剧烈扭动了。

斯温卡胯部感觉到有个硬硬的东西抵着，床单在他身下拱起来，“鲁格尔”手枪响了。斯温卡先是皮肤感到灼烧，然后灼痛往身体里面钻，他朝后摔倒了。原来是老人抬枪射穿床单，打中了他的胸部和下巴。枪口然后下垂，最后一枪打在了老人自己的脚上。老人的心跳得越来越快，最后停止了跳动。床上方的钟在七点时敲响，他听到了头四声。

① 克莱佩达：立陶宛一城市。

59

帕拉来拉50号上空的雪横扫着北半球北部的加拿大东部、冰岛、苏格兰和斯堪的纳维亚。雪在瑞典的格里斯勒港一阵一阵地下着，载着棺材的轮渡驶进港时，雪花正飘落到海里。

轮渡公司给殡仪馆人员提供了一辆四轮手推车，并帮他们把棺材抬上车，码头与船之间有个斜坡，推车上坡的时候他们稍微加了点速度。码头附近停着一辆卡车。

多特里奇的父亲没有直系亲属，他的遗愿也表达得很清楚。克莱佩达海洋及河流工人协会负责落实他的遗嘱。

通往公墓的送葬队伍不长，包括灵车、一辆载着殡仪馆六名工作人员的面包车，还有辆载着两位年长亲戚的小轿车。

不是多特里奇的父亲完全被人遗忘了，而是因为他儿时伙伴中的大部分人已经离世，也没几个亲戚还活在世上。他是家里排行居中的儿子，性格不合群，他对十月革命的豪情不仅使他疏远了家人，而且让他来到了俄国。这位造船师的儿子做了一辈子的普通海员。具有讽刺意味的是，大家都同意让两个年老的亲戚在傍晚的落雪中在灵车后面跟车。

多特里奇家族的陵墓用的是灰色的花岗岩，门上刻着一个十字架，侧窗上是一些有品位的彩色玻璃，玻璃上只是方形的彩格，没有任何寓意。

守墓人是个很尽职的人，他已经把通往墓室门的小路还有台阶都扫过了，粗大的铁钥匙冰凉的寒气透过他的连指手套，他用两只手握钥匙开锁，栓柱在锁里发出咔嚓的声响。殡仪馆的人打开厚厚的双层门将棺材抬进去。亲戚中有人在嘀咕着什么，说棺材盖上的工会标识被展示在了陵墓里。

“把它看成是他最熟悉的兄弟们在向他告别吧。”葬礼负责人说，然后对着手套咳了咳。他心里想，这口棺材对于一个共产党员来说是贵了点，他反应过来，琢磨着标高售价。

守墓人口袋里放着一管白色的润滑油。他在石头上洒出几条线，好让棺材从侧面进墓室安葬位置时以下面的撑脚滑着进去，抬棺材的人为他们可以把棺材滑到位感到高兴，只需要从一侧推，不用抬。

大家都往周围看了看。没有人主动提出要祈祷，于是就将门锁上，在四处飘落的大雪中匆匆坐回自己的车内。

在这张艺术品般的“床”上，多特里奇的父亲躺着，安详而又渺小，他的心口上正结着冰。

四季仍将交替往返。外面的砾石路上常会传来微弱的声音，偶尔还有葡萄藤的细枝拂过。彩色玻璃随着尘埃越积越多，上面的颜色将越来越柔和。先是树叶被吹落，然后是雪，周而复始。那些画像，汉尼拔·莱克特再熟悉不过的那些脸庞，如同记忆的卷轴在黑暗中慢慢拉展开来了。

60

清晨宁静的空气中，大片大片的雪花在魁北克的列夫尔河两岸轻轻地飘落，像羽毛般落在“野外驯鹿之家及标本制售店”的门槛上。

汉尼拔·莱克特徒步沿着茂密的林中小路朝小木屋走过去的时候，大片的雪花如羽毛般落在他的头发上。商店开门营业了。他能听到后面的收音机里传出“哦，加拿大！”的声音，好像是一场高中曲棍球比赛即将开始。店里作为战利品的动物脑袋占满了墙面，最上面是驯鹿，在它下面以西斯廷的风格挂着表情各异的北极狐、松鸡、有双温柔眼睛的鹿、猞猁和山猫。

柜台上单独放着一只盘子，盘子里盛有做标本用的动物眼珠。汉尼拔放下包，用一根手指在那些眼珠上戳了戳。他找到一对淡蓝色的眼珠，他想要送给一位很要好的已故的爱斯基摩人。汉尼拔把这对眼珠从盘子里拿出来，并排放在柜台台面上。店主走过来。布隆尼斯·格兰茨的胡子已经花白了，两鬓也显得灰白。

“要什么？我能帮你吗？”

汉尼拔看看他，将手伸进盘子里，找出一对跟格兰茨的亮棕色眼睛相匹配的眼珠。

“要做什么？”格兰茨问。

“我是来取一个脑袋的。”汉尼拔说。

“哪一个？你带票了吗？”

“墙上我没看到。”

“可能在后面。”

汉尼拔建议说：“我能进去吗？我指给你看是哪一个。”汉尼拔把包带上，里面有几件衣服，一把切肉刀，还有一件标有约翰·霍普金斯资产的橡胶围裙。

将格兰茨邮件上的地址和英国在战后发布的骷髅装甲师通缉犯登记册上的地址作对比，会很有意思。格兰茨跟加拿大和巴拉圭的很多人，以及几个美国人都有信件来往。汉尼拔坐在火车上没事的时候就看这些资料。拜格兰茨的钱匣所赐，汉尼拔可以享受一间包厢。

在返回巴尔的摩继续做实习医生的路上，他在蒙特利尔停了一下，将格兰茨的头寄给一位做动物标本的笔友，寄件人地址和姓名都用了另一个人的。

对格兰茨的愤怒不再折磨他，他根本不会再被任何愤怒和噩梦所折磨了。今天是个节日，杀死格兰茨比滑雪更令他喜欢。

火车摇晃着朝南驶向美国，如此温暖而又颠簸得恰到好处，跟他还是个孩子时乘坐长途火车去立陶宛的情形完全不同。

他想在纽约待一晚上，以格兰茨客人的身份在卡劳里剧场看一场戏。《电话谋杀案》和《野餐》的票他都有。他决定去看《野餐》，因为他觉得舞台上的谋杀太假。

美国让他着迷，这么多暖气，这么多电，这么多奇形怪状又很宽敞的轿车。美国人的脸，坦率但并不天真，而且“耐读”。有机会他会以艺术赞助商的身份站在后台，向外看看观众，看一张张在舞台灯光下发亮的全神贯注的脸，他要好好地看，不停地看。

天黑了，餐车服务员给他拿了一根蜡烛放在桌子上，血红的葡萄酒随着火车的行进在玻璃杯里微微地闪着光。夜里火车停站时他醒过一次，听到铁路工人用一根蒸汽软管将车厢下面的冰冲化，大块大块的云状的蒸汽乘风从他的窗边掠过。火车稍微颠了一下，然后又启动了，像一股液体滑离灯光下的车站，开进夜色，然后风驰电掣般朝南驶向美国。包厢的窗户很干净，他能看到外面的星星。

译 后 记

读过《沉默的羔羊》、《汉尼拔》的人对故事中的主人公汉尼拔·莱克特也许并不陌生。那个作案手段极其高明的食人医生展现给我们的并不只是扭曲的人性和血腥的杀戮，还有那份超乎寻常的睿智、冷静与儒雅。《汉尼拔崛起》可以说是一部前传，它拨开了前面几部系列小说中呈现的一切表象，引领读者直抵汉尼拔的内心世界。后几部小说中描写的所有罪恶都在这里找到了源头。

这是一个让人惊骇而又惨绝人寰的故事。二战期间，一位立陶宛的男爵为了躲避战乱，带着家人来到树林里，但幸运之神并未因此而眷顾他们。年少的汉尼拔目睹了父母的惨死，又亲眼见到了一群强盗活生生地吃掉他那幼小的妹妹。战后，叔叔在苏联的孤儿院里找到因为惊恐而早已失语的汉尼拔，并把他带回家中抚养。婶婶紫夫人的出现改变了他的人生轨迹。在她无微不至的照顾下，汉尼拔渐渐恢复了语言能力，开始了新的生活。他爱婶婶，但这是一种少年因恨太深、太久而燃起的爱。这种爱很容易蜕变，常常会接近疯狂变态的边缘。这种爱的对象一旦遭到丝毫的猥亵或者怠慢，往往反常事态就会出现。对婶婶出言不逊的屠夫，就是汉尼拔在这种爱的驱使下使其丧命的。这也是汉尼拔在为雪恨而杀戮的路上迈出的第一步。从此，他在复仇之路上越走越远……

作者用高度凝练、干净利落的语言，细致入微地描绘出一个杀人狂魔的心路历程。那些令人发指的残忍手段，那些血腥的杀人场景让汉尼拔冷酷无情的特性赤裸裸地展现在我们眼前。与婶婶之间的暧昧情愫或许是汉尼拔灵魂中仅存的一丝柔情或者人性的光亮，然而，这份柔情或者光亮毕竟太孱弱、太单薄了，未能唤醒他那恨入骨髓的灵魂；相反，倒是唤醒了他心中那头沉睡的复仇怪兽。为了婶婶，他杀了屠夫，也第一次尝到了亲手杀人的屠宰快感。但这种快感并不是单一的，至少包含了两种动机来源——复仇与自我救赎。如果说复仇是贯穿小说的一条明线，那么自我救赎就是设置在小说中的一条暗线。

汉尼拔对妹妹的死无法释怀，不仅仅因为妹妹被残忍地杀害了，也因为自己未能尽到保护妹妹的责任。因此，当紫夫人需要保护的时候，他选择了最为极端的残暴方式来对付敌人。这里我们看到了一个朴素的事实：人性会因为过度的仇恨和自我悔恨而扭曲、变形，甚至完全丧失。一个天真无邪的孩童，因为童年的悲惨经历而开始离纯洁的人性圣坛越来越远，一步步迈向邪恶的深渊。这确实是一个令人心生怜悯的故事。或许我们还会为坏人得到应有的下场而拍手称快，也会为汉尼拔的残忍找到合理的解释。但是格鲁塔斯在临死前却道出了惊人的秘密：汉尼拔也吃了他妹妹的肉！所以他要杀了一切知道这件事的人。这顿时让汉尼拔的杀人动机变了味。一切远不是复仇那般简单。

当年若不是妹妹的肉，汉尼拔或许早就离开了人世。然而，活在人世的这许多年里，他心头的那头怪兽赖以生存的除了不复仇誓不为人的毒酒，还有挥之不去的、撕心裂肺的对亲人的愧疚和对自己良心的自责！因此，杀尽所有的仇人成了唯一的宽慰或者解放自己灵魂的选择。这可能同时也是汉尼拔选择的一种自我救赎的方式。

或许，这一切应验了紫夫人曾说的那句话：回忆是把利刃，伤了别人，也刺了自己。

本书的第一章到第四十二章由袁蕾翻译，第四十三章到篇末由严俊翻译。全文由徐海铭统一审校。

译者谨记于上海外国语大学

2010年12月25日